KURT GEISLER

Endstation St. Peter Ording

STÜRMISCHE SEE Ein Kieler Immobilienmakler wird mit einem Betonklotz am Bein tot in der Fischtreppe an der Schwentine aufgefunden. Erste Hinweise führen Kommissar Hansen zum Kieler Seefischmarkt und zu einer dubiosen Immobilienfirma unweit vom Tatort. Schnell gerät ein Schiffsmakler in Verdacht, der mit dem Hamburger Rainhard Engel eine Firma betreibt. Bei einer Befragung verliert er jedoch die Nerven, bedroht Kommissar Hansen mit einer Waffe und wird prompt von dessen Kollegen erschossen. Daraufhin gerät Rainhard Engel ins Visier der Ermittler. Ein schöner Zufall, dass Privatier Helge Stuhr, den Kommissar Hansen wieder einmal für Ermittlungen unter der Hand um Hilfe bittet, und seine Freundin Jenny Muschelfang Engel auf dem Pfahlbau »Treibgut« treffen, wo der Hamburger Makler beide zu einer Feier einlädt. Im Laufe des feuchtfröhlichen Abends kommt ein heftiger Sturm auf – und die Ereignisse überschlagen sich.

Der Kieler Autor Kurt Geisler ist eingefleischter Schleswig-Holsteiner. Nach seinem Studium der deutschen, englischen und dänischen Sprache im Land zwischen den Meeren arbeitete er lange Zeit im Landesdienst, bevor er sich mit vielen Facetten aus Berufs- und Privatleben literarisch verwirklichen konnte.

KURT GEISLER

Endstation St. Peter Ording

KRIMINALROMAN

GMEINER

Immer informiert

NEWSLETTER

Spannung pur – mit unserem Newsletter informieren wir Sie regelmäßig über Wissenswertes aus unserer Bücherwelt.

Gefällt mir!

Facebook: @Gmeiner.Verlag
Instagram: @gmeinerverlag
Twitter: @GmeinerVerlag

MIX
Papier | Fördert gute Waldnutzung
FSC® C014496
FSC www.fsc.org

Besuchen Sie uns im Internet:
www.gmeiner-verlag.de

Im Ehnried 5, 88605 Meßkirch
Telefon 07575/2095-0
info@gmeiner-verlag.de

1. Auflage 2023

Lektorat: Claudia Senghaas, Kirchardt
Herstellung: Mirjam Hecht
Umschlaggestaltung: U.O.R.G. Lutz Eberle, Stuttgart
unter Verwendung eines Fotos von: © derProjektor / photocase.de
Druck: GGP Media GmbH, Pößneck
Printed in Germany
ISBN 978-3-8392-0350-7

Personen und Handlung sind frei erfunden.
Ähnlichkeiten mit lebenden oder toten Personen
sind rein zufällig und nicht beabsichtigt.

RAUBFISCHE

Nachdenklich betrachtete Kommissar Hansen die vor wenigen Jahren neu angelegte Fischtreppe, die es Lebewesen jeglicher Art ermöglichte, das gleich daneben liegende mächtige Stauwehr unterhalb der alten Schwentinebrücke zu umgehen. Der gefesselten männlichen Leiche, die heute Morgen in den mäandrierenden Betonschleifen der Fischtreppe aufgefunden wurde, war das allerdings nicht gelungen. Ein massiver Betonklotz an den Füßen hatte verhindert, dass die Leiche von der Schwentine in die Mündung zur Kieler Förde gespült wurde.

Nachdenklich schloss Hansen die Augen. Ein Selbstmord mit einem Betonklotz am Bein war kaum zu vermuten. Aber warum hatten die Mörder die Leiche ausgerechnet auf einer Fischtreppe unterhalb einer frequentierten Brücke entsorgt? Unterhalb des Stauwehrs wäre die Leiche in der breiten Mündung der Schwentine vermutlich niemals entdeckt worden. Das bereitete dem Kieler Kriminalkommissar Missmut.

Schlecht gelaunt schlug er die Augen wieder auf. Die hoch am Himmel stehende Mittagssonne schickte ihre Strahlen über golden aufblitzende Wellen ins Gesicht des Kommissars. Wie jeden Tag würde sie sich weiter auf die Reise nach Westen begeben, um am Abend hinter den historischen Bauten der Landesregierung auf der anderen Seite der Kieler Förde unterzugehen. Auch wenn es eigentlich die Erde war, die sich um die Sonne drehte. Die kleine historische Steinbrücke, von der aus er den gut einsehbaren Tatort musterte, war in den letzten Jahren aufwendig restauriert worden. Sie stand seit mehr als einem Jahrhundert felsenfest auf ihrem angestammten Platz und verband die Kieler Stadtteile Neumühlen und Wellingdorf. Auf der nördlichen Seite der Schwentinemündung war inzwischen eine schicke Uferpromenade angelegt worden, und dahinter dominierten die modernisierten Bauten der ehemaligen Kieler *Howaldtswerke*, in der jetzt die Kieler Fachhochschule residierte.

Auf der anderen Seite der Schwentinemündung in Wellingdorf, wo früher unzählige Fischkutter mit kräftiger Rauchentwicklung aus mächtigen Schornsteinen an- und ablegten, wurde gerade der Kieler Seefischmarkt von Investoren kräftig aufgepäppelt. Das danebenliegende Zentrum für Meeresforschung *Geomar* erstrahlte dagegen schon längere Zeit in neuem Glanz, während auf dem kleinen Bootshafen davor die gleiche gewohnte Unordnung wie früher herrschte.

Eine elegante Erscheinung soll die Leiche gewesen sein: Maßanzug, teure Designerschuhe, braun gebrannter Teint und ein tadelloses Gebiss, dem ersten Augenschein der Kollegen von der Spurensicherung nach. Aber warum diese Ablage der Leiche auf der Fischtreppe? Wurde hier ein Signal gesetzt oder gar eine Warnung gesendet? Wer konnte der Absender sein?

In diesem Moment des Nachdenkens holte den Kommissar seine Vergangenheit unerwartet heftig ein, denn vor mehr als 40 Jahren war er zur Ausbildung in die Polizeiwache in Kiel-Dietrichsdorf am Langen Rehm abgeordnet worden. In diesem oberhalb von Wellingdorf und Neumühlen liegenden Kieler Stadtteil war seinerzeit die Stimmung durchgängig rau, weil die florierende Werft mit den vielen umliegenden Spelunken jede Menge Gesindel anlockte. Aber nicht nur aus diesem Grund fuhr ihn sein Vater öfter mit dem Auto zum Dienst. Stets sagte er das Gleiche, wenn sie mit seinem VW-Käfer in Dietrichsdorf die Tiefe Allee hochfuhren.

»Guck mal, Konrad, da habe ich gelernt. Bei der Firma *Stelting*. Ich musste damals immer zu Fuß über die kleine Steinbrücke laufen und dann diesen Berg hoch bis zur Lehrstelle. Das war auch bei gutem Wetter nicht immer nur lustig.«

Hansen wusste, dass die Straßenbahn damals in einer Wendeschleife in Wellingdorf kurz vor der kleinen Steinbrücke endete und sein Vater den Rest des Weges zu Fuß erledigen musste. Aber gut einen halben Kilometer bergan zum alten Ortskern von Dietrichsdorf, das konnte für seinen Vater kaum ein ernstes Problem gewesen sein. Zumindest im Gegensatz zu manchen Berichten, welche er später von seinen Erlebnissen im Zweiten Weltkrieg preisgegeben hatte.

Kommissar Hansen zwang sich, die Erinnerung hinter sich zu lassen, denn er hatte sich um den Todesfall an der Fischtreppe zu kümmern. Das Klingeln des Handys schreckte ihn auf, es war der Kollege Fingerloos von der Spurensicherung.

»Die Identität des Toten ist geklärt, Konrad. Taucher haben Brieftasche und Smartphone unterhalb des Stauwehrs gefunden. Seinem Ausweis nach handelt es sich um einen Kieler Investor mit Wohnsitz in Düsternbrook: Gernot Wille, Jahrgang 1969.«

Kommissar Hansen zuckte bei der Nennung seines ungeliebten Vornamens immer wieder aufs Neue zusammen. Pferdi Fingerloos und er duzten sich zwar, aber sein Kollege hätte es auch beim Nachnamen belassen können.

»Todesursache, Pferdi?«

»Ertrunken ist der Gernot Wille vermutlich nicht, denn das ist eine Form des Erstickens in einer Flüssigkeit und dauert maximal fünf Minuten. Es wird Wasser eingeatmet, die Atmung sistiert, und es kommt zum Herzstillstand. Wasserleichen unterliegen im Gegensatz zu anderen Leichen vielen Faktoren, die der Identifikation und auch der Todeszeitbestimmung erschwerend entgegenwirken, egal, ob die Leiche ertrunken ist oder postmortal ins Wasser gelangte.«

Das war Hansen nicht neu. »Hat der Polizeiarzt den Todeszeitpunkt feststellen können, Pferdi?«

»Ja, die Leiche hatte noch keine Waschhaut, sondern eine Gänsehaut. Das spricht für einen relativ kurzen Aufenthalt im Wasser, so um die zwei Stunden. Gegen 6 Uhr trudelte die Meldung ein, und keine halbe Stunde später wurde die ärztliche Leichenschau durchgeführt.«

Hansen pfiff durch die Zähne. »Also vermutlich zwischen 4 und 5 Uhr.«

»Richtig. Es wird den armen Kerl allerdings mit ziemlicher Sicherheit woanders erwischt haben, nicht an der Fischtreppe.«

»Wie kommst du denn darauf, Pferdi?«

Der Leiter der Spurensicherung lachte. »Petechien. Einblutungen in den Bindehäuten und deutliche Strangulationsfurchen. Sein Tod ist aller Wahrscheinlichkeit nach durch Erwürgen mit einem Draht oder einer Schnur eingetreten, bevor er im kalten Nass entsorgt wurde. Die Gerichtsmedizin wird nach der Obduktion mehr dazu sagen können.«

Wieder pfiff Kommissar Hansen pfiff leise durch die Zähne. »Aber warum hat man ihm einen Betonklotz ans Bein gebunden?«

»Weil er genau dort gefunden werden und nicht in die

Schwentine gespült werden sollte wie die Brieftasche und das Smartphone.«

Das war gut möglich, aber Fingerloos legte noch einmal nach. »Raubmord war es vermutlich nicht, immerhin schlummerten noch 800 Euro in seiner Brieftasche. Wir werden seiner Wohnung an der Kiellinie gleich einmal einen kleinen Besuch abstatten.«

Endlich kam die Spusi einmal von selbst in die Hufe. »Dann viel Erfolg, Pferdi.«

Hansen beendete das Gespräch, denn jetzt galt es, die unmittelbare Nachbarschaft der Fischtreppe abzuklopfen. Seine Schritte führten ihn über das neu gesetzte Großsteinpflaster auf die andere Seite der alten Steinbrücke. Auf diesem holperigen Untergrund wünschte er sich den glatten Blaubasalt von der Tiefen Allee, obwohl Vater mit seinem VW-Käfer dort mehr als einmal bergab bei nasser Fahrbahn heftig ins Schlingern geraten war.

Auf dem Anlegeplatz der Schwentineschifffahrt, die ebenfalls in neuem Glanz erstrahlte, lag an diesem freundlichen Sommertag lediglich eines der flachen, orange-weißen hölzernen Ausflugsboote am Steg. Die anderen Boote warteten, abdeckt mit blauen Stoffplanen, auf einem Seitenarm geduldig auf ihren Einsatz am Wochenende. Der beschauliche Blick auf den begrünten Anlegeplatz wurde von einer prächtigen Bewaldung der Schwentine zu beiden Seiten eingerahmt, wobei der Fluss wenige 100 Meter weiter von der überwuchernden Natur verschluckt wurde. Im Volksmund wurde die Schwentine daher *Holstein-Amazonas* genannt. Die in den 1970ern gnadenlos über das Panorama gespannte hässliche Schnellstraßenbrücke aus Beton blendete der Kommissar einfach aus.

Sein Vater hatte vermutlich auch so manches in seinem Leben ausblenden müssen: Wehrdienst, Krieg, Gefangenschaft. Vermutlich Schleiferei in der Ausbildung, Schiss an der Front und Sorge um die weitgehend schutzlose Familie in der Heimat, denn Kiel mit den vielen Werften und Rüstungsbetrieben war ein beliebtes Angriffsziel der Alliierten. Die vielen weißen Kreuze der abgeschossenen alliierten Flugzeugbesatzungen auf dem Kieler Nordfriedhof zeugen heute noch davon, wobei die Gedenksteine der gemeinsam gefallenen Kameraden dicht nebeneinander gesetzt wurden. Er hatte aber auch Berichte gelesen, dass mancher Flugzeugkommandeur der alliierten Bomber bisweilen eine Handgranate in der Hand hielt, um sich und seinen Kameraden bei einem Abschuss seitens der deutschen Artillerie Leid oder Gefangenschaft bei den Nazis zu ersparen. Auf der anderen Seite war Hansens Vater vor der Kriegsgefangenschaft lange Jahre in Norwegen stationiert, und vermutlich hatten die deutschen Soldaten als Besatzer dort nicht nur Rentiere gefüttert.

Aber nein, Schnitt. Er musste die Gedanken an die Vergangenheit verdrängen und sich auf den kaltblütig verübten Mord konzentrieren. So schritt Kommissar Hansen auf den kleinen Kiosk auf dem Anlegeplatz der Schwentineschifffahrt zu, der nicht nur dem Kartenverkauf diente, sondern auch Speisen und Getränke feilbot. Die Fensterläden waren zwar heruntergezogen, im Inneren wurde jedoch heftig geräumt. Auf Hansens Klopfen hin knurrte ihn aus dem Inneren des Kiosks eine sonore Stimme an.

»Die nächste Fahrt ist erst um 14 Uhr. Steht vorne auf dem Schild. Ich bin damit beschäftigt, alles für die ordnungsgemäße Abfahrt vorzubereiten. Karten können Sie auch an Bord nachlösen.«

Der Kieler Kommissar hatte Verständnis für den Schipper, der seinem Gewerbe nachgehen musste, aber es gab andere Prioritäten.

»Hauptkommissar Hansen von der Kieler Kripo, und ich hätte einige Fragen. Sie müssten sich schon einmal herausbequemen.«

Die Laune der knurrigen Stimme wurde nicht besser. »Passt jetzt schlecht.«

Hansen zog den Joker. »Dann muss ich Sie leider in die Kieler Polizeidirektion zur Vernehmung vorladen, wenn Ihnen das lieber ist.«

Schlagartig hörte das Gerumpel auf, und durch die Seitentür trat ein kräftiger Mann mit Kapitänsmütze hervor, der ihn jetzt freundlich anlächelte. »Moin, ich bin Käpten Holm. Das konnte ich nicht ahnen. Womit kann ich Ihnen dienen?«

»Mit sachdienlichen Informationen. Gegenüber Ihrem Anleger auf der Fischtreppe ist heute Morgen eine männliche Leiche gefunden worden. Ist Ihnen in der Nacht etwas Besonderes aufgefallen?«

Entgeistert musterte ihn der Kapitän. »Glauben Sie ernsthaft, ich hause mit meiner Familie in einem Kiosk? Nein, wir wohnen ein gutes Stück weg im Scharweg mit schönem Blick auf die Schwentine, aber nicht auf die Steinbrücke. Ich habe allerdings heute Vormittag von einem Nachbarn von der Sache gehört. Kein besonders schöner Tod, wie man so hört.«

Ob es einen schönen Tod gab, das bezweifelte Hansen seit jeher. Vielleicht war schnelles Sterben der schönste Tod. Wieder schlich sich die Stimme seines Vaters ins Ohr.

»Kein noch so ausgeklügelter Kriegsplan überlebt die erste Feindberührung, Konrad. Wenn man wie ich im Zweiten Weltkrieg als Kanonenfutter an die Front geschickt wird, bist du im Kampf Mann gegen Mann nur eine einzige Sekunde grün hinter den Ohren. Entweder bist du dann ein erfahrener Kämpfer oder tot.«

Die Ansage von seinem Vater klang für den jungen Polizisten seinerzeit martialisch, jedoch wurde ihm im Laufe der Ausbildung schnell klar, dass es im Leben schlimmere Dinge als die Polizeiarbeit in Dietrichsdorf geben musste. Hansen versuchte, sich wieder auf die Befragung des Kapitäns zu konzentrieren.

»Gernot Wille. Den Namen schon einmal gehört?«

Der Kapitän stutzte. »Ungefähr so groß wie ich, ein Meter 80? Schlank, elegante Kleidung, immer braun gebrannt?«

»Ja, gebräunt allerdings jetzt nicht mehr, nachdem er auf der Fischtreppe entsorgt wurde. Woher kennen Sie ihn?«

»Nun, als mein Anleger neu gestaltet wurde, tauchte der Typ hier zum ersten Mal auf. Er zeigte großes Interesse an meinem Grundstück.«

War das die ersehnte erste heiße Spur? »Ja, und?«

Der Kapitän seufzte. »Da muss ich etwas weiter ausholen. Früher sah es an diesem Schnittpunkt von Neumühlen, Dietrichsdorf und Wellingdorf noch ein wenig anders aus.«

Der Kommissar nickte. »Ich weiß genau, wie es vor 40 Jahren hier aussah. Ich bin am Langen Rehm als Polizist ausgebildet worden.«

Die Miene von Kapitän Holm verfinsterte sich. »Ja, aber bis vor einem guten Jahrzehnt sah es hier immer noch so aus. Dann erst wurde die Gegend saniert.«

Hansen verstand den Unmut nicht. »Das ist alles recht schön geworden.«

Die Stimme vom Kapitäns verdunkelte sich. »Ja, es hat aber auch Raubfische angelockt.«

Der Kommissar zog zweifelnd die Augenbrauen hoch. »Hier, in die Schwentinemündung? Wohl kaum.«

Der Kapitän wies auf verschiedene Immobilien in der Umgebung. »Schauen Sie mal, der Neubau dort. Alles exklusive Eigentumswohnungen. Hinten, im historischen *Anschütz*-Gebäude, in dem der Kreiselkompass erfunden wurde, hat eine Reha-Klinik Einzug gehalten.«

Der Kommissar hielt dagegen. »Sieht aber alles sehr gepflegt aus. Wie meinen Sie das mit den Raubfischen?«

Die Miene des Kapitäns verfinsterte sich. »Immobilienhaie. Dieser Gernot Wille wollte mir vor ein paar Monaten meine Idylle abquatschen. Er wollte auf meinem sanierten begrünten Anleger vermutlich einen Mehrfamilienblock mit Eigentumswohnungen hochziehen.«

Der Schiffer wirkte verbittert, aber das konnte ihm der Kieler Kommissar kaum abnehmen. »Gegen gutes Geld vermutlich.«

Die Miene des Seebärs hellte sich nicht auf. »Mag sein. Aber wenn man sein ganzes Leben am Fluss verbracht hat, dann stellt man sich die letzten Jahre bis zur Rente nicht mehr von 7 bis 15.30 Uhr an einen Schraubstock.«

Das konnte der Kommissar nachvollziehen. »Aber andere werden profitiert haben.«

»Nur wenige. Dafür hat sich das Preisgefüge in unseren Stadtteilen auf dem Ostufer deutlich erhöht. Bezahlbarer Wohnraum ist hier knapp geworden. Gerade jetzt wird zudem der Kieler Seefischmarkt aufwendig umstrukturiert, das wird die Preise noch einmal kräftig in die Höhe treiben. Kein Wunder, dass dieser Immobilienmakler hier ständig herumgeierte.«

Ob das gut oder schlecht war, konnte Hansen schlecht beurteilen. Immerhin wurde der Schwentinemündung neues Leben eingehaucht. »Handel schafft Wandel«, sagte sein Vater immer.

Allerdings lobte er auch ständig die Kameradschaft im Krieg. Seltsam war nur, dass viele seiner Kriegskameraden den Freitod wählten. Einer warf sich bei Flintbek vor den Zug nach Hamburg, ein anderer schluckte Unkrautvernichtungsmittel, und ein dritter ging ins Wasser. Wobei das mit der Eisenbahn vermutlich am schnellsten ging.

Die Stimme des Kapitäns störte seine Erinnerung. »Entschuldigung. Brauchen Sie mich noch? Ich muss noch ein wenig aufklaren. Die Zeit drängt.«

»Die Zeit drängt.« Hansen schüttelte abwesend den Kopf. Ja, sein Vater hatte eigentlich viel zu wenig vom Krieg erzählt, bevor es ihn im frühen Rentenalter dahingerafft hatte. Auf diesen kleinen quadratischen Schwarz-weiß-Fotos von ihm mit den gewellten Rändern waren immer nur qualmende und schlanke braun gebrannte Soldaten vor einer Artilleriestellung zu sehen, die vermutlich sein Vater als Oberfeldwebel leitete. War er es nicht, der die Befehle gab, auf was zu schießen war?

Ein seltsamer Tag heute für den Kieler Kommissar auf dem Kieler Ostufer, an dem ihn seine Vergangenheit so richtig eingeholt hatte.

Aber der Kieler Seefischmarkt – vielleicht war das von dem sympathischen Käpten Holm der Wink mit dem Zaunpfahl von der Fischtreppe. Kaum einen Kilometer entfernt. Kommissar Hansen machte sich unverzüglich auf den Weg.

AUFSCHLAG

Kawumm. Dieses Mal tat Helge Stuhr der Aufschlag richtig weh, trotz des Fahrradhelms. Hilflos schaute er mit starrem Blick, bäuchlings auf der Haube eines Kleinwagens liegend, auf eine gesplitterte Windschutzscheibe, hinter der ihn ein Frauengesicht in den 50ern argwöhnisch musterte. Während er hilflos, auf der Kühlerhaube wie eine Schmeißfliege klebend, am Grübeln war, wie der Unfall überhaupt geschehen konnte, bequemte sich die Fahrerin erst nach einer gefühlten halben Ewigkeit aus dem Wagen. Eine Zierde ihres Geschlechts war sie allerdings nicht, und Barmherzigkeit war auch nicht ihre erste Tugend.

»Sind Sie eigentlich versichert, junger Mann? Das kann Sie recht teuer zu stehen kommen.«

Helge Stuhr verstand die Ansprache nicht. Nach einer schweißtreibenden Tour durch den Dänischen Wohld nach Eckernförde und zurück an der Ostsee bei viel Gegenwind hatte er, schwungvoll mit seinem Rennrad von der Holtenauer Hochbrücke herunterkommend, vor der Wirtschaftsakademie erfolgreich den kleinen abzweigenden Radweg anvisiert, der in die ruhigeren Straßen der Kieler-Wik führte. Deswegen hatte er noch einen Zahn auf seinem Drahtesel zugelegt, zumal er in der ruhigen Flensburger Straße freie Bahn hatte und lediglich die gegenüberliegende Straßenseite durch parkende Autos zugestellt war. Nur schwach konnte er sich erinnern, dass urplötzlich ein Kleinwagen wie ein wildgewordener Stier hinter einem der parkenden Fahrzeuge auf seine Fahrbahnseite gezogen war und ihn auf die Hörner genommen hatte.

Kraftlos hielt er mit schwachen Worten dagegen. »Eigentlich hatte ich auf meiner Straßenseite freie Bahn und damit Vorfahrt. Außerdem ist das hier eine Fahrradstraße.«

Die Fahrerin zeigte allerdings keinerlei Anzeichen von Reue. »Das mag ja sein. Aber durch Kampfradler wie Sie ist in unserem beschaulichen Wohnviertel inzwischen die blanke Anarchie ausgebrochen.«

Wenn Stuhr nur halbwegs fit gewesen wäre, dann hätte er der Frau jetzt ordentlich den Marsch geblasen. Aber in diesem Moment galten seine letzten halbwegs klaren Gedanken der Unfallursache.

»Warum sind Sie überhaupt auf meine Fahrbahn geschwenkt? Radler sind schließlich gleichberechtigte Verkehrsteilnehmer und kein Freiwild.«

Einsicht zeigte die Frau nicht. »Nun hören Sie mal, Sie fahren mir eine dicke Beule in mein Fahrzeug und zerschmettern mit Ihrem schnittigen Carbonhelm meine Windschutzscheibe. Jetzt werden Sie auch noch frech. Haben Sie denn nie eine Fahrschule besucht?«

Das hatte Stuhr natürlich, er besaß sogar einen Motoradführerschein, wenngleich er sich auf einem Fahrrad und auf getrennten Radwegen sicherer fühlte. »Ich schon. Warum haben Sie mich frontal auf die Haube genommen? Waren Sie nie in einer Fahrschule?«

Die ältere Dame lächelte ihn belustigt an. »Selbstverständlich war ich das. Dort habe ich gelernt, dass man beim Ausscheren auf eine andere Straßenseite zunächst vorschriftsgemäß in den Rückspiegel schaut, um den Straßenverkehr hinter sich nicht zu gefährden.«

Stuhr musterte sie ungläubig aus seiner Schräglage. »Es gab aber keinerlei Straßenverkehr außer uns beiden bis auf einige parkende Fahrzeuge auf Ihrer Straßenseite. Sie haben mich wirklich nicht gesehen?«

Die Stimme der Frau wurde energischer. »Doch, sicher habe ich Sie gesehen. Wie ein Verrückter sind Sie auf Ihrem Rad durch unser beschauliches Wohnviertel gerast, obwohl hier oft unschuldige Katzen und Hunde über die Straßen streunen und bisweilen sogar Kinder auf der Straße spielen.«

Jetzt verstand Stuhr nichts mehr. »Sie haben mich also gesehen und nicht gebremst?«

Die Frau ließ sich nicht beirren. »Warum sollte ich? Schließlich hatten Sie genug Zeit, um abzubremsen oder mit Ihrem Rad auf den Bürgersteig auszuweichen. Sie müssen schon etwas besser auf sich aufpassen, wenn Sie meinen Ratschlag annehmen möchten.«

Stuhr stöhnte auf. »Aber ich hatte keine Chance. Wie kann man nur so unbarmherzig sein?«

»Ach, junger Mann. Glauben Sie mir, normalerweise bin ich als Krankenschwester vom alten Schlag die Barmherzigkeit in Person. Aber dreimal musste ich heute vor Ihnen schon andere Kampfradler durchlassen. Irgendwann war ich auch einmal dran. Schließlich kann ich schlecht unpünktlich zu meiner Schicht ins Krankenhaus kommen.«

Aufkommende Wut verdrängte immer mehr die Vernunft bei Stuhr, und wie ein verletztes Tier schrie er die rücksichtslose Autofahrerin an. »Aber das ist ungerecht. Ich hatte Vorfahrt.«

Die Stimme der Frau wurde spitzer. »Wer schreit, ist sowie nie im Recht. Das sollten Sie in der Schule schon gelernt haben. Zudem, merken Sie sich ein für alle Mal: Das ganze Leben ist ungerecht. Davon ganz abgesehen: Haben Sie keinerlei Respekt vor Frauen am Steuer?«

Den hatte Stuhr in diesem Moment herzlich wenig, zumal er immer noch bewegungsunfähig auf der Motorhaube des Kleinwagens klebte. Aus der Ferne erklang allerdings bereits göttliche Musik in seinen Ohren, die sich beim Näherkommen aber lediglich als schnöde Sirene eines Rettungswagens entpuppte. Wenig später bekam er noch mit, wie die gnadenlose Fahrerin den Rettungskräften erste Hinweise gab.

»Der verletzte Raser liegt auf meiner Motorhaube. Ich wäre Ihnen dankbar, wenn Sie Ihre Arbeit ohne weitere Lackbeschädigungen hinbekämen. Die Windschutzscheibe ist wohl nicht mehr reparabel.«

Stuhr bemerkte gerade noch, wie ihn die Hilfskräfte sanft von der Motorhaube hoben und behutsam auf eine Trage legten. Dann wurde er auf einer metallenen Schiene in einen Rettungswagen hineingeschoben. Die vielen auf ihn einprasselnden Fragen verstand er zunehmend weniger: Krankenkasse? Unfallursache? Welches Klinikum?

Dann bekam er eine Infusion. In diesem Moment des Loslassens trieb Stuhr allerdings mehr die Sorge um sein demoliertes Rennrad an, bis bei ihm die Lichter ausgingen. Später drangen nur noch Satzfetzen unterschiedlicher Stimmen in sein Hirn, und es roch fies nach Äther.

»Herr Stuhr, bitte bleiben Sie bei uns …«

Bei uns bleiben? Quatsch, er war schließlich noch bei vollem Verstand.

»Herr Stuhr, können Sie mich hören?

Ja, natürlich konnte er das. Aber eigentlich wollte er nach diesem heftigen Aufprall und der unangenehmen Begegnung mit der resoluten Frau nur noch schlafen. Immer weiter entfernte aufgeregte Stimmen hinderten ihn daran.

»Das wird nicht gut enden. Schauen Sie nur aufs EEG.«

EEG. Maß da etwa jemand seine Gehirnströme? Wo, um Himmels willen, war Stuhr gelandet?

»Mein Gott! Schauen Sie nur. Die Werte werden immer schlechter.«

Wenn es einen Gott gab, dann würde der schon helfen, da war sich Stuhr ganz sicher. Aber zunächst wollte er einfach nur schlafen.

»Sollen wir nicht besser die Maschinen abschalten?«

Den letzten Satz hörte Stuhr zum Glück schon nicht mehr.

KRIEG IM FRIEDEN

Wieder klingelte das Handy von Kommissar Hansen. Dieses Mal meldete sich der ihm zugeordnete Oberkommissar Stüber.

»Moin, Chef. Es gibt erste Erkenntnisse: Auf diesen Gernot Wille von der Fischtreppe ist erst vor wenigen Monaten ein schwarzer Jaguar F-Type mit Kieler Kennzeichen zugelassen worden: KI-GW 1969. Als Cabrio-Version, soll so um die 100.000 Euro kosten, wie unser Büroleiter Zeise schnell ermittelt hat. Vermutlich wird das Fahrzeug irgendwo in der Nähe der Fischtreppe abgestellt sein, denn mit einem Betonklotz am Bein ist es sicherlich schwer, zwischen Gas und Bremse zu wechseln. Ich habe schon eine Fahndung einleiten lassen.«

Hansen dankte Stüber nur kurz, weil er diese menschenverachtende, gefühllose Sicht der Dinge nicht gerne hörte. Natürlich wird man immer abgebrühter nach jahrzehntelangen kriminalpolizeilichen Ermittlungen, aber aus freiem Willen wird dieser Gernot Wille sich seine Todesursache kaum ausgesucht haben. Zumal die Worte des ihm zugeordneten Oberkommissars Stüber ihn wieder an seinen Vater erinnerten, der ihn in den späten 1950ern für Auslieferungen bisweilen zum Kieler Seefischmarkt in seinem VW-Käfer mitgenommen hatte.

»Schau nur, Konrad. Im Krieg wurden hier noch Torpedos gefertigt. Jetzt ist es schon wieder der größte Handelsplatz für Süßwasserfisch in Deutschland. So schnell kann es wieder bergauf gehen, auch wenn alles andere am Boden liegt. Das darfst du niemals vergessen.«

Der kleine Konrad nickte zwar, aber auf die vielen Trümmerflächen und zerstörten Bunker hätte er gerne verzichtet, die in Kindheit und Jugend seine Spielwiesen waren.

Die vertrauten »FISCHMARKT«-Buchstaben am Eingang auf einem Metallgatter über dem Pförtnerpavillon erkannte Hansen sofort wieder. Nach Fisch roch heute allerdings nichts mehr, denn inzwischen hatten sich alle denkbaren Formen von Kultur und Gewerbe in den weitgehend renovierten Gebäuden eingenistet. Erstaunt war er über die kunstvoll in die Ecken einiger Industriebauten eingelassenen Skulpturen, die er seinerzeit nicht bemerkt hatte. Mehr interessierte ihn heute allerdings das Schild eines Immobilienmaklers: *Fürst & Co*. Da war er vermutlich an der richtigen Adresse, um Nachfragen zu stellen. Gespannt betrat er das schlichte Büro. Ein kleiner bebrillter Kopf beäugte ihn skeptisch.

»Polizei?«

Hansen zog seinen Ausweis. »Volltreffer. Kripo Kiel. Schlechtes Gewissen?«

Vehement schüttelte das Männlein den Kopf. »Nein. Friedhelm Fürst mein Name. Ich kann mir schon denken, warum Sie hier auf dem Gelände sind.«

»Soso. Ich bin aber nicht nur auf dem Gelände vom Seefischmarkt, ich bin in Ihrem Büro gelandet. Können Sie sich denken, warum, Herr Fürst?«

Der kleine bebrillte Kopf musterte ihn. »Nein. Ich bin ein ehrbarer Geschäftsmann.«

Hansen wurde konkret. »Das ist zunächst eine erfreuliche Auskunft, Herr Fürst. Ansonsten: Ist Ihnen der Name Gernot Wille geläufig?«

Der kleine bebrillte Kopf war um eine Antwort nicht verlegen. »Ja. Selbstverständlich kennt man seine Konkurrenten in unserem Gewerbe.«

Der Kieler Kommissar bohrte nach. »Dieser Gernot Wille ist heute Morgen ermordet an der Fischtreppe gefunden worden. Hat sich das innerhalb Ihrer Kollegenschaft schon herumgesprochen?«

»Ja, natürlich. In unserem Gewerbe gibt es wie überall nicht nur Lichtfiguren. Aber bedenken Sie bitte, die Sache mit Gernot Wille ist grundsätzlich schlecht für unsere Immobiliengeschäfte, weil es insgesamt dem guten Ruf unserer Branche schadet.«

Hansen konnte diese Aussage wegen des allgemein bekannten Gerangels im Immobiliengewerbe nicht für bare Münze nehmen, zumal ihm nach mehr als 40 Dienstjahren ein guter Ruf für Immobilienmakler bisher nicht bekannt geworden war. Es galt nun, die feine Klinge zu ziehen.

»Immerhin ein Konkurrent weniger, Herr Fürst.«

Der wehrte mit erhobenen Händen ab. »Quatsch. Der Gernot Wille hat sich in der Schiffsmaklerei nicht recht durchsetzen können. Das ist ein international schwer umkämpfter lukrativer Markt, auf dem bisweilen mit harten Bandagen geboxt wird.«

Von der Materie verstand Hansen wenig, und so lockerte er die Zügel etwas. »Für Sie scheint das Immobiliengewerbe vermutlich auch nicht sonderlich attraktiv zu sein, wenn ich Ihr kleines Ladengeschäft so recht betrachte.«

Immerhin brachte das den kleinen bebrillten Mann zum Sprechen. »Ja, es ist momentan in der Tat noch eine recht bescheidene Location. Wir leben derzeit von kleineren Aufträgen, aber mein Kompagnon bringt ebenfalls ein wenig Geld in die Kasse.«

Einen Kompagnon konnte Hansen nicht ausmachen, und so bohrte er nach. »Warum ist Gernot Wille überhaupt in Wellingdorf aufgetaucht?«

Das kleine Männchen mit dem großen Namen wurde langsam zutraulich. »In der Tat, mit der Schiffsmaklerei lief es bei ihm nicht so gut. Sagte ich schon. So wollte Gernot aus dem Kieler Seefischmarkt ein Outlet-Center machen, was der Rat der Stadt Kiel zum Glück im letzten Moment verhindert hat.«

Endlich hatte dieser Fürst angebissen, und Hansen konnte zur Sache gehen. »Was erzählt man sich darüber denn noch so in Ihrer Branche?«

Der kleine Herr Fürst putzte sich erst einmal die Brille, was auf längeres Nachdenken schließen ließ. »Nun, es gab andere Konkurrenten, die ebenfalls etwas vom Kuchen abhaben wollten und härter drauf sind. Viele Sahnestücke wie den Kieler Seefischmarkt mit weitgehend europäischer Förderung für eine Sanierung gibt es nicht auf dem Ostufer. Was meinen Sie, warum wir hier unsere Geschäftsräume eröffnet haben?«

Wirtschaftlich gesehen war das nachvollziehbar, kriminalistisch gesehen weniger. Kommissar Hansen vollzog eine kleine Schreibbewegung. »Die Namen der Konkurrenten, Herr Fürst.«

Während der Makler zögerlich begann, erste Wörter auf einen kleinen Zettel zu schreiben, betrat eine langhaarige vierschrötige Gestalt mit einer schwarzen Augenklappe das Büro durch die Hintertür.

»Wir sind soweit, Fürst. In einer Stunde bin ich zurück.«

Jetzt erst bemerkte diese Gestalt den Kommissar und machte auf der Stelle kehrt, um überstürzt die Flucht anzutreten. Hansen bohrte sofort nach.

»Ein Mitarbeiter von Ihnen, Herr Fürst?«

Der schüttelte, mit dem Schreiben beschäftigt, den Kopf. »Nein, das ist mein Kompagnon vom Firmenschild.«

Ein ungewöhnliches Duo, befand Hansen. Dem bebrillten Männlein fiel das Schreiben offensichtlich immer schwerer, die Buchstaben waren förmlich am Tropfen. Kriminaltechnisch gesehen würden die Schreibergebnisse des feinen Herrn Fürst mit Sicherheit nicht ergiebig werden. Gelangweilt schaute Hansen aus dem Fenster des kleinen Geschäftsraums, bis ein Abschleppwagen vorbeifuhr. Auf dem Beifahrersitz der vierschrötige Kompagnon von Fürst, im Huckepack eine schwarze Limousine. Hansen dachte sich nichts dabei, bis er das Kennzeichen entzifferte: KI-GW 1969, und war das nicht ein schwarzes Jaguar-Cabrio neuesten Datums? Alle Alarmglocken schrillten beim Kommissar. Schnell trat er vor die Tür und alarmierte die Einsatzleitstelle mit dem Kennzeichen des Abschleppwagens.

Als er zurück ins Maklerbüro eilte, verriet ihm die offene Hintertür, dass Herr Fürst offensichtlich das Weite gesucht hatte. Hansens feine Spürnase hatte wieder einmal mitten ins Schwarze getroffen. Neugierig langte er nach dem kleinen Zettel auf dem Schreibtisch, aber anstelle von Namen hatte Fürst nur einen Satz aufgeschrieben.

»Mich kriegt ihr nicht, ihr verdammten Idioten.«

»Mich kriegt ihr nicht.« Wie oft hatte Hansen das schon gehört? Auch vom Krieg, von seinem Vater.

»Konrad, besonders schlimm war es in Jugoslawien. Da gab es Partisanen, die haben uns aus dem Hinterhalt beschossen. Einfach so. Warum haben sich diese feigen Gesellen uns nicht mit breiter Brust entgegengestellt?«

Nun konnte sich allerdings schon der kleine Hansen vorstellen, warum die Partisanen das nicht taten. Er traute sich aber lange nicht, seinen Vater zu fragen, inwieweit er in Hitlers perfide Mordmaschinerie verstrickt war. Erst im Lauf der Jahre konnte Hansen ein genaueres Bild darüber gewinnen, was sich im Krieg an Grausamkeiten zugetragen haben musste. Wobei sein Vater immer wieder versicherte, kein Blut an seinen Händen zu haben.

Hansen hatte nun alles auf die Reihe bekommen, was er bisher in diesem Mordfall ermitteln konnte. Ein toter und zwei flüchtige Immobilienhändler. Sein ihm zugeordneter Oberkommissar Stüber war inzwischen auch über alles informiert. Es war an der Zeit, sich daran zu erinnern, wie ihn sein Vater am Ende der Ausbildung im Dietrichsdorfer Polizeirevier abholte und ihm sogleich nach dem Einsteigen eine Bierflasche reichte.

»Lehrjahre sind keine Herrenjahre, Konrad, das wirst du vermutlich auch gelernt haben. Aber nun ist alles glücklich überstanden. Jetzt bist du erwachsen. Glaube mir, es gilt immer, nach vorne zu schauen, auch in harten Zeiten. Genau wie ich im Krieg damals. Prosit.«

Einerseits war der junge Hansen froh, auf diese bequeme Art dem seinerzeit trostlosen Dietrichsdorf entfliehen zu können. Andererseits verrichtete das Bier seine belebende Wirkung, und er wagte erstmals, intensiver bei seinem Vater nachzubohren. »Papa, hast du im Krieg wirklich keinem einzigen Menschen ein Haar gekrümmt?«

»Nein, Konrad. Großes Ehrenwort, ich habe niemals jemanden getötet.«

Erleichtert nahm der junge Hansen einen kräftigen Schluck, bis sein Vater eine Erklärung nachreichte.

»Ich habe lediglich die Schießbefehle aus Berlin an meine Einheit weitergegeben.«

Mit einem gewaltigen Schluck leerte sein Vater die Bierflasche und gab Gas. Wie immer kamen sie auf dem rutschigen Blaubasalt in der Tiefen Allee kurz ins Schleudern. Schweigend setzten sie die Fahrt über die kleine Steinbrücke fort. Erst vor der Haustür wendete sein Vater sich ihm mit harter Miene wieder zu.

»Mensch, Konrad. Was hättest du denn damals an meiner Stelle getan? Wir hatten keine Wahl, alle mussten in den Krieg ziehen.«

Damals hatte Hansen seinen Vater nicht verstanden. Im Laufe des Lebens hatte er aber schon mitbekommen, dass es bisweilen schwierig sein kann, gegen den Strom zu rudern. Wie hätte er sich in einer Diktatur verhalten, wie in einem

Krieg? Sein Handy klingelte. Waren *Fürst & Co* geschnappt worden? Das war ihm in diesem Moment egal. Was zählte schon ein schäbiger Mord gegen die bitteren Erkenntnisse aus den Erzählungen seines Vaters? Hansen schaute nicht einmal auf das Display.

FOLTER

Verständnislos schaute Ferdinand Fingerloos von der Spurensicherung auf sein Smartphone. Warum ging der Kollege Hansen nicht ans Telefon? Kurzerhand rief er den Hansen zugeordneten Kollegen Stüber an.

»Moin, Kollege Stüber. Was ist nur mit deinem Alten los? Wir reißen uns heute schon am zweiten Tatort den Arsch auf, bis uns das Blut aus den Fingern spritzt. Jetzt muss ich Hansen dringend sprechen, und er geht nicht ans Rohr.«

Oberkommissar Stüber versuchte, ihn zu beschwichtigen. »Ruhig bleiben. Wir haben momentan parallel mehrere Fälle zu beackern. Offenbar sind sich nach ersten Erkenntnissen Immobilienhaie wegen der Geländesanierung des Kieler Seefischmarktes gegenseitig an die Gurgel gegangen.«

Der Leiter der Spusi wurde neugierig. »Und?«

»Ja was, und? Hansen vernimmt momentan auf dem Kieler Seefischmarkt Zeugen. Aber sag mal, seid ihr schon in der Wohnung von diesem Wille?«

»Ja, klar. Wir sind hier voll im Gange. Gibt es bei euch schon Namen?«

»Ja, allerdings noch keine Festnahmen. Ein gewisser Friedhelm Fürst, zwielichtiger Immobilienmakler auf dem Seefischmarkt. Der ist abgehauen genau wie sein Komplize, der sich das Fahrzeug von diesem Gernot Wille unter den Nagel gerissen hat. Den Namen von dem Kompagnon kennen wir noch nicht, aber das müsste schnell im Handelsregister herauszufinden sein. Habt ihr von der Spusi schon etwas herausgefunden?«

»Ja und nein. Dieser Gernot Wille lebte nach Auskunft seiner Nachbarschaft alleine. Den Aussagen nach hatte er allerdings oft Besuch unterschiedlicher Frauen, teilweise zweifelhafter Herkunft.«

Stübers Stimme wurde mahnend. »Das ist kein Delikt, Pferdi. Weiter.«

»Natürlich nicht, vielleicht ein Hinweis. Verwandtschaft ist so weit nicht bekannt. Seine Segeljacht liegt vermutlich keine 50 Meter entfernt von seiner Loggia im Millionärsbecken vom Kieler Jachtklub.«

Jetzt pfiff Stüber durch die Zähne. »Mensch, da hätte ich gerne mein Büro.«

Den Zahn zog ihm Fingerloos sofort. »Bist du verrückt? Da segeln die Reichen im Sommer den ganzen Tag munter vor deiner Nase hin und her, und du musst Dienst schieben. Ich würde das als Folter in Reinkultur bezeichnen!«

Kollege Stüber lachte. »So kann man das auch sehen,

vermutlich hast du recht. Dann wünsche ich euch Waidmannsheil.«

»Waidmannsdank und Tschüss.«

Fingerloos beendete das Gespräch. Jagdglück konnte er heute gut gebrauchen, zumal Polizeidirektor Magnussen seine Truppe von der Spusi immer wieder misstrauisch beäugte. So trommelte er seine Leute zusammen, die in unterschiedlichen Räumen tätig waren.

»Hört mal zu, neue Erkenntnisse. Sucht vorrangig in den Unterlagen nach Papieren, die auf Geschäfte mit anderen Maklern hinweisen. Nach einem Immobilienmakler Friedhelm Fürst ist zudem in diesem Zusammenhang gerade eine Fahndung ausgeschrieben worden wegen Mordverdacht. Also Augen auf und frisch ans Werk!«

Während sich seine Truppe wieder in der Wohnung zur Spurensuche verteilte, genoss Fingerloos den wunderbaren Blick auf die sonnenbeschienene Kieler Innenförde, auf der sich zahllose Boote tummelten. Auf der davor liegenden Uferpromenade ertüchtigten sich Jogger, Radler und Skateboarder. Es war ein buntes Bild, das plötzlich von dem Erscheinen eines Kollegen gestört wurde.

»Hier, Pferdi. Wir sind fündig geworden. Wir haben die Visitenkarte von einem Armin Sell gefunden, offenbar ein befreundeter Kieler Schiffsmakler. Wohnt in Kiel-Düsternbrook weiter oben in der feinen Bismarckallee.«

Fingerloos verstand nicht, worauf sein Mitarbeiter hinaus wollte. »Ja, und?«

Der begann jetzt aufgeregt mit zwei Papieren zu wedeln. »Zwei Kontrakte. Ein Schiffsankauf von diesem Armin Sell über zehn Millionen Euro. Im nächsten Geschäftsjahr der

Rückverkauf der gleichen Luxusjacht für acht Komma fünf Millionen an denselben Schiffsmakler.«

Fingerloos pfiff erneut durch die Zähne. »Nicht schlecht. So kann Gernot Wille einen Verlust beim Schiffshandel von ein Komma fünf Millionen Euro beim Finanzamt geltend machen.«

Sein Mitarbeiter hatte sich aber noch mehr Gedanken gemacht. »Jetzt nicht mehr. Zudem bezweifle ich, dass es das Schiff jemals gegeben hat.«

Der Leiter der Spurensicherung verstand nicht recht. »Wie kommst du denn darauf?«

Der Kollege ließ seinen Vermutungen freien Lauf. »Na, schau dich hier einmal richtig um. Das ist zwar alles recht gediegen, nach Luxus pur sieht mir das allerdings nicht aus. Vor dieser Wohnung liegt die viel von Fahrzeugen frequentierte Kiellinie, dahinter vom Millionärsbecken her das Klappern der Drahtseile im Wind an den Alumasten der Segeljachten. Dazu noch das ständige Tuten vieler einlaufender Kreuzfahrtschiffe und Fördedampfer nicht nur vor dem An- oder Ablegen. Direkt gegenüber auf der anderen Seite der Kieler Förde liegt das neu errichtete Küstenkraftwerk. Da wird mit Sicherheit nicht nur reiner Sauerstoff aus den Schornsteinen kommen.«

Fingerloos fand diesen anderen Blickwinkel erstaunlich, den er dem bisher eher blassen Kollegen nicht zugetraut hätte. Vermutlich zu Unrecht.

»Das kann gut sein. Genau genommen ist das hier ein Zweckbau in Backsteinoptik mit 20 bis 30 kleineren Apartments. Gedacht offensichtlich für Segler, die nachts nicht unbequem an Bord schlafen wollen. Luxus pur sieht anders aus.«

Der Kollege verwies auf die Visitenkarte. »Ja, Bismarckallee.«

Fingerloos zückte sein Handy und wählte die Nummer von Stüber, der im Gegensatz zu seinem Chef artig das Gespräch annahm.

»Moin. Neue Erkenntnisse, Pferdi?«

»Ja, absolut. Wie haben das Apartment von diesem Wille durchforstet und sind auf eine merkwürdige Geschäftsverbindung mit einem Armin Sell gestoßen, der in der Bismarckallee residiert. Wir haben Papiere gefunden, welche den Anschein erwecken, dass Geschäfte in größerem Umfang vorgetäuscht wurden, um den Fiskus zu erleichtern. Wäre nicht schlecht, wenn ihr der Sache einmal nachgehen würdet.«

»Okay. Dann mache bitte Fotos von den Unterlagen und schicke sie uns herüber. Der Alte wollte gleich hereinkommen, und es ist noch ein wenig hin bis zum Feierabend. Wir knöpfen uns diesen Sell heute noch vor, es ist ja nicht weit zur Bismarckallee.«

Fingerloos begann zu frotzeln. »Feierabend, das ist ein Fremdwort für uns bei der Spurensicherung. So, wie ihr arbeitet, Stüber, möchte ich nur ein einziges Mal in meinem Leben Urlaub haben.«

Mit dem abrupten Ende des Telefonats hatte Fingerloos gerechnet und lachte sich ins Fäustchen. Lieber einen Freund verlieren als eine gute Pointe.

HAUSBESUCH

Nach dem Klingeln an der Einfahrt knarrte eine harte Stimme aus dem Lautsprecher. »Haben Sie einen Termin?

»Wir brauchen keinen. Kommissar Hansen, Kripo Kiel. Mein Kollege Stüber und ich möchten Ihnen einige Fragen stellen.«

Das Tor öffnete sich wie von Geisterhand. Viel versprach sich Hansen nicht von der Befragung des Kieler Schiffsmaklers, zumal es keinerlei stichhaltige Beweise für mögliche Straftaten gab, sondern lediglich Vermutungen. Auf die ersten vagen Fragen gab dieser Sell zunächst bereitwillig Auskunft. Mitten im Gespräch bat er allerdings um einen Gang zur Toilette. Das nutzte Hansens zugeordneter Kollege Oberkommissar Stüber, kurz die Villa zu verlassen, um eine Kamera für eine mögliche Beweissicherung aus dem Dienstfahrzeug zu holen. Kommissar Hansen genoss den wunderschönen Blick durch das Panoramafenster dieser noblen Villa in der Kieler Bismarckallee. Von hoher Warte aus erfreute er sich am Panorama der sonnenüberfluteten Kieler Förde, auf der viele farbenfrohe Schiffe und Boote aller Art kreuzten.

Aber gerade, als eines der riesigen Traumschiffe mit Tausenden von Passagieren in die Förde einlief, verspürte Kommissar Hansen plötzlich den kalten Lauf einer Pistole an der rechten Schläfe.

»Keine Bewegung, sonst knallt es! Ich fackle nicht lange.«

Es war die Stimme von Sell, aber sie klang jetzt hart. Auch das Metall an seiner Schläfe kannte Kommissar Hansen nur zu gut, wenngleich er Pistolen schon seit seiner Waffenschulung in der Polizeischule Eutin abgrundtief hasste. Seinerzeit konnte er sich schon nicht gegen Schießübungen wehren, an dem heutigen Freitagnachmittag vermutlich noch weniger. Dabei war es lediglich eine Routinebefragung, die ihn in dieses exklusive Domizil im noblen Kieler Stadtteil Düsternbrook verschlagen hatte.

Das Metall ließ seine Nackenhaare sträuben. Gut, ein schneller Tod. Dann wäre er zumindest seine Else los, die ihn in seinem unbändigen Freiheitsstreben schon seit Jahrzehnten gängelte. Und den Polizeidirektor Magnussen auch, der ihn immer wieder an einem Nasenring durch seine Politikarena führte. Alles würde vermutlich nur wenige Sekunden dauern, bis ein Hirnschuss ihn in die ewigen Jagdgründe befördern würde. Ärgerlich war lediglich, dass er dort die vielen Sonderangebote aus den Prospekten der Supermärkte nicht mehr wahrnehmen konnte.

Ja, und das alles kurz vor dem verdienten Wochenende, wo es sich vermutlich sein Edelhelfer Helge Stuhr mit seiner Jenny Muschelfang gerade so richtig gemütlich vor der Flachglotze machte. So ergab sich Kommissar Hansen seinem Schicksal und sank vorsichtig auf die Knie. Sterben wollte er eigentlich nicht. Aber wenn schon, dann wenigstens halbwegs in Würde.

In diesen letzten Sekunden seines Daseins ließ er noch einmal die schönsten Momente seines Lebens wie einen Film vor seinen Augen ablaufen. Mit 15 wurde er mit einem ziemlich seltsamen Spruch vom Pastor konfirmiert, weil er nicht sonderlich bibelfest war. Aber mit 16 hatte er ein Mofa von seinen Eltern geschenkt bekommen, mit dem er bis an die Nordsee geknattert war. Mit 23 konnte er einen VW-Käfer erstehen, und mit 25 dann dieser erste Spanienurlaub und eine kleine Romanze mit einer schönen, aber eher dürren Norwegerin. Nach der sehnte er sich gerade, obwohl er weder beim Schusstraining noch im Bett jemals der Beste gewesen war.

Dann hatte die dickbusige Else ihn eingefangen und seit fast 40 Jahren mehr oder weniger lahmgelegt. Bei Gott, in diesem Moment wünschte er sich fast den Kopfschuss, zumal er niemals mehr zum Kriminalrat befördert werden würde, so kurz vor seiner Pensionierung. Und schließlich muss jeder Mensch irgendwann einmal sterben, zumal fast 40 Jahre Ehe mit seiner Else Strafe genug waren. Kommissar Hansen ging aufs Ganze.

»Nun drück schon endlich ab, du Idiot!«

Aber das Metall der Pistole blieb kalt, und so galten seine letzten Gedanken in diesem Leben den Heldinnen seiner Kindheit: Caterina Valente und natürlich Hildegard Knef. Mit beiden hätte er gerne einmal gekuschelt.

Aber mitten in seinen Gedankenspielen für ein glücklicheres Leben bekam er urplötzlich einen heftigen Schlag gegen den Kopf, gefolgt von einem Schuss. Das Panoramafenster sank nach unten, also kippte Hansen vermutlich nach hinten. Den harten Aufprall mit dem Hinterkopf auf den Boden bekam er zum Glück nicht mit, aber so richtig tot war er auch nicht. Denn als er langsam wieder zu sich kam, glotzten ihn am Boden liegend die leblosen Augen seines Peinigers an, der ihm mit blutendem Schädel vor die Nase gefallen war und den wertvollen Perserteppich ruinierte. In welchen Sündenpfuhl war der Kieler Kommissar hineingeraten? Unter großen Mühen wälzte er sich auf die Seite und drehte den Kopf. Aber es war lediglich der ihm beigeordnete Oberkommissar Stüber, der in der Manier von Hollywoodhelden den Rauch von seiner Pistolenmündung wegblies.

»Das war knapp, Chef.«

Ja, das war in der Tat knapp. So richtig wusste Hansen in diesem Moment allerdings nicht, das Geschehen einzuordnen, zumal er sich nur unter Schmerzen bewegen konnte. Aus weiter Ferne vernahm Hansen wieder die Stimme des Kollegen Stüber, der offenbar gerade mit dem Chef telefonierte.

»Ja, Chef. Dieser Sell ist zweifelsfrei tot. Hansen? Der liegt hier neben Sell. Ja klar, die Rettungskette ist bereits eingeleitet worden, das kann nicht mehr lange dauern.«

Hansen musste einen Schock erlitten haben. Bis auf einige spärliche Radtouren war er nie ein großer Sportler gewesen.

Er versuchte, sich aufzurappeln, aber es gelang nicht. Wichtige Körperfunktionen waren offenbar außer Gefecht, was ihm ernsthafte Sorgen bereitete. Immerhin funktionierten noch die Ohren, denn wieder hörte er Stüber sprechen.

»Klar, Chef. Kein Wort zur Presse. Nein, Sie können sich auf mich verlassen. Ja, ich halte die Klappe. Wenn der Kollege Hansen versorgt ist, dann mache ich mich hier unauffällig aus dem Staub.«

Hansen versuchte nochmals aufzustehen, um ebenfalls mit dem Chef zu sprechen. Schließlich war er der Dienstvorgesetzte von Oberkommissar Stüber. Aber es ging nicht, und so blieb Hansen platt wie eine Flunder auf dem ruinierten Perserteppich liegen. Noch einmal drang Stübers Stimme in sein Ohr.

»Nein, Chef. Natürlich fahre ich nicht selbst, ich rufe ein Taxi. Ja klar, ich tauche ab.«

Auf dem Fußboden liegend musste Hansen konstatieren, dass er mit dem Gesicht in Sells Blutlache eingetaucht lag. Lange starrte er bewegungslos auf die toten Augen des Maklers, bis er irgendwann Sirenen vernahm. Die Rettung stand offenbar unmittelbar bevor, und so war es an der Zeit, einfach loszulassen. Seine Gesundheit lag nun in anderen Händen, und er beschloss, sich zu entspannen.

Zur Besinnung kam er erst wieder, als er behutsam von vielen Händen auf eine Trage gehoben und später in einen Rettungswagen geschoben wurde. Endlich wurde er wieder einmal halbwegs angemessen befördert, wenn auch nicht in seiner beruflichen Karriere. Aber immerhin versprach dieses Intermezzo eine kleine Pause von dem immer eintöniger werdenden Zusammenleben mit seiner Else. Und auch von Polizeidirektor Magnussen, der ihn ständig, genau wie seine Else, einengte. Wenngleich von dem Chef meistens aus Gründen der Parteiräson, welche im öffentlichen Dienst eigentlich nichts zu suchen hat.

Als der Rettungswagen unter lautem Sirenengeheul sanft anfuhr, versuchte Hansen, sich schöne Gedanken zu machen. Im Krankenhaus würde er sich ausruhen und richtig gut erholen. Für seine kriminalistischen Bemühungen würde er wie immer neben den offiziellen Wegen den Frühpensionär Helge Stuhr einspannen können. Im Liegen war der zügige, aber durchaus sanfte Transport im Rettungsfahrzeug recht angenehm. In der Polizeidirektion würde ihm demnächst für seinen heldenhaften Einsatz mit Sicherheit eine Ehrung zuteilwerden. Natürlich würde er den Kollegen Stüber als Vollstrecker nicht unerwähnt lassen. Er spürte noch den Stich einer Nadel, dann verlor Hansen die Besinnung.

Aus dem Reich der Träume gelangte er allerdings erst wieder, als er sanft in ein Krankenbett gelegt wurde. Ungläubig schaute er sich um. Es war ein Doppelzimmer mit riesigen

Fenstern, das zweite Bett neben ihm war jedoch unbelegt. Beruhigt schloss er die Augen.

Einige Tage absoluter Ruhe konnten seiner Gesundheit kaum abträglich sein. Träumen würde er heute Nacht von Caterina Valente und Hildegard Knef, den Heldinnen seiner Jugend. Zufrieden schloss er die Augen.

VISITE

Genüsslich machte sich Kommissar Hansen am Montag in seinem Krankenzimmer über sein Frühstück her. Als Beamter war er Privatpatient, und so fiel der Aufschnitt reichhaltiger aus als bei Kassenpatienten. Holsteiner Katenschinken und Holtseer Käse, das hatte ihm seine Else schon lange nicht mehr aufgetischt. Dazu gab es Kaffee satt und ein druckfrisches Exemplar der *Kieler Rundschau*. Noch mehr freute es ihn, dass er nicht Elses dummes Geschwafel ertragen musste.

Glücklicherweise war das zweite Bett nicht belegt, sodass er sich ungestört seiner Lektüre widmen konnte. Bis es an die Tür klopfte. Visite?

Falsch geraten. Es war der aufblitzende Goldzahn vom Büroleiter Zeise, der sich zuerst zeigte. Ihm folgte auf leisen Sohlen Polizeidirektor Magnussen. Missgestimmt legte

Hansen die Tageszeitung beiseite und sah die beiden fragend an. Der Büroleiter überließ seinem Chef den Vortritt.

»Moin, Kriminalhauptkommissar Hansen. Sie vollbringen echte Heldentaten.«

»Keineswegs. Der Kollege Stüber ist der Held. Er hat schließlich den Schurken zur Strecke gebracht. Warum ist er nicht mitgekommen?«

Die unglückliche Miene seines Chefs blieb Hansen nicht verborgen. Büroleiter Zeise mischte sich ins Gespräch.

»Zur Strecke gebracht, ja, mit einem tödlichem Kopfschuss. Das wird gerade intern disziplinarisch untersucht. Wir haben ihn auf Geheiß vom Innenministerium vorläufig vom Dienst suspendieren müssen.«

Magnussen übernahm wieder das Kommando. »Richtig, Zeise. Aber, verehrter Kollege Hansen, wer hat denn zweifelsfrei festgestellt, dass der Tote ein Schurke war?«

Hansen rang nach Luft. »Er hielt mir einen Pistolenlauf an die Schläfe.«

Vorlaut mischte sich Zeise ein. »Schreckschusspistole. Eine *Glock* 9 Millimeter.«

Polizeidirektor Magnussen wurde unwirsch. »Zeise, halten Sie die Klappe!«

Eingeschüchtert wich der Büroleiter einen Schritt zurück, während Kommissar Hansen nach Luft rang. Der Polizeidirektor legte nach.

»Aber in der Tat, eine 9 Millimeter *P.A. Knall* der Firma *Umarex*. Kollege Fingerloos von der Spusi konnte die Waffe zunächst nicht einem Eigentümer zuordnen, weil alle Kennzeichnungen weggefeilt wurden. Jetzt wird die Waffe beim Kriminaltechnischen Institut weiter untersucht.«

Hansen schüttelte ungläubig den Kopf. »In einer Schulung habe ich gelernt, dass die beim Abfeuern entstehende

Druckwirkung einer 9 Millimeter *P.A. Knall* bei 400 Bar liegt, sodass ein auf den Schädel aufgesetzter Schuss durchaus tödliche Folgen haben kann.«

Magnussen lächelte kalt. »Kollege Hansen, dieser Armin Sell war womöglich ein gerissener Geschäftsmann, der mit allen Wassern gewaschen war, aber auf keinen Fall ein Mörder. Bei der Durchsuchung seiner Wohnung sind wir auf zahlreiche Geschäftsunterlagen gestoßen. Alles offenbar legal, soweit wir das einschätzen können.«

Daran hegte Hansen nicht nur leisen Zweifel, denn wenn ein Schiffsmakler eine klassische Jacht für 20 Millionen Euro kauft und für 30 Millionen verkauft und beim Finanzamt nur Verluste angibt, dann kann irgendetwas nicht stimmen. Zumal Sell offenbar mehrere Geschäfte dieser Größenordnung jährlich tätigte. Deswegen auch die Bitte von Fingerloos für die Befragung gemeinsam mit dem Kollegen Stüber am letzten Freitagnachmittag in dieser noblen Villa mit dem traumhaften Blick auf die sonnige Kieler Förde, die er bis zu dem tragischen Vorfall genoss. Es schüttelte ihn heftig, und theatralisch ließ er seinen Kopf ins Kissen zurückfallen, was Magnussen offenbar einen Schreck einjagte.

»Nun beruhigen Sie sich bitte, Kollege Hansen. Wir boxen den Stüber da schon wieder raus. Es wird nur etwas dauern, bis Gras über die Sache gewachsen ist. Die Situation ist momentan für mich nur etwas unkomfortabel, so kurz vor den Wahlen. Richtig, Zeise?«

Der Büroleiter ließ zum Einverständnis lediglich seinen Goldzahn aufblitzen, zumal er inzwischen das gleiche Parteibuch wie Magnussen besaß. Hansen verstand: Da wehte also wieder einmal der Wind her. Missmutig knurrte er seinen Chef an.

»Es gibt auch noch andere Dinge als Parteiräson.«

Magnussen hob abwehrend die Hände. »Pfui, was denken Sie nur von mir? Es geht um die gesamtpolitische Lage. Wegen dem Tod von Sell habe ich eine der renommiertesten Hamburger Anwaltskanzleien an den Hacken. Die lassen einem kaum Luft zum Atmen, das müssen Sie mir schon glauben.«

Da Zeise ebenfalls eine ernste Miene aufsetzte, war das vermutlich glaubhaft. Hansen bohrte nach. »Wer hat die denn auf Sie gehetzt?«

»Der Hamburger Geschäftspartner von Sell, ein gewisser Rainhard Engel. Firma *Engel & Sell*, eine internationale Schiffsmaklerei mit allerfeinster Geschäftsadresse am Jungfernstieg.«

Hansen blickte ungläubig. »Wie bitte? Der Jungfernstieg soll allerfeinst sein, obwohl es dort kaum einen Baum oder Strauch gibt, nur Hundekacke auf dem Gehweg? Dass ich nicht lache.«

Sein Chef lächelte milde und belehrte ihn. »Nicht der Jungfernstieg in Kiel, sondern der an der Binnenalster in der Hamburger Innenstadt, direkt neben dem *Alsterhaus*. Wir haben übrigens inzwischen die dortigen Kollegen vom Finanzamt gebeten, uns schnellstmöglich Unterlagen über die Firma zu übermitteln.«

Hansen staunte nicht schlecht. »Und wer soll die Aktenberge nun bearbeiten?«

Magnussen setzte ein breites Grinsen auf. »Na, Sie natürlich, Hansen. Wer denn sonst? Aber diese Woche ruhen Sie sich ausnahmsweise erst einmal richtig aus. Bezahlter Urlaub, sozusagen. Gute Besserung und auf Wiedersehen.«

Büroleiter Zeise ließ kurz noch einmal seinen Goldzahn aufblitzen, dann waren beide schon aus dem Raum entschwunden. Auf der einen Seite ärgerte sich Hansen, dass er am kommenden Montag im Büro vermutlich einen mit Akten überladenen Schreibtisch vorfinden würde. Auf der anderen Seite freute er sich über einige Tage Rekonvaleszenz und Ruhe im Krankenhaus. Vor Sonntag würde er einer vorzeitigen Entlassung nicht zustimmen. Schließlich war er Privatpatient, das würde der Klinik ordentlich Geld einbringen.

Aber gerade, als er sich schöne Gedanken machte, um welche Summe er Elses Haushaltsgeld wegen des Krankenhausaufenthalts kürzen könnte, klopfte es zaghaft an der Tür. Wurde ihm jetzt schon das Mittagessen von einer der vielen schönen Krankenschwestern serviert? Dafür war es eigentlich zu früh, vielleicht würde man ihm Mineralwasser oder Kaffee anbieten. Es war aber lediglich seine Else, die wie ein scheues Reh das Krankenzimmer betrat.

»Oh Gott, Konrad! Was ist nur geschehen?«

Hansen gab sich lässig. »Nichts weiter, Else. Nur eine klitzekleine Schießerei, ich habe kaum einen Kratzer abbekommen.«

Während Else laut aufschluchzte, war Hansen innerlich am Fluchen. Wie, um Himmels willen, sollte er genesen, wenn es in seinem Krankenzimmer genauso hektisch zuging wie auf dem Hamburger Hauptbahnhof?

HAMBURGER MODE

Bei Stuhr gingen die Lichter erst wieder an, als ihn seine Jenny besorgt musterte.

»Ach, Helge. Was hast du denn nun schon wieder angerichtet?«

Nichts hatte er diesmal angestellt. Schließlich lag er friedlich mit gefalteten Händen im Bett. Allerdings erschien ihm Jenny heute seltsam gekleidet in ihrem giftgrünen Gewand.

»Ist das grüne Sackkleid neueste Hamburger Mode?«

Während sie laut aufschluchzte, blieb ihm nicht verborgen, dass selbst im Liegen seine Schwindelgefühle nicht nachließen und ein enormer Druck auf seiner Brust lastete. Jetzt erst bemerkte er die Schläuche in Nase und Mund. Sein Bett war es auch nicht, in dem er lag. Vorsichtig hob er unter heftigem Schmerz den Kopf. Er lag in einem geräumigen, fensterlosen Krankenzimmer. Altbau mit hohen Decken, und neben und über ihm piepsten leise viele blinkende moderne Apparaturen mit blauen und roten Digitalanzeigen, wahrscheinlich alle vernetzt wegen der vielen bunten Datenkabel. Hier war er noch nie gewesen. Dem Gestöhne nach lagen vermutlich in unmittelbarer Nachbarschaft noch andere Patienten, aber Plastikvorhänge versperrten jeglichen Blick auf die Nachbarschaft. Bei dem Gewand von Jenny musste es sich um einen Schutzkittel handeln, wie er auf Intensivstationen üblich ist. Vorsichtig versuchte er, sich ein wenig im Bett zu erheben, um einen besseren Überblick zu gewinnen. Aber die Schwerkraft ließ es nicht zu, und als irgendetwas Spitzes seinen linken Arm piekste, versank er unter dem lauten Aufschluchzen von

Jenny schnell wieder in wirren Gedanken. Dieser Unfall, diese böse Frau!

Jenny weinte immer noch, und so bemühte er sich, wenigstens nach ihrer Hand zu greifen, was sich jedoch als ausgesprochen schmerzhaft erwies. Jetzt erst bemerkte er die Braunüle, die ihm gelegt worden war. Jenny ergriff die andere Hand.

»Um Himmels willen, Helge! Wie konnte das nur passieren? Hast du etwa wieder einen Auftrag für Kommissar Hansen ausgeführt? Du bist richtig übel zugerichtet.«

Stuhr war in diesem Moment froh, dass Jenny ihm keinen Spiegel vor die Nase hielt. »Nein, es war ein Fahrradunfall. Zusammenstoß frontal mit einem Auto. Ich erinnere mich nicht mehr so ganz genau. Weißt du, wo mein Rad hingekommen ist?«

Wieder schluchzte sie auf. »Helge, es geht nicht um dein Fahrrad. Es geht um dich und unsere gemeinsame Zukunft. Was hast du dir dabei nur gedacht?«

Er zuckte hilflos mit den Schultern. »Eigentlich hatte ich gedacht, dass ich auf der Fahrradstraße Vorfahrt habe.« Aber selbst das Schulterzucken schmerzte. Jenny hatte nur eine enttäuschte Replik übrig.

»Ja, ja. Der Herr wieder einmal auf dem Rad mit Vollgas unterwegs und Knautschzone Nasenbein. Super, Helge. Wann denkst du endlich auch einmal an mich?«

In diesem Moment betrat ein Pfleger diesen Bereich der Intensivstation und grüßte freundlich. »Moin, Herr Stuhr. Guten Tag, die Dame. Na, so langsam wird das ja wieder.«

Selbst das kurze Nicken tat Stuhr weh und zudem drückte seine Blase. »Ich muss mal. Können Sie mich bitte zu einer Toilette führen?«

Wieder schluchzte Jenny auf. Stuhr war sich keinerlei Schuld bewusst, bis der Pfleger freundlich antwortete.

»Sie liegen bereits auf Ihrer Toilette. Also einfach laufen lassen.«

Für Stuhr sprach er in Rätseln, bis der junge Mann etwas später am Bett gleich neben Jenny einen mit Urin gefüllten Plastikbehälter hochnahm und gegen einen leeren austauschte. Offenbar hatte man ihm einen Katheter gesetzt. Das war Stuhr vor Jennys Augen unangenehm, die jetzt den Pfleger ausfragte.

»Sagen Sie bitte, wie lange muss mein Mann noch hier auf der Intensivstation bleiben?«

»Nun, ich bin kein Arzt, aber einige Tage wohl schon noch. Wir müssen abwarten, bis sich die Werte von Herrn Stuhr stabilisieren. Danach vermutlich noch zehn Tage Aufenthalt in einem normalen Krankenzimmer, je nach Verlauf der Rekonvaleszenz. Natürlich kann es immer wieder einmal Komplikationen geben, aber keine Sorge: Er wird ständig überwacht.«

Fröhlicher wurde der Blick von Jenny nicht, als sie dem Pfleger dankte, der in Eile war.

»Jetzt muss ich weiter, die Pflicht ruft. Ihnen beiden noch einen schönen Tag!«

Das hörte sich für Stuhr nicht so gut an, und bei Jenny flossen schon wieder Tränen. Aber alles war ja irgendwie gut und würde irgendwann noch den richtigen Weg nehmen. Jenny näherte sich und flüsterte ihm zärtlich ins Ohr.

»Helge, du darfst den Mut nicht verlieren. Auch das werden wir gemeinsam durchstehen. Und wenn du erst mal wieder richtig auf dem Damm bist, dann habe ich eine ganz tolle Überraschung für dich. Genauer gesagt, für uns beide.«

Zaghaft nickte Stuhr, obwohl die Überraschung eigentlich nur Heirat bedeuten konnte. Dazu war er bei aller Liebe tief im Innersten immer noch nicht bereit. Aber wenigstens heute durfte er kein Spielverderber sein. Es klopfte an der Tür, und Stuhr vernahm eine mahnende weibliche Stimme, die ihm irgendwie bekannt vorkam.

»Frau Muschelfang, für heute ist es genug. Herr Stuhr braucht noch viel Ruhe.«

Zärtlich hauchte ihm Jenny einen Kuss auf die Wange. »Tschüss, Helge. Länger darf ich heute nicht bleiben. Ich liebe dich, bis morgen. Und mach bitte keine Dummheiten mehr.«

Dummheiten? Das konnte er in seinem momentanen Zustand nicht. Aber die rücksichtslose Autofahrerin, die ihn in dieses Krankenbett befördert hatte, die würde er vor Gericht zerren und durch sämtliche Instanzen klagen.

Dann hatte Jenny den Raum schon verlassen. Die vielen farbigen Linien und Zacken, die sich auf den Displays der leise piependen Überwachungsgeräte wiederholten, ermüdeten ihn zunehmend. Sein letzter Gedanke galt noch Jenny, aber auch die würde er vermutlich irgendwann und irgendwie besänftigen können. Dann holte ihn seine Kraftlosigkeit allerdings zurück in das Reich der wirren Träume.

AKTIVURLAUB

Mit der Zeit gefiel Kommissar Hansen das Verweilen im Krankenhaus immer besser. Er musste sich um nichts kümmern, und Besuch von seiner Else hatte er sich verbeten. Sein Kommissariat war jetzt unterbesetzt, und deswegen ließen ihn die Kollegen endlich in Ruhe, weil sie nun auch einmal ermitteln mussten. So konnte der Kieler Kommissar genüsslich das gesamte Angebotsspektrum des Klinikums nutzen, das ihm als Privatpatient angeboten wurde: wohltuende Bewegungsbäder, Massagen, Krankengymnastik bei freundlichen jungen Damen und Plausch in den Fluren mit netten Patienten. Es war der reinste Aktivurlaub, und sogar in der Unterhose regte sich nach Jahrzehnten von Leblosigkeit wieder ein wenig bei ihm, zumal die meisten Pflegekräfte Frauen waren. Neuerdings durfte er sogar mit Begleitung in die kleine Cafeteria um die Ecke auf dem Klinikgelände gehen. Dafür lud er in der Regel hilfsbereite Krankenschwestern auf ein Käffchen ein, die gespannt den Berichten über seine kriminalistischen Ermittlungen lauschten. Natürlich musste er die Kriminalfälle etwas überhöhen, um die Damen bei Laune zu halten. Die Existenz von Stuhr und Polizeidirektor Magnussen verschwieg er vollständig. Die Krankenschwestern dagegen berichteten von ihrem schwierigen Arbeitsalltag. Ihm wurde zunehmend klar, dass seine Else bei ihm wie eine Made im Speck lebte, auch wenn sie manchmal jammerte. Er würde die Zügel bei ihr etwas fester anziehen müssen.

Die beiden letzten Tage hatte er die Kaffeepausen mit Schwester Brunhilde verbracht, die es ihm besonders angetan hatte.

In den Gesprächen wurde ihm klar, dass sie offenbar alles hatte, was ihm an seiner Else fehlte: Pünktlichkeit, Ehrgeiz, Fleiß und Sparsamkeit. Das ging den anderen jungen Dingern meistens völlig ab. Für heute hatte er sich erstmals mit Schwester Brunhilde zum Mittagessen verabredet.

Als es nun an der Tür zu seinem Krankenzimmer klopfte, begann sein Herz regelrecht zu hüpfen, denn Schwester Brunhilde trat stolz wie ein Schwan ein in sein derzeitiges Domizil. Richtig flott hatte sie sich gekleidet: fesche Kopfhaube, obligatorische Rot-Kreuz-Brosche und langes schwarzes Schwesternkleid mit weißer Schürze. Kommissar Hansen konnte nicht anders und eilte sofort zu ihr, um ihr formvollendet einen Kuss auf den Handrücken zu hauchen, was ihr zunächst einen spitzen Schrei entlockte.

Dann hakte sie sich aber zufrieden bei ihm ein und zog ihn förmlich durch den belebten Krankenhausflur. Beim Verlassen der Klinik fertigte sie den erstaunten Pförtner kurzerhand ab. »Von jetzt an bin ich die ständige Begleitperson von Herrn Hauptkommissar Hansen von der Kieler Kriminalpolizei. Alleine darf er nicht aus dem Klinikum. Anordnung von ganz oben, werden Sie ja vermutlich gelesen haben.«

Von dem wegen der strengen Ansage mit den Augen rollendem Pförtner nahm Hansen nur kurz Notiz, bevor er sich weiter von Schwester Brunhilde an vielen Baustellen auf dem Klinikgelände zur Cafeteria führen ließ. Hier hatte sich in den letzten Jahren viel geändert.

»Sagen Sie bitte, Brunhilde. Was wird denn hier gebaut?«

Erstaunt musterte ihn die Schwester. »Haben Sie das nicht in der *Kieler Rundschau* gelesen? Das ist unser neues zentrales Klinikgebäude, an dem schon seit Jahren gebaut wird.

Demnächst sollen die Umzüge bei laufendem Betrieb erfolgen. Wir freuen uns auf die modernen Räumlichkeiten.«

Der Kommissar konnte sich eine Bemerkung nicht verkneifen. »Ah, das Uni-Klinikum ist endlich in der Medizin des 21. Jahrhunderts angekommen.«

Dann hatten sie die kleine Cafeteria schon erreicht, und Hansen hielt höflich die Tür auf. Nachdem sie an der Fensterfront Platz genommen hatten, ergriff die Krankenschwester völlig unerwartet seine Hände.

»Bruni.«

Auch wenn Hansen seinen Vornamen nicht sonderlich liebte drückte er fest ihre Hände. »Konrad.«

Erst nachdem sie sich endlose Minuten schweigend gegenseitig in die Augen geschaut hatten, lösten sich ihre Hände wieder. Schwer atmend reichte der Kieler Kommissar ihr die bescheidene kleine Speisekarte, die sie schnell beiseitelegte.

»Ach, Konrad. Wenn du in meiner Nähe bist, dann empfinde ich keinerlei Hunger oder Durst. Du bist mir genug.«

Innerlich pfiff Hansen durch die Zähne. Bescheiden war die Bruni auch noch. Sollte Hansen nach 40 Jahren Zuchthaus bei seiner Else nicht doch noch einmal im Leben die Pferde wechseln? Dafür war es in diesem Stadium des Kennenlernens allerdings noch zu früh, zumal Bruni die Speisekarte wieder an sich zog und zufrieden Schweinshaxe mit Sauerkraut wählte, dazu ein Weizenbier. Dabei zwinkerte sie ihm zu.

»Ich bin in Bayern aufgewachsen, Konrad. Manche kulinarischen Gelüste wird man eben nie los. Geht es dir manchmal nicht ebenso?«

Hansen rief schnell nach der Kellnerin, weil er sich mit der Antwort in diesem speziellen Moment überfordert fühlte. Spielte Bruni womöglich auf irgendwelche geschlechtlichen Gelüste an? Mit Else hatte er sich zum Thema Sexualität schnell auf Waffenstillstand geeinigt, schließlich wollte er keine Kinder. Aber die Bruni, die war schon etwas Besonderes. Allerdings machte ihm ihr lüsterner Blick ein wenig Angst, der sich erst legte, als endlich die Schweinshaxe aufgetischt wurde. Er selbst hatte sich lediglich einen Kaffee bestellt, um seine Geldbörse zu schonen.

Dass sie nach der Mahlzeit leise rülpste, damit hatte er keinerlei Probleme. Was in einen Körper reinkommt, das muss irgendwann auch wieder raus. Deswegen hatte er nie Bedenken, bei seiner Else im Ehebett bisweilen nach übermäßigem Biergenuss zu pupsen. Und welcher andere Mensch auf Erden konnte ansonsten so wenige Fehler aufweisen wie er?

Als Bruni sich ein zweites Weizenbier bestellen wollte, rief Hansen aber mit Hinweis auf seine immer noch angeschlagene Gesundheit nach der Kellnerin und beglich die Rechnung. Kurz musterte sie ihn irritiert, hakte sich dann jedoch wieder bei ihm ein und zog ihn in Richtung Schwesternhaus, in dem sie offenbar wohnte.

»Ich habe jetzt frei, Konrad. Schließlich habe ich heute Morgen um 4.30 Uhr meine Schicht angetreten. Kommst du mit mir, um dich ein wenig zu entspannen, oder willst du lieber wieder in dein Krankenzimmer einrücken?«

Nein. Ja. Kommissar Hansen war unschlüssig. Seit fast 40 Jahren war er erstmals wieder so etwas wie verliebt oder wie man das ansonsten nennt. Um Himmels willen, wie sollte er sich entscheiden? Sie zog ihn noch etwas fester an sich.

»Kneifen gilt nicht, Konrad.«

Der Kieler Kommissar befand sich urplötzlich in allerhöchster Not, letztendlich könnte es ihn die Ehe mit Else kosten. Wenn die manchmal nur ein wenig mehr aus sich machen würde, um ihn vielleicht auch einmal zu reizen. In diesem Moment des Zweifelns zog Bruni völlig unerwartet ihre Hand aus seinem Arm und wies auf eine Kaffeestube außerhalb des Klinikgeländes.

»Ein Käffchen dort drüben nach dem Festmahl? Ich lade dich ein, Konrad. Oder hast du kleiner Schlingel etwa gedacht, dass ich im Schwesternheim hause?«

Beschwichtigend hob Kommissar Hansen beide Hände. »Nein, keinesfalls. Ich bin doch kein Schwerenöter.«

Belustigt zog Bruni ihn in die Kaffeestube an der Feldstraße und orderte zwei Becher Café Crema. »Nein, Konrad, ein Schwerenöter bist du nun wirklich nicht. Ich denke, wir sollten dein Image ein wenig aufpolieren. Ich kann dir dabei in jeder Beziehung gerne helfen, wenn du magst.«

Image aufpolieren. Unternahm Hansen nicht schon alles, um gegenüber den anderen Kollegen in der Polizeidirektion zu glänzen? Jeden zweiten Sonntag holte er jetzt schon seit Wochen mit dem Fahrrad Brötchen, um topfit zu bleiben. Neuerdings zog er diese unbequemen modischen Boxershorts an, die ihm Else seit einigen Jahren zu Weihnachten schenkte. Ohne Eingriff und Feinripp, das war recht ungewohnt. Und dann noch diese komischen Farben und Muster, während er Blütenweiß bevorzugte. Da konnte man wenigstens sehen, wann die gewaschen werden mussten. Unternahm er nicht schon alles, um attraktiv zu wirken?

So nickte er zwar, aber eigentlich sehnte er sich in diesem Moment nach seiner Else zurück, den angenehm gewärmten Bierchen und den Puschen vor dem Fernseher.

Liebe kann eben viele Facetten aufweisen, auch wenn er Else vielleicht nicht mehr liebte. Oder etwa doch?

DRUNTER UND DRÜBER

Heute am Vormittag wurden Stuhr endlich die Schläuche abgenommen und der am Penis installierte Katheter abmontiert. Das Prozedere war äußerst unangenehm, aber theoretisch konnte er nun endlich wieder alleine auf Toilette gehen. Drei Stunden voller Ungeduld musste er noch warten, bis endlich augenzwinkernd ein junger Pfleger mit einem elektronisch gesteuerten Umbettsystem auftauchte.

»Reise, Reise, Herr Stuhr.«

Die Umbettung mit dem elektronisch gesteuerten System gestaltete sich ausgesprochen komfortabel, zumal er anschließend auf dem Gefährt sanft durch die Intensivstation bugsiert wurde. Jetzt konnte er erstmals die Mitpatienten sehen, mit denen er bisweilen in den letzten Tagen durch die Vorhänge unbekannterweise gesprochen hatte. Dann ging es mit dem Fahrstuhl ein Stockwerk höher und an einer Pförtnerloge vorbei durch einen langen altmodischen Flur. Vermutlich war das Gebäude in der Kaiserzeit eine Garnison gewesen. Offenbar befand sich die Intensivstation im Keller und vermutlich gab es dort deswegen nur künstliches Licht. Gleich gegenüber einer Rezeption ging es nun in ein sonniges Krankenzimmer. Beim Hineinschieben bemerkte er aus den Augenwinkeln, dass es sich um Raum 105 handelte. Das musste er sich gut merken, wenngleich sein Gehirn noch immer nicht richtig funktionierte.

Erfreulich waren die hohen Fenster, durch die Sonnenstrahlen das Zimmer durchfluteten. Wie sehr hatte er das die letzten Tage vermisst. Das zweite Bett im Zimmer war benutzt, im Moment aber verwaist. Auf dem kleinen Nachttisch nebenan lagen einige Werbeprospekte der üblichen Verdächtigen: *Aldi*, *Lidl* & Co. Aber gut, dann war es wenigstens kein Professor, mit dem er debattieren musste.

Auch diese Umbettung gestaltete sich sehr komfortabel, weil er nicht wie früher von mehreren kräftigen Pflegern umgehievt werden musste. Der gesamte Vorgang wurde elektronisch von dem Pfleger gesteuert, der ihn in der Intensivstation im Keller abgeholt hatte.

»Ich muss weiter, Herr Stuhr. Wenn irgendetwas ist, einfach den Knopf neben dem Bett drücken.«

Eine Frage hatte Stuhr noch. »Wissen Sie vielleicht, was so ein modernes Umbettungssystem kostet?«

Der schmunzelte. »Ja, in etwa so viel wie ein Mercedes-Benz Cabrio. Neuwagenpreis.«

»So um die 50 Riesen?«

»Richtig, erspart viel Personal beim Umbetten. So haben wir endlich wieder Kaffeepausen zur Entspannung. Aber momentan geht ja alles drunter und drüber mit den vielen Einsparungen.«

Das mit dem Drunter und Drüber ging Stuhr momentan genauso, weil ihn immer noch beim Heben des Kopfes

Schwindelgefühle plagten. Und das nicht nur Jenny gegenüber. Mit strengem Blick erteilte der Pfleger Anweisungen.

»Ansonsten zunächst schön liegen bleiben, Herr Stuhr. Wir kümmern uns um alles.«

Dann rauschte der junge Mann schon davon. Stuhr nickte zwar noch brav, aber kaum war der Pfleger weg, tastete sich Stuhr vorsichtig aus dem Bett zu der kleinen Toilette neben der Tür zum Krankenhausflur. Der Blick in den Spiegel verhieß allerdings wenig Gutes. War er nicht mindestens um ein Jahrzehnt gealtert?

Zufrieden stellte er fest, dass immerhin seine Toilettenutensilien auf der rechten Seite unterhalb des Spiegels eingeräumt waren. Auf der linken Seite stand lediglich eine poppige Kulturtasche mit den aufgestickten Initialen »DO«. Egal, wer das war, mit dem würde er schon zurechtkommen. Zumal Stuhr nicht vorhatte, länger als unbedingt notwendig in dem betagtem Gemäuer zu verweilen. Befreit verrichtete er sein kleines Geschäft. Auf dem Rückweg wurde ihm allerdings schwindelig und er begann zu taumeln. Kurz vor seinem Krankenbett wurde er förmlich vom Boden angezogen, und ihm wurde schwarz vor Augen.

Als er wieder zu Bewusstsein kam, lag er wieder in seinem Krankenbrett. Durch die Braunüle wurden gerade Medikamente gespritzt, und eine gebieterische ältliche Krankenschwester mit Haube, Brosche und weißem Kittel erteilte ihm mit strenger Miene Anweisungen.

»Herr Stuhr, Sie sind zwar kein Risikopatient mehr, aber Sie müssen die Dinge ruhiger angehen. Sie befinden sich in einer Übergangsphase. Ihr Körper muss sich erst umstellen nach der langen Intubation. Das geht nicht von heute auf morgen.«

Ein strenges Regiment, befand Stuhr. Offenbar hatte sich der Kasernenton in dem Gemäuer über mehr als ein Jahrhundert gehalten. Irgendwie kam ihm das Gesicht der Schwester bekannt vor, jedoch übermannte ihn wieder der Schlaf. Mit wildesten Träumen, denn plötzlich befand er sich inmitten einer prunkvollen Theaterlandschaft, in der er sich in seinem Nachthemd vor einem erstaunten Publikum schnell hinter den Kulissen versteckte. Bald begann die Blase zu drücken. Allerdings gab es nirgendwo einen stillen Winkel, in dem er sich unbemerkt erleichtern konnte. War das der nächste Albtraum? Gerade wollte er sich an irgendeiner Kulisse erleichtern, bis ihn ein scharfer Weckruf ereilte.

»Herr Stuhr, bitte nicht hier!«

Jetzt erst bemerkte Stuhr die helfende Hand, die ihm von einem Krankenpfleger in einem blauen Kittel gereicht wurde, um ihn zu einer Toilette zu führen. Die Theaterkulisse war allerdings dem schnöden Flur des Krankenhauses gewichen. Welche Spielchen wurden mit ihm getrieben? Hatte man ihn unter Drogen gesetzt?

Das war Stuhr in diesem Moment egal. Hauptsache, er konnte sich endlich erleichtern. Bei seinem kleinen Geschäft blieb ihm nicht verborgen, dass die schlichten und stumpfen elfenbeinfarbenen Kacheln an Dokumentationen im Fernsehen über Zuchthäuser und Zwangsanstalten erinnerten. Wo war er gelandet? Eigentlich wollte er nur noch weg von hier, aber der Pfleger im blauen Kittel hielt offenbar stramm Wache vor der Klotür und führte ihn wie einen Gefangenen in sein Krankenzimmer zurück, wo ein braun gebrannter Mann entspannt auf der Bettkante saß und sich mit knappen Worten vorstellte.

»Dennis Ohlsen. Laboe. Zwei Stents heute gesetzt bekommen.«

War das etwa sein nächster Bewacher? In welche Verschwörung war Stuhr hineingeraten? Unfreundlich wirkte der Mann nicht, und so fragte Stuhr kraftlos nach.

»Was ist denn ein Stent?«

Der Pfleger im blauen Kittel antwortete stattdessen. »Ein Stent ist eine Gefäßstütze. Es handelt sich dabei um ein kleines, aus Drahtgeflecht bestehendes Röhrchen, das in ein Blutgefäß oder eine Arterie eingesetzt wird, um diese offen zu halten. Ähnlich wie ein Tunnel, der gestützt werden muss. Vor allem haben Raucher solche Probleme. Richtig, Herr Ohlsen?«

Jetzt erst bemerkte Stuhr den leichten Nikotingeruch im Zimmer, obwohl er in Gedanken schon wieder bei seinem demolierten Fahrrad war. Der Bettnachbar verabschiedete sich höflich.

»Ich muss jetzt los. Hat alles bestens geklappt hier.«

Laboe. Wohnte der Ohlsen nicht im Ostseebad an der Kieler Förde?

»Zurück nach Laboe, Herr Ohlsen? Da wäre ich jetzt auch lieber.«

Der lachte nur. »Nein, es geht ab nach Sankt Peter-Ording. Meine Restfamilie betreibt dort eine Gaststätte und einen Hotelbetrieb. Zwei Wochen Erholung und die eine oder andere kleine Feier.«

Der Pfleger mischte sich augenzwinkernd in die Konversation ein. »Herr Ohlsen, ein ernstgemeinter Ratschlag für Sie beim Feiern: Lassen Sie das Rauchen sein und trinken lieber Bier und Wein.«

Ohlsen lachte laut auf. »Den Ratschlag befolge ich gerne. Vielen Dank, ich bin dann mal weg.«

Dann klappte schon die Tür, und gegen das sanfte Einbetten von dem Krankenpfleger hatte Stuhr absolut nichts einzuwenden. Aber Restfamilie, was für ein seltsames Wort? Sicher, bei Familien weiß man nie, in welche Richtung Stimmungen ausschlagen konnten. Aus dem Bekanntenkreis war Stuhr zugetragen worden, dass sich vier Brüder einer befreundeten Familie nach einem Erbschaftsstreit sogar wieder siezten.

Der Pfleger im blauen Kittel absentierte sich ebenfalls ohne große Worte. Auch wenn sich Stuhr in diesem alten Gemäuer wie in einem Knast fühlte, so waren wenigstens seine Bewacher abgezogen, und irgendwie fühlte er sich wieder frei. Bis ihm ein Luftzug verriet, dass sich erneut jemand in sein Krankenzimmer geschlichen haben musste. Es war die harte Stimme der ältlichen Krankenschwester mit Haube, Brosche und weißem Kittel, die ihn hochschrecken ließ. »Sie erholen sich hier bei uns auf Staatskosten. Aber haben Sie schon Ihre Versicherung kontaktiert?«

Sie musterte ihn mit strengem Blick. Irgendwie kam ihm das Gesicht bekannt vor, aber sein Gehirn konnte das Puzzle nicht zusammensetzen. So nickte er, obwohl er die Frage nicht verstand. Schließlich war er krankenversichert. Dann erfolgte schon die nächste Infusion. Wo war er gelandet und was wurde ihm gespritzt?

Erneut wurde es um ihn herum zappenduster.

DIE NEUE ORDNUNG

Eine Polizeistation gab es in Laboe schon seit längerer Zeit nicht mehr. Jetzt war auch keine mehr nötig, denn Paula Schafrott passte wie ein Schießhund auf, dass in dem pittoresken Ostseebad auf der Sonnenseite der Kieler Förde im Winter wie im Sommer keinerlei Unrecht geschah. Schließlich wusste jedermann vom Tratsch, wie viel Gesetzlosigkeiten in den umliegenden Bauerndörfern der Probstei bis hin in die Tönkerei geschahen, die allerdings nicht bis zu den großen Polizeistationen in Schönberg, Lütjenburg, Preetz und Plön drangen. So galt es, der Justitia nachzuhelfen.

Dagegen gelang es Paula, nicht nur den Ehebruch des Bauern Sörensen in letzter Minute erfolgreich zu verhindern. Nein, im letzten Sommer konnte sie nach längerer Recherche sogar den Urlauber ermitteln, der am helllichten Tage die beiden Hähne der Witwe Erichsen überfahren hatte. Auch wenn der Feriengast bei einer Angeltour vermutlich ordentlich einen genommen und unter Umständen nicht einmal absichtlich die beiden Gackerhälse am Ortseingang mit dem Kotflügel erlegt hatte, so zeigte er sich ungewöhnlich reumütig und reichte Paula sogar einen Hunderter, damit sie die Sache auf sich beruhen ließ.

Natürlich hatte Paula der Witwe Erichsen, die ihr immer nur plörrigen Kaffee anbot, lediglich die Hälfte des Geldes gegeben. Davon konnte die sich zwei neue Hähne kaufen, sogar jünger und kräftiger als die alten. Paula musste schließlich aufpassen, dass sich die alte Erichsen nicht noch mehr Viehzeug anschaffte. So gab es schon genug Gestank von der Hühnergülle, und das nicht nur, wenn der Wind ungünstig von Südwesten kam. Von den anderen 50 Euro hatte sich Paula spezielles Handwerkszeug für ihre neue Profession geleistet: zunächst Visitenkarten, die sie als Detektivin auswiesen, falls sie einmal Hilfe benötigte oder sich ausweisen musste. Zudem hatte sie sich für ihr Gewerbe einen klangvollen Namen ausgedacht: *Probsteidetektei*. Ja, sie wollte eine erste Anlaufstelle für alle über den Tisch gezogenen Probsteier sein.

Aber auch das Ostseebad Laboe hat verschiedene Ortsteile mit eigenem Charakter. Im Unterdorf mit dem feinen weißen Sandstrand und dem Hafen gab es jeden Sommer Delikte von angetrunkenen Urlaubern. Sie würde in den vielen Restaurants und Kiosken ihre Visitenkarten großzügig auslegen, das könnte sich richtig lohnen. Wichtiger als das kurzzeitige Sommergeschäft mit der Möchtegern-Schickeria war ihr aber die Ordnung im Oberdorf um den alten Dorfanger herum, wo Laboe seine Vergangenheit bewahrt hatte und die Grundstruktur als Runddorf einigermaßen erhalten geblieben war. Dort gruppierten sich in ihrer Jugend noch viele Hofanlagen, dazwischen kleine Katen und Nebengebäude.

Heute zeugten allerdings nur noch vereinzelte Gehöfte und Baumreihen von der glorreichen Laboeer Vergangenheit, denn in unmittelbarer Umgebung des alten Ortskerns wurden zum Ende des letzten Jahrhunderts an vielen Stellen schnöde Bungalows errichtet. Für unauffällige Recherchen dort hatte sie einen robusten Straßenbesen erstanden, um endlich den Fall mit den Neuen im Laboer Oberdorf aufzuklären. Denn schon seit fast sieben Jahren registrierte sie mit Unbehagen, dass die Neuen in ihrem Bungalow an der Dorfstraße auch tagsüber alle Jalousien heruntergezogen ließen und ihr Grundstück nicht pflegten. Sehen ließen die sich nie auf der Straße. Nur einmal die Woche, immer montags um 11 Uhr, schoss ein alter grüner Mercedes mit dunkel getönten Scheiben aus der Garage, bis das Fahrzeug nach fast genau zwei Stunden zurückkehrte. War das nicht mehr als seltsam? Aber nicht nur deswegen hatte Paula die Neuen auf dem Kieker. Im Ort tratschte man, dass dort eine verhärmte ältere Frau mit einem jüngeren Mann hausen sollte, der sie ausnahm. Oder auf der Flucht war. Oder offenbar andere böse Dinge im Schilde führte. Genaues wusste niemand. Leider war von Paulas Kate aus nicht allzu viel zu erkennen.

Es war an der Zeit, das genauer zu ermitteln. Schließlich konnte sie nun mit dem erstandenen Besen bequem und unauffällig überall an den Straßenrändern fegen. Es wäre doch gelacht, wenn sie dem Geheimnis der Neuen im Oberdorf mit ihrem Handwerkszeug nicht auf die Spur kommen würde.

Allerdings musste sie den richtigen Moment abpassen, wenn die beiden montags ab 11 Uhr aus dem Haus waren. Eine Pistole besaß Paula noch nicht, und so konnte sie nur hoffen, dass sie bei ihrer kleinen Inspektion beim Bungalow der Neuen nicht über allzu viele Leichen stolpern würde.

Zunächst galt es, den kommenden Montag abzuwarten, obwohl Geduld nicht ihre größte Stärke war.

REISE, REISE

Stockfinster war es, als Stuhr im Krankenzimmer aufwachte. Durch das geöffnete Fenster drang frische Nachtluft in den Raum, und das Nachbarbett lag verwaist im Mondschein. Er machte sich Gedanken, denn es war an der Zeit herauszubekommen, in was für ein Gemäuer er verfrachtet worden war. Vorsichtig schlich er zum menschenleeren Flur und folgte neugierig dem Schild »Cafeteria«. Dort landete er allerdings lediglich vor einer kalten Automatenlandschaft, die neben Snacks nur Kalt- und Heißgetränke offerierte. Seltsame Werbeprospekte von ominösen Hilfsorganisationen ließen ihn weiter an der Seriosität seiner Unterkunft zweifeln. Stuhr wollte nur noch nach Hause zu seiner Jenny.

Für ihn galt jetzt eines: raus hier! An der Pförtnerloge würde er kaum vorbei kommen, aber in der Mitte des Flures führte eine Treppe in den Keller. Leise schlich er die Stufen hinunter und bahnte sich dort den Weg durch einen mit durchgelegenen, muffig riechenden Matratzen zugemüllten Flur, was ihn zunehmend in der Annahme bestätigte, in einer illegalen Einrichtung gelandet zu sein. Es benötigte mehrere Versuche, bis er einen unverschlossenen Nebeneingang fand. Tief atmete er in seinem Krankenhemd durch, bevor er trotz nachtfrischer Kühle entschlossen das Weite suchte. Aber selbst auf dem weitläufigen Gelände fand er keinerlei Hinweise auf einen geregelten Krankenhausbetrieb, dafür viele kleine unübersichtliche, verschachtelte Nebengebäude. Offenbar Beschäftigungswerkstätten mit seltsam klingenden Namen. Wurde dort etwa gedealt oder gehehlt?

Vermutlich, irgendwann später würde er der Polizei einen heißen Tipp geben. Aber jetzt galt es zunächst, den rettenden Schwanenweg auf der Rückseite des Krankenhausgeländes zu erreichen. Allerdings wurde seine Flucht kurz vor der Straße von einem schrägen Vogel jäh gestoppt.

»Halt. Hier geht es für Sie nicht weiter. Sperre.«

Der grobschlächtige Wegelagerer zückte sein Handy und telefonierte. Stuhr wurde es zu bunt.

»Ich gehe jetzt, ob Sie wollen oder nicht. Ansonsten rufe ich die Polizei wegen Freiheitsberaubung.«

Der Typ grinste schräg. »Die Bullen habe ich gerade angerufen, die kommen gleich. Machen Sie sich also keine Sorgen.«

Die machte sich Stuhr nicht, denn die Polizei würde den Unhold mit Sicherheit schnell aus dem Verkehr ziehen, bevor er gemeinsam mit den Ordnungshütern die gesamte Schlangengrube im Uni-Klinikum ausheben würde. Als wenig später ein Polizeiwagen mit zwei Beamten heranrauschte, umschmeichelte trotz der bitteren Kälte erstmals wieder Euphorie Stuhrs abgestumpften Gefühle. Nach einem kurzen Wortaustausch der beiden Polizisten mit der finsteren Gestalt wurde allerdings Stuhr von den Polizisten in den Bully gedrängt.

»Bitte mitkommen. Helge Stuhr, Ihr Name?«

Verflixt noch mal, woher wusste die Kieler Polizei seinen Namen? Machten die etwa mit den Gangstern gemeinsame Sache? Noch mehr verwunderte es ihn, dass er nicht unverzüglich auf eine Polizeiwache gebracht wurde, sondern auf das weitläufige Gelände der Uni-Psychiatrie. Dort führte ihn einer der beiden Polizisten wortlos in ein Wartezimmer, während der andere ohne Anklopfen in einen Behandlungsraum stolzierte. Dann passierte lange Zeit nichts, bis plötzlich Jenny schluchzend auftauchte und sich neben ihm setzte. Es galt nun, sie unverzüglich aus den Mundwinkeln heraus über die unübersichtliche Situation in Kenntnis zu setzen.

»Alles höchst mafiös hier, Jenny. Nur keine unbedachte Äußerung. Sind vermutlich alles verkleidete Ganoven hier.«

Erstaunlich war allerdings, dass ihr Schluchzen einem unterdrückten Schmunzeln wich. Dann musterte sie ihn mit besorgtem Blick. »Helge, nimm bitte alle Ratschläge an, die dir erteilt werden. Wenigstens mir zuliebe.«

Steckte Jenny womöglich mit den Halunken unter einer Decke? Erstaunlicherweise konnte auch der verbliebene Polizist trotz der ernsten Situation kaum ein Lachen unterdrücken. Stuhr verstand das nicht. Erst nach einer gefühlten Ewigkeit wurde Stuhr in ein Behandlungszimmer gebeten. Jenny verabschiedete ihn wortlos mit großen Augen.

Dort saß ein ältlicher Mann in einem weißen Kittel hinter einem imposanten antiken Schreibtisch. An Requisiten wurde offenbar nicht gespart, obwohl für Stuhr das alles längst kein Lustspiel mehr war. Aber gerade, als Stuhr seinem Ärger Luft machen wollte, ergriff sein Gegenüber das Wort.

»Professor Ernst, mein Name. Bevor Sie uns jetzt irgendwelche Märchen auftischen, Herr Stuhr, möchte ich Ihnen einige Hinweise geben. Der schwere Autounfall hat eine fast tödliche Lungenembolie bei Ihnen hervorgerufen. Die Kollegen im Krankenhaus haben Sie nur unter Mühen nach längerem Herzstillstand wiederbeleben können.«

Stuhr hielt dagegen. »Das mag ja sein, aber ich fühle mich kerngesund. Auf der Stelle möchte ich nach Hause. Alles andere ist Freiheitsberaubung.«

Die Miene seines Gegenübers wurde ernst. »Herr Stuhr, hören Sie mir bitte zu. Nach einer Wiederbelebung wurden Sie zwei Tage in ein künstliches Koma versetzt und anschließend noch vier Tage auf der Intensivstation betreut. Ihren nächsten Geburtstag werden Sie nur feiern können, wenn Sie meine Ratschläge befolgen.«

Stuhr glaubte dem Schauspieler kein Wort. »So, so. Krankenhaus, Intensivstation. Und das alles in dem alten Gemäuer am Schwanenweg? Schlechte Hygienestandards, schmucklose Räume und mit vollgesifften Matratzen zugestellte Flure. Eigentlich eher eine Räuberhöhle.«

Sein Gegenüber nickte besorgt. »Notgedrungen. Sie werden in der *Kieler Rundschau* vermutlich gelesen haben, dass das neu erbaute Uni-Klinikum unmittelbar vor der Eröffnung steht. Deswegen wurde in die alte Infrastruktur seit Jahren kaum noch investiert, in der Ihr Leben gerettet wurde.«

Von den umfangreichen Baumaßnahmen hatte Stuhr in der Tat gehört. Aber das auf der Intensivstation sechs Tage um sein Leben gerungen wurde, zog ihm ein wenig den Boden unter den Füßen weg. Vermutlich war zumindest der Professor kein Schauspieler. »Okay. Aber warum bin ich in der Psychiatrie gelandet?«

»Man nennt das Durchgangssyndrom, Herr Stuhr. Fachausdruck Delir. Vermutlich bedingt durch den abrupten Wechsel von der Intensivstation in den geregelten Krankenhausbetrieb. Das Gehirn kann im geschundenen Körper unter Einfluss hochintensiver Medikamente die vielen neuen Gesichter und Räumlichkeiten nicht mehr einordnen und schaltet ab. Man sucht Geborgenheit, man will nach Hause. So war es bei Ihnen vermutlich auch.«

Stuhr nickte. Ja, er wollte nur noch nach Hause. Zu seiner Jenny. Wieder ins normale Leben eintauchen. Kaffee am Morgen, Bierchen am Abend. So, als wenn nichts gewesen wäre. Aber da war anscheinend etwas. Mit ihm. So gab er nach.

»Verstanden. Und nun, Herr Professor?«

Mit strenger Miene antwortete er: »Ernst.«

Stuhr verstand nicht und zog die Augenbrauen hoch.

»Professor Ernst, mein Name. Also, am besten tun wir so, als ob überhaupt nichts gewesen wäre. Ich rufe jetzt einen Rettungswagen, der Sie zurück in Ihr Krankenzimmer bringt.«

Die Lösung erschien Stuhr zu simpel. »Einfach so?«

Anstelle einer Antwort drückte der Professor drei Zahlen auf seinem Telefon. Als wenig später eine Sirene vom Psychiatriegelände ins Behandlungszimmer drang, wies er auf die Tür. »Gute Besserung, Herr Stuhr. Leben Sie wohl. Hier möchte ich Sie bitte nicht wieder sehen.«

Verdattert trat Stuhr den Rückzug an. Jenny war verschwunden. War sie nun dagewesen oder hatte ihm sein lädierter Schädel erneut einen üblen Streich gespielt? Die Crew vom Rettungswagen erkannte ihn aber sofort wieder, und der Chef der Truppe schüttelte freudig seine Hand.

»Sie haben es überlebt! Glückwunsch, Herr Stuhr. Das sah nicht gut aus nach Ihrem Unfall. Jetzt bringen wir Sie schnell zurück in Ihr Krankenbett, und niemand wird uns aufhalten. Schließlich sind wir die besten.«

Stuhr nickte zunächst skeptisch. Keine halbe Stunde später lag er tatsächlich wieder tiefenentspannt in seinem vertrauten Krankenzimmer. Das Bett neben ihm war zwar immer noch verwaist, aber der nüchterne Raum erschien ihm jetzt wie eine zweite Heimstatt. In gebotener Ruhe würde er hier genesen, denn letztendlich hatte sich für ihn alles zum Guten gewendet. Entspannt lehnte er sich zurück und döste zufrieden vor sich hin. Bis die Tür zum Krankenzimmer geöffnet wurde und diese strenge ältliche Schwester mit diabolischem Blick und einer beängstigen Spritzenauswahl das Krankenzimmer betrat.

»Ah, der flegelhafte Radler ist wohlbehalten zurück. Schwester Brunhilde hat Nachtschicht, und so sind wir beide heute ganz unter uns.«

Wohlbehalten fühlte sich Stuhr nun nicht mehr, zumal ihr verbittertes Gesicht nichts Gutes verhieß.

»Von Ihrer Versicherung habe ich wegen des Unfalls immer noch nichts gehört, Herr Stuhr. Dann werde ich der Gerechtigkeit wohl ein wenig nachhelfen müssen, damit Sie Zeugnis vor dem Herrn ablegen können. Dabei hätte mit Ihrer Versicherung alles einfacher ablaufen können. Aber wer nicht hören will, der muss eben spüren.«

Als sie drohend ihre Spritze erhob und etwas Wirkstoff in die Luft jagte, erkannte Stier in der fiesen Krankenschwester die resolute Autofahrerin, die ihn auf die Kühlerhaube genommen hatte. Vergeblich versuchte er, sich aufzubäumen, aber bemerkte erst jetzt, dass seine Handgelenke ans Bettgestell gefesselt waren. Todesangst stieg in ihm auf, und wimmernd begann er, sich zu rechtfertigen.

»Ich konnte nichts veranlassen, ich lag schließlich sechs Tage isoliert auf der Intensivstation …«

Aber die Krankenschwester zeigte sich erneut erbarmungslos. Sie musste eine Spritze mit besonders dicker Nadel gewählt haben, denn der Stich in die Armbeuge schmerzte höllisch. Seine Gedanken begannen zu taumeln. Würde er dieses Mal wieder aufwachen?

PROBSTEIDETEKTEI

Endlich war es so weit. Neugierig näherte sich Paula Schafrott mit ihrem Besen am Montagvormittag unbemerkt kurz vor 11 Uhr dem Anwesen der Neuen und wartete fegend geduldig ab, bis der alte grüne Mercedes mit den dunkel getönten Scheiben aus der Garage schoss. Jetzt hatte sie genau zwei Stunden Zeit, um endlich alle Tatbestände aufzudecken. Ihr Herz begann, vor Aufregung zu klopfen, denn sie hatte sich vorgenommen, auch den hinteren Teil des Grundstücks zu inspizieren, der von der Straße aus nicht einsehbar war. Vorsichtig blickte sie sich noch einmal um, aber von den anderen Bewohnern des Oberdorfs war niemand zu sehen. Endlich konnte es losgehen.

Trotz aller Kraftanstrengungen schaffte sie es nicht, die kleine Gartenpforte zu öffnen, weil der Riegelmechanismus verrostet war. So wich sie zur Garageneinfahrt aus, um dort in Windeseile hinter der Hausecke zu verschwinden. Nach wenigen Metern erreichte sie den Garten hinter dem Gebäude, der sich bis zum Dorfanger erstreckte. Der Anblick war allerdings erschütternd, denn das gesamte Grundstück war ungepflegter, als es von Weitem gewirkt hatte. Die hohen Gräser des ehemals gepflegten Rasens waren an vielen Stellen von den Fördewinden quergefegt worden. Paulas Spürsinn und scharfem Blick entging allerdings nicht, dass sich von der Terrassentür ein schmaler Trampelpfad zu dem kleinen Fischteich hinunterschlängelte, den die Vorbesitzer unter Schweiß und Freudentränen liebevoll angelegt hatten. Inzwischen wurde er von zwei mächtigen Trauerweiden überwuchert. Interessiert verfolgte sie diese Spur, und wenig später stand sie vor drei verdächtigen Anhäufungen von Erde. In jedes der kleinen Holzkreuze, die dahinter errichtet waren, war eine andere Jahreszahl eingekerbt: 1991, 1999 und 2005.

Paula schossen Tränen in die Augen. Das war endlich der ersehnte Beweis, die Neuen waren höchstwahrscheinlich niederträchtige Mörder. Gut, die Erdhaufen waren nicht sonderlich groß, aber wenn ein Mensch erst einmal eingeäschert unter die Erde kommt, kann man die wahre Größe nicht mehr erahnen, zumal Asche nur wenig Raum einnimmt. Unter Umständen war der gesamte Bungalow voller Blutspritzer von abgeschlachteten Opfern, deswegen vermutlich auch die ständig heruntergelassenen Jalousien. Diese Drecksarbeit mit den vielen Leichen im Gebäude würde sie besser der Polizei überlassen, denn für das Grobe war sie als Privatdetektivin nun wirklich nicht zuständig.

Sie sah ihr Konterfei bereits auf der Titelseite vom *Probsteier Herold*. Aber gerade, als sie sich auf den Rückzug begeben wollte, erspähte sie mit ihrem scharfen Blick keine zehn Meter entfernt zwei weitere Erdhaufen. Fünffacher Massenmord, das würde vermutlich sogar locker für die *Bild* reichen. Sie hastete zu der neuen Fundstelle. Hier waren in den Kreuzen neben den Todesjahren auch Namen eingekerbt worden: Hanna 2002 und Miriam 2005. Sofort kombinierte Paula messerscharf, dass es 2005 einen Doppelmord gegeben haben musste.

Sie hatte genug herausbekommen und verließ das Grundstück auf dem gleichen Weg über die Garageneinfahrt. Zufrieden fegte sie bis zur eigenen Haustür zurück. Nachweisen würde man ihr nichts können. Hinter dem Küchenfenster ihrer kleinen Kate verfolgte sie pünktlich um 13 Uhr den heranpreschenden grünen Mercedes, der wie immer in Windeseile in der Garage verschwand. Unruhe machte sich bei Paula breit. Wer konnte schon ausschließen, dass die Neuen nicht eine junge Anhalterin aufgesammelt hatten und unter Umständen gerade dabei waren, sie in die Prostitution zu treiben oder abzustechen?

Am Nachmittag hielt sie es nicht mehr aus. Die Polizeistationen in Schönberg, Lütjenburg, Preetz und Plön hielt sie nach wie vor nicht für befähigt, um mit den Neuen kurzen Prozess zu machen. So wählte sie kurzerhand die Nummer der Kieler Polizeidirektion und berichtete von ihren grausigen Funden. Die ältliche und etwas müde Stimme eines Kommissars am Telefon war ruhig und verständnisvoll. Er versprach, der Sache unverzüglich nachzugehen. Zunächst geschah aber nichts.

Nervös knabberte sie an ihren Fingernägeln.

SCHARMÜTZEL

Es war zum Verzweifeln mit den Aktenbergen, welche die Hamburger Finanzbehörde letzte Woche geliefert hatte. Fast durchgängig handelte es sich um ausgedruckte *Excel*-Tabellen, zusammenfassende Vermerke gab es leider nicht. Dieser Datenwust sagte Kommissar Hansen nichts. So beäugte er wie jeden Tag auch an diesem Montagmorgen missmutig sein Telefon. Gegen andere Neuerungen wie E-Mails oder Faxe konnte er sich immerhin mit energischem Hinweis auf die Datenschutzbestimmungen erfolgreich wehren. Allerdings nicht gegen den Anruf von der Vorzimmerdame Schönerstedt von Polizeidirektor Magnussen.

»Moinsen, Kommissar Hansen. Unser Chef hat wieder einmal Sehnsucht nach Ihnen. Zeitnah.«

Zeitnah bedeutete, dass Hansen nicht erst einen kleinen Plausch halten konnte, sondern gleich bei Polizeidirektor Magnussen anzutanzen hatte. Seinen Gang beschleunigte es nicht, aber der Weg in das Chefzimmer der Polizeidirektion war unausweichlich. Die Vorzimmerdame, die in der Polizeidirektion hinter ihrem Rücken Fräulein Schönerstedt genannt wurde,, winkte ihn wie immer freundlich durch. Trotz seiner geringen Körpergröße versuchte sich Kommissar Hansen im Chefzimmer auf Zehenspitzen aufzubauen, um frohe Botschaften zu überbringen.

»Moinsen, Chef. Ich habe bereits erste Akten im Fall *Engel & Sell* erfolgreich sichten können. Alles im grünen Bereich soweit. Mehr oder weniger jedenfalls, ich muss gleich wieder an die Arbeit. Sie verstehen schon.«

Der ihn um eine Lineallänge überragende Chef belehrte ihn schnell eines Besseren. »Schluss mit dem Dünnschiss und genug der Dampfplauderei jetzt, Hansen. Trotz Ihrer Dienstunfähigkeit letzte Woche müssen Sie schneller in die Puschen kommen, ansonsten geht uns die Verlegerin Petra Bester von der *Kieler Rundschau* wegen des tödlichen Schusses vom Kollegen Stüber an die Gurgel. Also ran an die Arbeit!«

Der Chef öffnete mit einer ausladenden Handbewegung die Tür. Geknickt verließ Hansen das Amtszimmer. Was sollte diese sinnlose Treiberei vom Chef? Schließlich war er auf der Arbeit und nicht auf der Flucht. Dienst nach Vorschrift war nun angesagt. Zurück in seinem Büro fegte er deswegen verärgert zunächst die ungelesenen Akten aus Hamburg vom Tisch. Eine Kaffeelänge später wählte er eine Hamburger Telefonnummer, die ihm das mühselige Aktenstudium der dortigen Finanzbehörde ersparen sollte.

»Zolloberwachtmeister Geiger am Apparat. Wer da?«

Dieses Mal war sich Kommissar Hansen nicht zu schade, sich mit seinem Vornamen zu melden. »Ich bin es, dein alter Kumpel Konrad aus Kiel. Stubenkollege in der Ratzeburger Kaserne, weißt du noch?«

»Ah, ja. Konrad Hansen. Mein Gott, was waren das für wilde Zeiten an der innerdeutschen Grenze seinerzeit, Konrad. Denk nur an die vielen Scharmützel.«

Ja sicher, Kommissar Hansen konnte sich noch gut an denkwürdige Neckereien über die Wakenitz hinweg mit den Grenzposten der DDR erinnern. Es begann immer mit kleinen Sticheleien. Da auf der anderen Seite des Flusses Mangelwirtschaft herrschte, warf man gerne einmal Apfelsinen oder Bananen hinüber, wenn dort eine Patrouille die Zonengrenze inspizierte. In der Regel flog einem das Obst wenig später umgehend zurück um die Ohren. Warf man allerdings eine Frucht hinüber, wenn dort ein einzelner Soldat auftauchte, wurde in der Regel nichts zurückgeworfen, sondern in die Tasche gesteckt.

»Ja, die vielen Apfelsinen und Bananen, mit denen wir sie geärgert haben.«

Geiger lachte laut auf. »Ja, und dann noch das denkwürdige Leuchtkugelscharmützel.«

In der Tat, eines Nachts schoss ein Kollege im Übermut eine Leuchtkugel auf eine Patrouille auf der anderen Seite vom Fluss ab. Umgehend flogen ihnen endlos viele Leuchtpatronen um die Ohren. Schnell galt es, Deckung zu suchen und dagegenzuhalten. Nun gut, den Kleinkrieg gewannen wir vermutlich ausschließlich wegen der Materialüberlegenheit. Zum Glück verlor niemand die Nerven, scharf geschossen wurde nicht. Immerhin ein kleiner Sieg im Kalten Krieg. Zolloberwachtmeister Geiger schien die gleichen Gedanken zu hegen.

»Richtig, das waren noch Zeiten. Aber das ist alles lange vorbei. Aus heutiger Sicht von Naturschützern würde eher über das brennende Gehölz auf beiden Seiten der Wakenitz diskutiert.«

Hansen stimmte zu.

»Kann ich sonst irgendwie helfen, Konrad?«

»Durchaus. Wir haben hier in der Kieler Polizeidirektion einen seltsamen Vorfall mit der Firma *Engel & Sell*, Hamburger Schiffsmaklerei. Eure Finanzbehörden haben mir 1.000 Akten übersendet, die größtenteils aus mir unverständlichen *Excel*-Tabellen bestehen. Weißt du mehr, also dienstprivat ganz unter uns?«

Der Kollege Geiger konnte helfen. »Ja. Der Sell ist unlängst bei euch erschossen worden. Da musst du dich bei euch in der Direktion einmal umhören.«

»Nee, muss ich nicht. Das hat der mir zugeordnete Oberkommissar Stüber erledigt. Er hat in Notwehr gehandelt, aber seitdem jagen ihn Engels Anwälte.«

»Tut mir leid, Konrad, das wusste ich nicht. Also wir hatten die Firma *Engel & Sell* wegen Geldwäsche auf dem Kieker. Wir konnten bisher nur nichts nachweisen.«

Hansen horchte interessiert auf. »Geldwäsche? Wie soll

das gehen bei so hohen Beträgen, mit denen Schiffe gemakelt werden?«

»Also, was auf Rechnungen steht, muss nicht immer der aktuelle Wert sein. Und wenn Rechnungen von Briefkastenfirmen in bestimmten Staaten gestellt werden, wo wir keine Handhabe haben, dann kannst du ganz schnell Verluste beim Fiskus geltend machen.«

Das konnte Hansen nachvollziehen. »Aber was machen die dann mit dem Geld, auf dem sie sitzen?«

»Och, da gibt es viele Varianten. Bei kleineren Beträgen gibt es viele Möglichkeiten von Spielbanken über Pferdewetten bis hin zu internationalen Online-Sportwetten.«

Hansen war neugierig. »Und bei sehr großen Beträgen?«

Der Hamburger Kollege kannte sich gut aus. »Die kann man in kleinere Beträge aufteilen. Der Fachbegriff dafür ist *smurfing*.«

»Gibt es noch andere Möglichkeiten?«

»Sicherlich, Konrad. Momentan ist der internationale Kunstmarkt sehr gefragt. Man kauft beispielweise Gemälde bekannter Künstler und deponiert sie dann in einem Zollfreilager. Es wird auch gerne zum Erwerb von Wertpapieren, Oldtimern oder Schmuck verwendet. Eigentlich alle Dinge, die flexibel verkaufbar sind.«

»Ich verstehe. Und wie haben das Engel und Sell hinbekommen?«

»Das wissen wir leider nicht. Ansonsten hätten wir die längst am Kanthaken. Wir haben in Hamburg ein einziges Mal das Domizil von Engel durchsuchen dürfen. Der musste allerbeste Kontakte bis in die Staatsanwaltschaft haben. Wir haben aber lediglich eine Schreckschusspistole gefunden: eine *Glock* 9 Millimeter *P.A.K.*«

Der Kieler Kommissar wurde hellhörig. »Pistole *Automatik Knall*, offiziell 9 Millimeter *PA Blanc*? Sell hatte ebenfalls eine *Glock* mit Reizstoffpatronen. Damit hat er mich bedroht, und deswegen hat mein Kollege in Notwehr abgedrückt.«

Es blieb einen kurzen Moment still am Telefon, bis sich Geiger wieder meldete. »Das muss furchtbar gewesen sein. Soll ich dir das Protokoll der Hausdurchsuchung bei Engel zukommen lassen?«

»Ich weiß nicht, ob das Sinn macht. Alle Kennzeichnungen auf der Waffe sind sorgfältig weggefeilt worden, sagt unsere Spusi. Besaß Engel denn einen Kleinen Waffenschein?«

»Nein, laut unserer Staatsanwaltschaft benötigt er den auch nicht, wenn er auf seinem eigenen umfriedeten Grundstück damit herumballert, gemäß Paragraf zwölf Absatz vier des Waffengesetzes. Engel hat steif und fest behauptet, dass er damit lediglich von Zeit zu Zeit Karnickel von seinem Grundstück vertreibt.«

Also Sackgasse. Hansen verabschiedete sich und schielte lauernd auf das Telefon. Warum konnte es jetzt nicht klingeln und ihm einen neuen spannenden Fall bescheren? Nach dem Mittagessen in der Kantine döste er ein halbes Stündchen vor sich hin, bis es tatsächlich klingelte. Hansen traute zunächst den Ohren nicht, dann nahm er schnell den Hörer ab. Tatsächlich, eine ältere Dame aus Laboe rief ihn an. Angeblich eine Privatdetektivin, die ihn wegen einer vermuteten Mordserie anrief. Hoffentlich betrieb sie ein ordnungsgemäß angemeldetes Gewerbe, ansonsten müssten die nachgeordneten Kollegen ihr einmal ordentlich auf die Finger klopfen.

Nachdenklich legte Kommissar Hansen den Hörer auf, denn eigentlich plagten ihn andere Sorgen. Nach dem aufregenden Rendezvous mit Bruni war es ihm zu Hause mit seiner Else wieder einmal langweilig geworden. Irgendwie hatte sie Lunte gerochen, aber sie hatte nicht etwa mit Scheidung gedroht, sondern ihn gebeten, im Rahmen seiner Ermittlungen nebenbei den einen oder anderen Obsthof aufzusuchen, um Einmachgläser zu besorgen, die jetzt in der Stadt überall ausverkauft waren.

Nun gut, das Ostseebad Laboe lag zwar auf der Sonnenseite der Kieler Förde auf dem Ostufer. Da gab es nur Strand, Urlauber und Sonne. Er würde Helge Stuhr anrufen, der oft schon für ihn verdeckte Ermittlungen durchgeführt hatte. Zwar nicht immer sonderlich glorreich, aber für Marmeladegläser würde es schon reichen. Und wenn nicht, dann könnte man ihm notfalls den Schwarzen Peter unterjubeln.

Wütend schlug Hansen mit der Faust auf den Tisch. Warum nur musste Else ihn immer wieder vor unlösbare Aufgaben stellen? Lebensmitteleinkäufe, Blumengeschenke und Friedhofsbesuche. Gut war nur, dass sich die Sache mit dem Sex mit ihr inzwischen von selbst erledigt hatte. Obwohl sie ihn manchmal recht verstohlen von der Seite ansah, was ihm richtig Angst einflößte.

Aber nein, die Dienstpflichten gingen schließlich vor, und in seinem kargen Büro fühlte er sich wohl. Weniger ist mehr. Die wunderbare Holstein-Kiel-Flagge als Abdeckung des überflüssigen Notebooks bei seiner scharfen Kombinationsgabe und der aufgeräumte Holzschreibtisch waren Ergebnis seines harten Durchgreifens in den vergangenen Jahrzehnten. Schließlich hatte er ein Jahr vor seiner Pensionierung mit den meisten Verbrechen im nördlichsten Bundesland aufgeräumt, und sein karges Büro gefiel ihm besser als der ganze Schnick-Schnack bei seiner Else daheim. Nur das Telefon, das nervte gerade wieder einmal.

»Kommissar Hansen, wer da? Bitte fassen Sie sich kurz, wir haben zu tun.«

Es gab aber keinerlei Antwort, nur lautes Schluchzen, welches Hansen bekannt vorkam. »Frau Muschelfang, sind Sie es?«

»Ja, Herr Hansen. Was haben Sie nun schon wieder mit meinem Mann angestellt? Er liegt im Krankenhaus, und es sieht nicht gut aus. Er ist verwirrt. Warum schicken Sie meinen Helge immer wieder in irgendein Fegefeuer?«

Fegefeuer? Kommissar Hansen war sich keinerlei Schuld bewusst, und den Gedanken mit den Einmachgläsern schob er zunächst in den Hintergrund.

»Liebe Frau Muschelfang, ich schwöre bei dem Tod meiner Ehefrau, dass es keinerlei Auftrag von mir an Herrn Stuhr gab. Bisweilen unternimmt er eben auch Dinge auf eigene Faust. Das soll bei richtigen Männern durchaus vorkommen.«

»Bei richtigen Männern schon. Aber warum landet mein Helge immer im Krankenhaus, wenn Sie ihn zu irgendetwas angestiftet haben?«

Das ging nun eindeutig zu weit. Schließlich hatte auch Hansen Gefühle, zumindest zeitweise. Friedensstiftung war angesagt. »Frau Muschelfang, ich war letzte Woche selbst im Krankenhaus in Behandlung und kann Ihnen glaubhaft versichern, dass das mehr oder weniger bezahlter Aktivurlaub ist. Wie soll ich denn helfen?«

Das Schluchzen wurde lauter. »Überhaupt nicht. Lassen Sie meinen Helge einfach in Ruhe und kommen Sie mir nicht in die Quere. Er ist mein Mann und nicht Ihr Opferlamm.«

Hansen tat erstaunt. »Ihr Mann? Wenn ich vorsichtig fragen darf: Haben Sie denn inzwischen geheiratet?«

Der Kieler Kommissar wusste bis dahin nicht, wie Raubkatzen aufheulen. Jetzt aber schon. Dann endete das Telefonat mit Jenny Muschelfang. Irgendwie sehnte sich Kommissar Hansen plötzlich nach seiner Else. Aber wie sollte er das mit den Einmachgläsern hinbekommen, wenn Stuhr im Krankenhaus herumlungerte? Er musste wohl selbst Hand anlegen.

Also nichts wie ab nach Laboe. Streng dienstlich natürlich.

SHERLOCK

Nicht ohne diebisches Vergnügen bemerkte Paula Schafrott am späten Nachmittag, dass das Grundstück der von ihr observierten Neuen von mehreren Polizeiwagen mit Blaulicht und Sirene umringt wurde. Ihre Entscheidung war definitiv richtig gewesen, nicht das Bundeskriminalamt in Wiesbaden zu alarmieren, denn die Anfahrt vom verschlafenen Taunus hoch in die mörderische Probstei hätte unverantwortlich lange gedauert. Fröhlich pfeifend begann Paula nun, einen Kuchen für die vielen Reporter anzurühren, die sich vermutlich bald gegenseitig bei ihr die Klinke in die Hand geben würden. Die Gerechtigkeit in der Probstei würde dank ihrer detektivischen Fähigkeiten endlich obsiegen. Wenn sie dafür eine halbwegs anständige Belohnung bekäme, dann würde sie ein großes Firmenschild erstehen.

Probsteidetektei Schafrott
Weltweite Ermittlungen –
Termine nur nach VEREINBARUNG

Die schwarze Schrift würde auf einer edlen weißen Emailletafel prangen. Dieser Gedanke bereitete ihr schöne Gefühle, wie sie es seit ihrer eingeschlafenen Liebe mit dem Postbüttel Fiete nicht mehr verspürt hatte, auch wenn der sich immer noch gerne bei ihr einquartierte. Jetzt brach aber ein neues Zeitalter für sie an. Endlich hatte sie es an die Spitze ihrer Zunft geschafft, vergleichbar mit Sherlock Holmes und Hercule Poirot. Möglicherweise sogar mit Nick Knatterton, dem Comicstar der 1960er. Vermutlich hatte sie mit ihrer heutigen Entdeckung sogar den Olymp der Kriminalistik erstiegen.

Keine Stunde später holte Paula triumphierend den fertigen Kuchen aus dem Backofen. Zufrieden schweifte ihr Blick über den festlich gedeckten Tisch. Kurz hatte sie erwogen, noch einmal für die Reporter ihr Hochzeitskleid mit dem weißen Seidenstoff anzulegen. Schließlich hatte sie es bisher nur einmal in ihrem Leben getragen, kurz bevor die Heirat geplatzt war. Da klingelte es schon an der Haustür. Vermutlich die Journalistenschar. Beschwingt entschwebte sie dorthin und öffnete erwartungsvoll die Tür. Allerdings stand dort nur ein kleiner älterer Herr grüßend mit dem Hut in der Hand.

»Guten Tag, sind Sie die Frau Schafrott?«

»Richtig. Mit Doppel-t.«

Das würde gerade noch fehlen, wenn die Journalisten den Namen unter ihrem Konterfei falsch schreiben würden.

»Gestatten, Kommissar Hansen von der Kieler Kripo. Darf ich hereinkommen?«

Keine Reporter? Das war mehr als verwunderlich. Aber wenigstens endlich einmal ein Kommissar, der Manieren hatte, ganz anders als die vielen unrasierten, schmierigen Schnösel im Fernsehen. Oder neuerdings diese komischen Ermittlerinnen mit Machosprüchen. Aber klar, vermutlich durften Journalisten sie wegen der laufenden Ermittlungen erst später befragen. So bat sie den ältlichen Kommissar freundlich herein und führte ihn zum Kaffeetisch.

»Den Kuchen müssen sie unbedingt probieren. Ist mit guter Butter gebacken.«

Sie schnitt ein extra dickes Stück aus dem Kuchen heraus und verfrachtete es auf seinen Teller, ohne eine Antwort abzuwarten. Die abwehrende Handbewegung ließ sie nicht gelten.

»Bei uns im Oberdorf wird gegessen, was auf den Teller kommt. Stärken Sie sich, keine Widerrede. Sie werden heute noch anstrengende Stunden in Laboe vor sich haben.«

Der Kommissar wirkte besorgt. Paula durchbrach das Eis, indem sie ihm feierlich eine ihrer Visitenkarten überreichte.

»Schütten Sie Ihr Herz ruhig bei mir aus, Kommissar Hansen. Wir sind schließlich vereint im Kampf gegen Verbrechen in der Probstei.«

Wenigstens begann der Kommissar zu schmunzeln. »Ich sehe, Sie sind Privatdetektivin, Frau Schafrott.«

Selbstbewusst nickte sie, auch wenn es taktisch vermutlich klüger war, vor dem Kieler Kommissar nicht mit dem versuchten Ehebruch des Bauern Sörensen oder den toten Hähnen der Witwe Erichsen zu prahlen. Aber gegen eine Zusammenarbeit mit der Kieler Polizeidirektion war aus ihrer Sicht grundsätzlich nichts einzuwenden, auch wenn da vermutlich nichts zu verdienen war. Aber zunächst sollte sich der Kommissar um die Massengräber bei den Neuen kümmern. Kaum hatte der Kommissar aufgegessen, da zog sie ihm seinen leeren Kuchenteller weg.

»So, nun erst die Arbeit und dann das Vergnügen.«

Erstaunt musterte sie der Kieler Kommissar. »Welches Vergnügen?«

Paula lachte. »Nach erledigter Arbeit mit der Mörderbande im Oberdorf kann ich Ihnen noch ein Stück Butterkuchen anbieten.«

Höflich zog Kommissar Hansen seinen Hut und zog unerwartet schnell Leine. Paula Schafrott mochte ihn schon, aber welche Brutalitäten würden den Kieler Kommissar in dem Mörderhaus erwarten? Auf der anderen Seite war nicht auszuschließen, dass sich Postbüttel Franz wieder einmal in ihr Bett geschlichen hatte. Nun gut, dann würde der faule Kerl endlich auch einmal ihren Besen zu spüren bekommen.

Dieser Kommissar Hansen war offenbar nicht gerade das, was man auf einer Geburtstagstorte als die hellste Kerze bezeichnen würde. Aber im Oberdorf von Laboe ging es Paula zunächst darum, die Sache mit den Neuen gründlich aufzuklären. Schließlich hatte sie ein Fass aufgemacht, und das gab ihr Auftrieb für ihre Karriere als Meisterdetektivin. Sollte sie sich nicht sogar einen Künstlernamen zulegen?

Paula Christie, Agatha Holmes oder in einfacher Bescheidenheit Sherlock.

Aber war Probsteidetektei Schafrott nicht auch eine coole Wortmarke?

KALT UND HEISS

Der vom Dienst suspendierte Oberkommissar Stüber war für den Nachmittag zum Rapport bei Polizeidirektor Magnussen einbestellt worden. Natürlich ist es nicht schön, wenn man einen Menschen in Notwehr erschießen muss. Aber wenn man wie Stüber mit Hauptkommissar Hansen seit mehr als 20 Jahren vertrauensvoll zusammenarbeitet, dann handelt man in Notlagen automatisch, auch wenn er sich in der Vergangenheit bisweilen von Hansen etwas mehr Wertschätzung gewünscht hätte.

Das mit der unerwarteten Suspendierung hatte Stüber echt mitgenommen, und seitdem lief er nur noch mit gesenkten Blick durch das Haus der Witwe Eilenstein, mit der er seit Längerem liiert war. Die zeigte allerdings herzlich wenig Verständnis für seinen desolaten Gemütszustand.

»Mein Gott, Sven. Du hast einem Kollegen das Leben gerettet, was soll daran verkehrt sein? Du musst deine

Suspendierung einfach als bezahlten Urlaub betrachten. Schließlich bist du Landesbeamter. Es wird sich alles schon wieder einrenken.«

Das bezweifelte Stüber allerdings stark nach dem Anruf von Magnussens Vorzimmerdame am letzten Freitag. Das ganze Wochenende über hatte er mit Magen- und Darmbeschwerden zu kämpfen. Als er jetzt leise an die Vorzimmertür klopfte, da krampfte sich in seinem Bauch schon wieder alles zusammen. Das laute »Herein« von Fräulein Schönerstedt klang aber freundlich wie immer. Ihre Handbewegung deutete an, dass er direkt das Direktionszimmer betreten durfte. Dennoch klopfte er auch dort kurz an und betrat dann erst mit hochrotem Kopf die Höhle des Löwen. Magnussen wies wortlos auf den Stuhl vor seinem opulenten Schreibtisch, der Stüber wie eine Sünderbank vorkam. Dann ging das Gewitter schon los.

»Verehrter Kollege Stüber, können Sie auch nur annähernd ermessen, was ich seit Ihrer Ballerei in der Bismarckallee über mich ergehen lassen musste?«

Der Oberkommissar schüttelte mit ernster Miene den Kopf.

»Nun, dann möchte ich Ihnen das gerne einmal vortragen. Während Sie am Wochenende zu Hause vermutlich mit der Witwe Eilenstein gekuschelt haben, musste ich mich mit der Verlegerin Petra Bester herumschlagen. Diese Bestie von der *Kieler Rundschau* hat Sie sogar noch in Schutz nehmen wollen, während mir die vornehmsten Hamburger Kanzleien die Hölle heiß gemacht haben. Die haben sogar durchgestochen bis zu meiner Parteispitze in Berlin. Da können selbst Sie sich vorstellen, welchen Druck ich aushalten musste, damit unser gemeinsames Schiff nicht zum Sinken gebracht wird.«

Stüber verstand nicht recht. »Welches gemeinsame Schiff, wenn ich fragen darf?«

»Welches gemeinsames Schiff wohl. Na, unsere Kieler Polizeidirektion natürlich. Trotz vorläufiger Suspendierung stehen Sie weiterhin in Lohn und Brot bei uns, zunächst sogar einige Zeit noch ohne gekürzte Bezüge. Das wird vermutlich auch Ihre Witwe Eilenstein freuen. Das kleine Hotel von ihr soll nicht sonderlich gefragt sein, wie man so hört.«

Diese Bemerkung von Magnussen empfand Stüber als beleidigend. Was ging den Chef sein Privatleben an, das hatte mit kriminalistischer Arbeit herzlich wenig zu tun. So stellte er eine Gegenfrage, die ihn seit dem Vorfall in der Bismarckallee beschäftigte. »Hätte ich Kommissar Hansen denn erschießen lassen sollen?«

Der Polizeidirektor ließ die Antwort offen. »Ich bin noch lange nicht am Ende, Stüber. Überdies gab es interne Ermittlungen seitens des Kieler Innenministeriums, die mich sowieso ständig wegen meiner Parteizugehörigkeit auf dem Kieker haben.«

Stüber nickte, obwohl das seit dem Amtsantritt von Magnussen immer schon so war. Aber wer seine Partei über die eigene Familie und die Behörde stellte, für den hatte Stüber, genau wie Hansen, noch nie etwas übrig. So zuckte Stüber mit ausdrucksloser Miene lediglich mit den Schultern. Das brachte den Chef richtig in Rage.

»So, das geht dem feinen Herrn Stüber also am Arsch vorbei. Interessant, interessant! Normalerweise hätte ich eine Beförderungssperre für Sie erwirkt, aber Ihre Tage sind nach der vorläufigen Suspendierung vermutlich sowieso gezählt. Deswegen muss ich mir die Hände nicht unnötig schmutzig machen.«

Während sich die Krämpfe in Stübers Magen weiter verstärkten, klingelte Magnussens Diensttelefon. Verärgert nahm der Chef den Hörer von der Gabel.

»Staatsanwaltschaft, Frau Schönerstedt? Ja, bitte durchstellen.«

In der Folge war zu beobachten, wie Magnussens Gesichtsfarbe von aschfahl zu knallrot wechselte, bis er den Hörer nachdenklich sanft auf die Gabel legte. Ein Moment der Stille folgte, bevor Magnussen das Gespräch mit weicher Stimme fortsetzte.

»Nichtsdestotrotz sind Sie natürlich ein von mir ausgesprochen geschätzter Beamter, für den auch meine Fürsorge zu gelten hat, Oberkommissar Stüber. Und das mit Ihrer Beförderung bekommen wir auch noch hin. Versprochen.«

Jetzt verstand Stüber die Welt nicht mehr. Was hatte der Anruf der Staatsanwaltschaft im Gemüt von Magnussen bewirkt, der sich jetzt plötzlich erhob, auf den Wandschrank zuschritt und ihn öffnete? Er entnahm ihm eine Flasche Whiskey und zwei Gläser, die er mit feierlicher Miene vor Stüber platzierte. »*Bushmills Single Malt Irish Whiskey.* Ein 16-jähriger Whiskey, der bereits mehrfach ausgezeichnet wurde. Ist kaum unter 100 Euro zu bekommen, ein Geschenk von der Parteizentrale zu meiner Amtseinführung.«

Dann leerte der Chef die angebrochene Flasche, indem er zwei Gläser bis zum Rand füllte. Eines reichte er ihm mit warmer Stimmlage. »Prost, verehrter Kollege Stüber. Was wäre die Kieler Polizeidirektion ohne Sie und Ihre Expertise? Wenn Hansen endlich in Pension geht, dann können Sie seinen Dienstrang als Hauptkommissar übernehmen.«

Augenzwinkernd stieß der Chef mit ihm an, bevor er zum Telefonhörer griff. »Fräulein Schönerstedt, irgendwo muss in unserem kleinen Geheimversteck noch eine Flasche *Jameson Bow Street Cask Strength Irish Whiskey* stehen. Wenn Sie uns den bringen, dann können Sie ausnahmsweise vorzeitig Feierabend machen.«

Stüber kam aus dem Staunen nicht mehr heraus, zumal sich der Chef sich ihm wieder vertrauensvoll zuwendete. »Unsere kleine Auseinandersetzung von vorhin vergessen Sie bitte. Die hat nie stattgefunden, Sie verstehen?«

Stüber verstand immer noch nicht, aber als das Fräulein Schönerstedt jetzt mit einer lasergravierten Holzbox in das Chefzimmer stolzierte, hielt er besser die Klappe, zumal der Whiskey seinem empfindlichen Magen wohltat. Kaum war die Vorzimmerdame entschwunden, da öffnete Magnussen die Holzbox, entnahm die Whiskeyflasche und kippte großzügig augenzwinkernd nach.

»Dieser *Jameson* ist 18 Jahre alt, verfügt über 50 Umdrehungen und ist kaum unter 200 Euro zu erwerben. Sie sehen, nur das Beste für Sie. Zum Wohl.«

Stüber nickte kurz zum Dank und nippte vorsichtig an dem Getränk, das ordentlich in der Kehle brannte. So langsam kehrte in ihm der Mut zurück.

»Sagen Sie, Chef, was feiern wir eigentlich mit diesen edlen Getränken?«

Verständnislos musterte ihn Magnussen. »Ich bin schlagartig alle Sorgen los, Stüber. Das ist ein großer Moment der Befreiung für uns.«

Stüber blieb skeptisch. »Alkohol ist keine Lösung.«

»Mensch, Sie haben das doch vorhin mitbekommen. Die Staatsanwaltschaft hat die Ermittlungen gegen Sie eingestellt und diese Nachricht bereits an das Innenministerium weitergeleitet. Ich bin aus dem Schneider und Sie auch. Wenn das kein Grund zum Feiern ist?«

Vor Freude schossen Stüber die Tränen in die Augen. Welch ein Glück! Lieber wäre er in einen Krieg gezogen als diese Demütigung der letzten zehn Tage nochmals zu ertragen. Vorsichtig griff er zur Flasche. »Darf ich?«

Mit einer generösen Handbewegung stimmte Magnussen dem Ansinnen zu. »Laufen lassen. Heute ist alles erlaubt.«

Während Stüber befreit nachschenkte, fiel ihm ein Detail zur denkwürdigen Bedrohung von Hansen in der Bismarckallee ein, das er leicht lallend weitergab.

»Chef, ich war ja vor dem Vorfall hinausgegangen, um eine Kamera zu holen. Da ist mir eine noble schwarze Limousine mit Hamburger Kennzeichen aufgefallen, vermutlich ein Bentley. Kennzeichen HH-RE. An RE erinnere ich mich deswegen, weil es mich an Skat erinnerte, was überhaupt nicht zu so einem luxuriösen Fahrzeug passt. Vielleicht ist das alles jetzt aber unwichtig.«

»Das ist die richtige Einstellung, Kollege Stüber. Heute geben wir endlich mal wieder richtig nach der ganzen Scheiße Gas. Ich benötige nur noch eine kleine Unterschrift von Ihnen, reine Formsache.«

Freundlich nicken konnte Stüber so gerade noch. Erfreut ergriff er den ihm gereichten Stift und unterschrieb ein Papier mit krakeliger Schrift. Er wollte nur noch nach Hause zu der Witwe Eilenstein. Mit wackeligen Beinen erhob er sich, um sich auf den Heimweg zu begeben. Eine letzte Frage quälte ihn aber noch.

»Was habe ich denn gerade unterschrieben?«

Genüsslich gönnte sich Magnussen einen tiefen Schluck von dem edlen Whiskey. »Die endlich überfällige Beitrittserklärung für meine Partei, Kollege Stüber. Willkommen im Klub.«

Nun wunderte sich Stüber über nichts mehr und suchte torkelnd sein Heil in der Flucht. Toilette oder Witwe Eilenstein, wo sollte es zunächst hingehen? Besser eines nach dem anderen.

KEHRAUS

Wieder klingelte es bei Paula Schafrott an der Haustür. Vermutlich würde sie gleich von einer Journalistenschar bedrängt werden. Schnell zupfte sie noch einmal ihre Haarpracht vor dem Spiegel zurecht und öffnete erwartungsvoll die Tür. Es war aber lediglich der kleine Kieler Kommissar, der sie mit sorgenvoller Miene musterte. Das war nach dem Grauen, welches er heute durchlitten haben musste, allerdings auch kaum anders zu erwarten.

»Ich bin es noch einmal, Frau Schafrott. Wie sind Sie eigentlich auf die Idee gekommen, das Grundstück Ihrer Nachbarn zu untersuchen?«

Anstelle einer Antwort stand sie kurz auf und schleppte stolz ihren neuen Straßenbesen heran. »Wegen meinem neuen Handwerkszeug. Mit der Tarnung kann ich mich außer am Strand fast überall unbemerkt heranschleichen, ohne großartig aufzufallen.«

Der Kommissar zögerte nachdenklich mit der Antwort. Vermutlich rang er nach den richtigen Worten, um seinen Dank auszudrücken. »Was meinen Sie denn, Frau Schafrott, was wir unter den fünf verdächtigen Häuflein im Garten gefunden haben?«

Paula musste nicht lange überlegen, zumal sie ihr Handwerk bei fleißigem Studium der Tatortkrimis erlernt hatte. »Leichenreste, Knochen, vielleicht auch nur noch die Asche. Dafür ist eine Privatdetektivin aber nicht zuständig, sondern Ihre Spurensicherung.«

Der Kommissar beugte sich vertraulich vor. »Falsch, Frau Schafrott. Lediglich verkohlte Fotoschnipsel haben wir unter der Erde gefunden. Dafür ist unsere Spurensicherung nicht zuständig.«

Paula verstand die Welt nicht mehr. »Wieso denn nur verkohlte Fotoschnipsel?«

»Ganz einfach, Frau Schafrott. Ihre ›neuen‹ Nachbarn haben beide den ehemaligen Partnern nachgetrauert. Vor acht Jahren haben sie sich dann gefunden und sind wenig später in Ihrer Nachbarschaft eingezogen. Zum Zeichen, dass trotz des Altersunterschiedes alles anders werden sollte, haben sie die Fotos ihrer ehemaligen Partner zerrissen, verbrannt und begraben. Darüber haben sie kleine Holzkreuze gesetzt. Ein Psychologe hatte Ihren Nachbarn das geraten, um die Vergangenheit zu bewältigen. Seitdem leben Ihre beiden Nachbarn sehr zurückgezogen.«

»Ein Psychologe?«

Paula bekam langsam weiche Knie, sie musste sich erst einmal setzen. Der Kieler Kommissar legte aber noch nach.

»Ja. Und wegen der dörflichen Enge in diesem alten Ortsteil von Laboe und dem großen Altersunterschied haben sie sich nicht mehr auf die Straße getraut, ganz anders als in

Großstädten wie Kiel, Lübeck oder Flensburg. Frau Schafrott, nicht nur die Zeiten haben sich geändert, sondern auch die Sitten.«

Das hatte Paula schon vielfach aus den Abendnachrichten mitbekommen, wenngleich sie früher vieles besser und schöner fand. Zudem ärgerte sie, dass der Kommissar ihr neues Geschäftsmodell torpedierte. Ihre Gedankengänge störte jedoch die eindringliche Stimme des Kommissars.

»Wenn ich Ihnen einen guten Rat geben darf, Frau Schafrott: Unterlassen Sie bitte zukünftig Ihre hilfspolizeilichen Maßnahmen und kehren Sie von nun an ausschließlich vor der eigenen Tür. Schönen Tag noch und auf Wiedersehen.«

Den Abschiedsgruß konnte Paula Schafrott nicht erwidern, weil sie heftig nach Luft ringen musste. Aber sie nahm sich fest vor, am nächsten Morgen den Postbüttel Franz wegen seiner Schnüffelei in den Postkarten der Adressaten im Ort zur Rede zu stellen, zumal ihren restlichen Kuchen ja auch noch jemand verdrücken musste. Sie selbst musste für neue Ermittlungen im Unterdorf mit den vielen sonnengebräunten Strandurlaubern im Sommer schließlich auf die schlanke Linie achten. Eines war aber sicher: Paula würde so schnell nicht aufgeben.

Der Kommissar würde sich noch wundern.

BULLENHITZE

Das Wetter an der Kieler Förde ist über das Jahr hinweg normalerweise klar geregelt. Trotz mancher Sonnentage herrscht oft bis tief in den Juni hinein nordische Kühle, bis sich pünktlich zur Kieler Woche eine kräftige Westwindlage einstellt. Das lässt die Herzen der Freunde des größten Segelevents der Welt zwar höherschlagen, verdirbt mit ständigen windgetriebenen Schauern aber den vielen Feierwütigen des größten Sommerfests im Norden Europas gewaltig die Laune am vielfältigen künstlerischen Begleitprogramm. Erst nach dem Abschlussfeuerwerk der Kieler Woche stellen sich in der Regel höhere Temperaturen ein, wenngleich es hin und wieder so manchen verregneten Sommertag gibt. Spätestens ab Ende August normalisiert sich zum Glück wieder alles bis zum Beginn des neuen Jahres mit Eiseskälte.

So war es auch in diesem Jahr, bis plötzlich eine Hitzewelle den gesamten Norden überrollte, weil sich das oft vergeblich herbeigesehnte Azorenhoch eingestellt hatte, das heiße Winde aus dem Herzen Afrikas bis an die Kieler Förde pustete. Natürlich kann man sich wie die stets aufgeregten Wetterfrösche in Rundfunk und Fernsehen ständig kongolesische Temperaturen wünschen. Für echte Nordlichter heißt es bei einer solchen Wetterlage allerdings, schnellstens in Deckung zu gehen.

Das war Helge Stuhr zumindest heute Morgen bestens mit dem Verbleib in seiner Wohnung gelungen. Schadenfroh beobachtete er aus seinem im Schatten liegenden Wohnzimmerfenster beim Schlürfen mit dem Strohhalm aus einem mit Eiswürfeln bestückten Glas Orangensaft, wie sich zunehmend viele Nachbarn mit Hunden abgeschlafft durch die Gegend schleppten. Heute hatte er bisher alles richtig gemacht. Auf Dauer wurde es ihm aber langweilig, und so beschloss er am Nachmittag, trotz der offensichtlich herrschenden Bullenhitze eine kleine Rundfahrt mit seinem neu erstandenen Fahrrad zu unternehmen. Der kühlende Fahrtwind würde ihm gut tun, und hinterher würde er ein eiskaltes Bier auf dem Balkon genießen. Er liebte sein neues Rad, welches gleich nach seiner Entlassung aus dem Krankenhaus von der *Holsteiner Fahrradmanufaktur* ganz nach seinen Wünschen liebevoll zusammengestellt und gebaut wurde. Sicher, es war nicht ganz billig, aber es sollte ihm ja auch längere Zeit treue Dienste leisten und größtmögliche technische Sicherheit vor Unfällen bieten.

Im Fahrradkeller war es noch angenehm kühl, aber schon nach dem Öffnen der Hoftür nahm ihm eine Gluthitze fast die Luft. Schnell bestieg er den Sattel und trat kräftig in die Pedale, um der mörderischen Hitze zu entrinnen. Zunächst zog es ihn zum Universitätsgelände zu der offen liegenden Veloroute, eine ehemalige Eisenbahntrasse, die ohne größere Steigungen recht angenehm zu befahren war. An mehreren Stellen ging es sogar auf Brücken über vielbefahrene Straßen. Ein leichter Fahrtwind versüßte ihm das Rollen. Heute hatte er vermutlich alles richtig gemacht, zumal die Zutaten für einen *Caipirinha* am Abend schon kalt gestellt waren.

Bei der Rückfahrt auf der offen liegenden breiten Veloroute holte ihn allerdings die Hitze ein. So stoppte er auf einer unschönen Betonquerung für Fußgänger und Radfahrer über eine vierspurige Schnellstraße und wischte sich den Schweiß von der Stirn. Dabei beobachtete er die zahlreichen Fahrzeuge, die mit hohem Tempo unter ihm dahin jagten. Vermutlich kamen sie von den vielen Ostseestränden, die das Leben an der Kieler Förde im Sommer recht angenehm gestalteten.

Offenbar hatte Stuhr aber die Hitze unterschätzt. Besser wäre es, fortan der prallen Sonne aus dem Weg zu gehen. Entschlossen setzte er die Fahrt fort, um gleich am Fuße der Betonbrücke an einem Wendehammer anzuhalten und abzusteigen. Dort stellte er sein neues Fahrrad an einem der hohen Bäume ab, welche die Sackgasse vor der Brücke umsäumten und Schatten boten. Erschöpft ließ er sich auf einer hölzernen Sitzbank nieder. Nur selten querten Passanten seinen Weg, ansonsten herrschte Ruhe an diesem lauschigen Plätzchen.

Er genoss die friedliche Stimmung, bis plötzlich ein Auto mit quietschenden Reifen vor dem Wendehammer stoppte. Aus dem weißen Opel musterte ihn zunächst ein älterer dicklicher Mann, ohne sich zu regen. Gerade als Stuhr sich fragte, warum diese fette Qualle ausgerechnet vor seiner Nase anhalten und die friedliche Stimmung stören musste, stoppte direkt hinter dem Opel ein gelber Kleinlaster, Marke unbekannt. Schwungvoll sprang eine vierschrötige langhaarige Gestalt mit einer schwarzen Augenklappe in einem Blaumann heraus und steuerte auf Stuhr zu.

»Entschuldigen Sie, ich komme nicht von hier. Wie kommt man am schnellsten zum Stadion von Holstein Kiel?«

Stuhr spöttelte. »Fleißig trainieren.«

Den Witz verstand der Kerl nicht, und so verwies Stuhr gelangweilt auf das kleine Schild am Ende der Sackgasse.

»Da steht es: ›Zum Holstein-Stadion‹. Mit dem Auto aber nicht, nur Fußgänger und Radfahrer. Ende Gelände.«

Während der vierschrötige Kerl vermutlich am Überlegen war, ob er sich den Fußmarsch bei der Hitze antun sollte, bemerkte Stuhr aus den Augenwinkeln, dass der dickliche Mann aus dem Opel schwitzend an ihnen vorbei zu einem kleinen gepflasterten Weg schlich, der sich nach wenigen Metern zwischen hohen Büschen verlor. Das wäre an sich nicht ungewöhnlich gewesen, wenn er nicht einen robusten dunkelgrauen Plastiksack mit sich getragen hätte, der offensichtlich prall gefüllt war und sein Fortkommen erschwerte. Der vierschrötige Kerl störte Stuhrs Beobachtung.

»Und mit dem Auto?«

Stuhr wies auf den Westring. »Dort oben an der Ampel links abbiegen, dann bei der Kirche nochmals links. Anschließend fahren Sie genau auf das Fußballstadion zu.«

»Ah ja.«

Der vierschrötige Kerl schien verstanden zu haben. Er ging wenige Meter auf seinen gelben Kleinlaster zu, kehrte dann aber unvermittelt um und eilte auf die Fußgängerbrücke, auf der er ohne erkennbaren Grund verharrte. Er schien ein wenig unsortiert zu sein. Wenig später kehrte der vierschrötige Kerl zurück und stellte sich nervös vor ihm auf.

»Haben Sie vielleicht eine Zigarette für mich?«

Stuhr musste nicht lange in den Taschen suchen. »Ich rauche nicht. Tut mir leid.«

»Schon gut. Ich sonst auch nicht. Heiß heute.«

Der vierschrötige Kerl biss sich auf die Lippen und tänzelte nervös auf der Stelle. Dass er dadurch die Sicht auf den dicklichen Mann versperrte, der sich wieder an ihnen vorbei zu seinem Opel schlich, blieb Stuhr nicht verborgen. Dieses Mal allerdings mit geleerter Plastiktüte und einem deutlich leichteren Gang. Am Aufbrausen des Motors bemerkte Stuhr, dass der Dicke mit seinem Opel offenbar das Weite suchte. Hatte er illegal Müll entsorgt?

Wieder machte sich der vierschrötige Kerl bemerkbar. »Unruhige Ecke hier, trotz der Sackgasse. Sie sollten sich auch einmal auf die Betonbrücke begeben. Sie werden sich wundern, was auf der anderen Seite gerade abgeht. Ich muss jetzt aber los. Wiedersehen.«

Unvermittelt hastete der Bursche zu seinem gelben Kleinlaster und brauste wenig später davon. Ein Eckernförder Kennzeichen, das konnte Stuhr gerade noch mitbekommen. Aber keine 100 Meter weiter stoppte der seltsame Vogel sein Fahrzeug. Nachdenklich lehnte sich Stuhr zurück. Er wunderte sich über diese beiden seltsamen Begegnungen. Was wollte der langhaarige Kerl von ihm und was konnte sich im Plastiksack des Dicken befunden haben? Auf der Betonbrücke war sicherlich nichts Neues zu entdecken, schließlich hatte er dort vor Kurzem gestoppt.

Der kleine gepflasterte Weg, den der dickliche Mann eingeschlagen hatte, war ihm allerdings vorher noch nie aufgefallen. Neugierig stand Stuhr auf. Der Weg führte ihn zu einer kleinen grünen Hinweistafel. »Landeshauptstadt Kiel. Nordfriedhof. Diebstähle werden zur Anzeige gebracht.« Natürlich wusste Stuhr schon lange, dass direkt gegenüber vom Holstein-Stadion der Nordfriedhof lag, denn einige Fans hatten sich dort in unmittelbarer Nähe der Arena beerdigen lassen, damit sie auch nach dem Ableben bei Heimspielen nicht auf den Jubel von den Tribünen verzichten mussten. Aber Stuhr hätte nie damit gerechnet, dass man über diesen kleinen verschlungenen Weg von hinten auf das Friedhofsgelände gelangen konnte. Dazu noch fast unbemerkt. Er folgte dem Weg, der auf der rechten Seite von dichtem Gebüsch begrenzt war. Links öffnete sich der Weg zu einer Art Bauhof. Berge von Muttererde lagen dort aufgeschüttet, und am Rand waren viele alte entsorgte Grabsteine gestapelt. Trotz der Verwitterung konnte er manche Namen von Verstorbenen in altdeutscher Schrift noch entziffern, die allesamt vor mehreren Jahrzehnten begraben worden waren. Vermutlich konnten oder wollten die Erben nicht mehr zahlen, vielleicht waren sie ebenfalls verstorben.

Neugierig stieß Stuhr weiter auf das Friedhofgelände vor. Gleich hinter dem Bauhof bemerkte er zwei frisch ausgehobene Gräber. Er lugte hinein, aber Müll von dem Dicken war darin nicht zu entdecken. In einiger Entfernung entdeckte Stuhr eine steinerne Wasserstelle. Gründlich untersuchte er den danebenstehenden Drahtgitterbehälter, in dem sich allerdings nur verwelkte Blumensträuße stapelten. Wo konnte der Dicke seinen Müll verbuddelt haben? Auf dieser gepflegten Friedhofanlage sicherlich nicht.

Frustriert schaute sich Stuhr um, bis sein Blick zurück auf den Bauhof mit den Erdhügeln fiel. Vermutlich wurde dorthin die ausgehobene Erde von den Gräbern transportiert. Er stellte sich die Frage, was mit der ausgehobenen Erde geschah. Würde sie von den Friedhofsgärtnern durchsiebt werden? Vermutlich nicht, denn was würden sie schon finden außer Knochen- und Holzresten.

Vielleicht aber doch. Stuhr war nicht bekannt, was nach mehr als 20 Jahren unter der Erde von einem Sarg samt Inhalt übrigblieb. Goldringe, Smaragde, möglichweise sogar Diamanten? Friedhöfe an sich waren ihm sowieso ein Gräuel. Aber wie schnell Holz in einem Garten verrottet, das wusste er noch von der verwitterten hölzernen Sandkiste in seiner Kindheit, an der er sich so manchen Splitter einzog. Stuhr wollte es genauer wissen und betrat den Bauhof. Wie groß war der Plastiksack, den der dicke Mann zum Friedhof geschleppt hatte? In etwa so groß wie ein Zementsack. In der Art und Weise, wie der Dicke schlich, musste der Plastiksack mehr als 20 Kilo gewogen haben. Verbarg er vielleicht den Rumpf einer Frau? Oder die Gebeine eines Mannes? Stuhr liefen eiskalte Schauer über den Rücken.

Das gequälte Aufheulen eines Motors schreckte Stuhr auf. Das musste der gelbe Kleinlaster sein, der davon jagte. Es war schon ein seltsamer durchgeknallter Typ, der vierschrötige Bursche, der ihm die Sicht auf den Dicken genommen hatte. Waren sie Komplizen? Es galt zu handeln, und so zückte Stuhr sein Handy und wählte die Nummer von Kommissar Hansen. Zum Glück nahm der schnell das Gespräch an.

»Moin, Stuhr. Wo treibst du dich denn bei dieser mörderischen Affenhitze herum?«

»Du wirst es nicht glauben, Hansen. Auf dem Nordfriedhof, ganz hinten auf dem Bauhof. Ich habe vermutlich mitverfolgt, wie ein Mensch beseitigt worden ist. Oder Menschliches. Zumindest teilweise.«

Kommissar Hansen wurde schlagartig dienstlich. »Was heißt ›Menschliches‹? Mann oder Frau? Alter, Körpergröße, Haarfarbe? Dutzende von Personen werden in Deutschland täglich vermisst. Du musst schon etwas präziser werden.«

Stuhr gab seine Vermutung preis. »Kann ich nicht. Aber von der Größe her ist zu befürchten, dass es sich vielleicht auch um ein getötetes Kind handeln könnte.«

Das löste schlagartig Alarm beim Kommissar aus. »Donnerwetter, Stuhr. Am besten begibst du dich sofort zur Trauerhalle am Haupteingang des Friedhofs am Westring. Ich komme mit dem Kollegen Fingerloos von der Spusi dorthin. Wir sammeln dich in zehn Minuten ein.«

Das Gespräch war beendet. Nein, jetzt war es nicht an der Zeit, das Fahrrad zu holen, zumal er nicht wusste, ob auf dem Friedhof das Radeln erlaubt war.

ARSCH BLEIBT ARSCH

Wer ich bin? Das tut nichts zur Sache. Warum ich momentan ein wenig schräg drauf bin? Nun, ich befinde mich seit Jahrzehnten in einer unkomfortablen Situation. Nicht, dass es mir schlecht gehen würde. Immerhin finanziert mich mein Halbbruder über seine windigen Geschäfte. Aber ich bekomme nur 15 Prozent ab von seinen Transaktionsgewinnen, während es meine Aufgabe ist, sein schmutziges Geld aus der ganzen Welt reinzuwaschen. Da geht es nicht um Peanuts, sondern um Millionen. Und das jedes Jahr.

Aber so war es immer schon mit meinem Halbbruder und dessen Charaktereigenschaften: geldgierig, skrupellos und als Erstgeborener von der Mutter verwöhnt. Schon zu Schulzeiten handelte er mit Zigaretten, Haschisch und schmuddeligen Pornoheften in einer versteckten Ecke hinter Gebüschen auf dem Schulhof. Er machte richtig schnell Kohle und lud damit die schönsten Mitschülerinnen zu Dates ein. Zumindest alle, die blond waren. Das Prinzip hat mein Halbbruder bis heute beibehalten, nur dass er jetzt die teuersten Nutten für schnelle Vergnügen anheuert, um sich wenigstens kurzfristig von seinen windigen Geschäften zu entspannen. Den geraden Weg konnte mein Halbbruder noch nie gehen, aber das wollte er vermutlich auch nicht.

In meinem Leben wurde ich nie das Gefühl los, dass er immer noch einen Finger bei mir im Po stecken hat. Gut, seine Idee, internationale Geschäfte über mich reinzuwaschen, hatte mir durchaus zu Wohlstand verholfen. Richtig reich wurde nur mein gieriger Halbbruder, während ich mich neben dem Tagesgeschäft in meinen Betrieben ständig mit der Geldwäsche abplagen musste, die wegen der vielen internationalen Abkommen immer schwieriger wurde. Wobei mich sein Geschäftsmodell schon beeindruckte: Schiffe international hin und her verkaufen, die Verluste dem Finanzamt anzeigen und Gewinne in meine Betriebe zu verschieben, wo nicht jedermann einen Kassenbon benötigt und man Aushilfen beschäftigen kann, die unter dem Radar der Finanzbehörden arbeiten. Ein echtes Perpetuum mobile.

Natürlich lief es bisher nicht schlecht für mich, aber eigentlich steht mir als wichtigem Baustein des Perpetuums ein größerer Anteil von dem Kuchen zu, den mein Halbbruder mehr oder weniger willkürlich verteilt. Aber nicht an mich. Wobei ich für ihn vor Ort alles aushalten und sogar mit hohen Gefängnisstrafen rechnen muss, wenn alles einmal auffliegen würde. Was nach den Geschehnissen der letzten Woche in Kiel eigentlich nur noch eine Frage der Zeit sein kann.

Wegen der Skrupellosigkeit meines Halbbruders hatte ich ihm eine täuschend echte Schreckschusspistole geschenkt, um nicht selbst irgendwann mit einer Kugel im Kopf zu enden. Offenbar hatte mein Halbbruder diese Schreckschusspistole diesem Kieler Immobilienhändler Sell weitergereicht, den es dann von hinten mit einem tödlichen Kopfschuss von der Kieler Kripo erwischt hat, wie man der Journaille entnehmen konnte.

Es musste eine andere Lösung her, um an seine 30 Millionen heranzukommen. So, wie die Lage aussah, war ich vermutlich der letzte verbleibende mögliche Erbe. Ein anderer Halbbruder von mir trieb sich zwar noch irgendwo auf der Ostsee herum, aber der war nicht einmal gemeldet und interessierte sich kaum für Geld. Der suchte nur die Freiheit.

Nein, jetzt war ich an der Reihe. Schließlich wird man nur einmal im Leben geboren und muss irgendwann sterben. Und wenn man wie ich bis zur Mitte des Lebens unter einem Halbbruder gelitten hat, dann ist es an der Zeit, ihn über die Klinge springen zu lassen. Ihm die Luft aus der Lunge zu nehmen, sein Blut nicht mehr fließen zu lassen, das Herz nicht mehr länger schlagen zu lassen. Anders als gewaltsam würde es kaum gehen, damit er alles zurückbekommt, was er mir an Erniedrigungen, Schlägen und Tritten zugefügt hat.

Einem überaus vermögenden Halbbruder das Gas abzudrehen, macht andererseits wenig Sinn, wenn man nicht an seine Kohle herankommt. Lange musste ich überlegen, einen Plan entwerfen, um das halbwegs ungeschoren für mich über die Bühne zu bekommen. Bis mir eine Idee in den Kopf schoss und es an der Zeit war, alles anzurichten. Dazu waren einige Vorbereitungen zu treffen: Ein Event gestalten und dort möglichst viele Beteiligte gegenseitig aufmischen. Nein, nicht gegen meinen Halbbruder. Dar war nicht nötig, den hassten sowieso alle.

Zudem musste ein geeigneter Ort her und der perfekte Zeitpunkt. Dann müsste man nur noch über eine Verdunkelung im richtigen Moment nachdenken, um ihn unbemerkt zur Strecke zu bringen. Aber auch dafür fiel mir eine Lösung ein. Mit Sicherheit würde dem Arschloch kein Mensch Tränen nachweinen, selbst Blumen auf dem Grab anlässlich seiner Beerdigung hätte er nicht verdient. Nichts hatte dieser Schweinehund verdient außer den Tod. Arsch bleibt eben Arsch.

ARCHÄOLOGIE

Trotz der mörderischen Hitze hetzte Stuhr über die vielen verschlungenen kleinen Fußwege auf dem weitläufigen Friedhof und schaffte es sogar, durchgeschwitzt als Erster den Vorplatz zu erreichen. Wenig später stoppte dort das Dienstfahrzeug von Hansen, der ihm mit einer knappen Handbewegung bedeutete, auf dem Beifahrersitz Platz zu nehmen. Stuhr dirigierte den Kommissar auf den wenigen mit einem Pkw befahrbaren Wegen zum versteckten Bauhof und berichtete ausführlich, was er bisher beobachtet hatte. Der Kollege Fingerloos von der Spurensicherung nahm das von der Rückbank her allerdings zum Anlass, Stuhrs Fantasie zu zügeln.

»Also genau genommen haben Sie keine Leichenteile gesehen, richtig?«

Abwarten, sagte sich Stuhr und schwieg sich aus. Die beiden würden schon sehen. Und richtig, kaum waren sie vor den Erdhügeln auf dem Bauhof ausgestiegen, da entdeckte der Leiter der Spurensicherung, dass an einer verdeckten Stelle eine kleinere Fläche frisch umgegraben war. Mit strengem Blick und erhobenem Zeigefinger ermahnte er Stuhr und Hansen, beim Auto zu bleiben. Dann fotografierte er zunächst den Tatort aus allen denkbaren Perspektiven, um anschließend Plastikhauben über die Schuhe zu streifen und mit geübten Bewegungen Einmalhandschuhe über seine Hände zu ziehen. Er prägte sich den Tatort nochmals genau ein, bevor er begann, vorsichtig mit einem kleinen Spatel Muttererde abzutragen.

Währenddessen telefonierte Kommissar Hansen mit der Polizeidirektion. »Gelber Kleinlaster mit Eckernförder Kennzeichen, und ein weißer Opel, Baujahr unbekannt. Nein, mehr wissen wir nicht.«

Ungläubig schüttelte Stuhr den Kopf, denn das klang wie eine Verfolgungsjagd aus Kinderbüchern. Räuber und Gendarm: Sieger immer die Polizei. Danach sah es heute allerdings nicht aus, denn Fingerloos war weiterhin damit beschäftigt, geduldig in homöopathischen Dosen Erde abzutragen, um sich behutsam dem erhofften Fund zu nähern. Das alles dauerte Stuhr viel zu lange. Warum konnte Fingerloos nicht mit einem soliden Spaten den Fund ausheben? Und wo blieben seine Mitarbeiter? Jetzt störte auch noch das Klingeln des Handys von Kommissar Hansen, der wenig später Befehle ausgab.

»Vorläufig in Gewahrsam nehmen. Ja, den Kleinlaster gründlich durchsuchen.«

Stuhr staunte nicht schlecht. »Ihr habt den Kerl gefasst? Respekt.«

Kommissar Hansen tat das Lob mit einer kurzen Handbewegung ab. »Kommunale Autokennzeichen wie die von der Stadt Eckernförde im Kreis Rendsburg-Eckernförde gibt es noch nicht allzu lange. Niemand ist verpflichtet, sie zu führen. Und gelbe Kleinlaster außer denen von der Post sieht man auch nicht alle Tage. Mal sehen, was wir noch im Bauch des Wals finden.«

In diesem Moment rief Fingerloos die beiden zu sich, weil er aus der Erde einen ersten kleinen Knochen geborgen hatte.

Der Kommissar pfiff durch die Zähne. »Also doch. Gut gemacht, Stuhr.«

Sicherlich hätte sich Stuhr über den Knochenfund freuen können. Immerhin bewies er, dass er sich die Geschichte nicht aus den Fingern gesogen hatte. Aber es bedrückte ihn auch, weil es sich bei dem schwitzenden Dicken um einen Mörder handeln musste. Der vierschrötige Kerl mit der Augenklappe wird vermutlich geholfen haben, die Tat zu vertuschen. Währenddessen hatte der Leiter der Spurensicherung den Fund analysiert.

»Der Größe nach handelt es sich auf den ersten Blick vermutlich um das Fingerglied einer jüngeren Frau.«

Ein Frauenmörder, schoss es Stuhr durch den Kopf. Aber Fingerloos kommentierte den Fund trocken weiter.

»Der Knochen muss allerdings schon mindestens 50 Jahre irgendwo unter der Erde gelegen haben. Gehört also lediglich zum normalen Inventar eines Friedhofs.«

Das war natürlich nicht nur für Stuhr enttäuschend, sondern vermutlich auch für Hansen. Fingerloos dagegen schob das Glied ohne jegliche Gefühlsregung wieder unter die Erde und sah sich suchend weiter um, bis er auf eine größere frisch umgegrabene Fläche in der Nähe wies.

»Dort ist ebenfalls gebuddelt worden. Vielleicht ist das die richtige Stelle. Dort benötigen wir allerdings größeres Werkzeug.«

Sollte Fingerloos endlich auf die richtige Spur gestoßen sein? Immerhin holte der Leiter der Spurensicherung jetzt eine richtige Schaufel aus Hansens Dienstfahrzeug und machte sich ohne Rücksicht auf verwischte Spuren vehementer an die Arbeit. Schon nach kurzer Zeit legte er eine leicht gerundete Körperfläche frei, die stark behaart war. Triumphierend stützte er sich auf dem Spaten ab.

»Da haben wir unseren Fund. Frisch beerdigt, das sehe ich auf den ersten Blick.«

Kommissar Hansen klatschte demonstrativ Beifall und näherte sich vorsichtig dem Fundort. »Bei dem kräftigen Haarwuchs scheint es sich um einen Mann zu handeln. Richtig, Fingerloos?«

Während Stuhr zu zweifeln begann, dass es sich im Plastikbeutel des Dicken lediglich um einen Männerkopf handelte, löste Fingerloos mit der ihm angeborenen Teilnahmslosigkeit das Rätsel auf.

»Nein, es handelt sich mit großer Wahrscheinlichkeit um das Fell eines Hundes. Vermutlich reinrassig. Also Feierabend für heute. Ist schließlich heiß genug.«

Kommissar Hansen musterte seinen Kollegen ungläubig. »Feierabend? Wieso gräbst du nicht weiter?«

Fingerloos ließ ihn kalt abblitzen. »Weil ich für tote Hunde nicht zuständig bin.«

Stuhr verstand nun nichts mehr. »Warum sollte jemand seinen toten Köter hier verbuddeln?«

Kommissar Hansen wusste eine Antwort. »Das Geld scheint knapper bei den Leuten zu werden. Vermutlich, um Kosten für die Abdeckerei zu sparen.«

Fingerloos gab seinen Senf dazu. »Der Kollege Hansen hat vermutlich recht. Es handelt sich um eine besondere Form von Strukturwandel. Die Leute geben kein Geld mehr für ihre toten Vorfahren oder Vierbeiner aus. Man muss sich nur einmal auf dem Nordfriedhof umschauen, der hat sich in den letzten Jahrzehnten ja fast zu einem Landschaftspark gewandelt. Höchstens auf der Hälfte der Gesamtfläche gibt es noch Grabstätten, wobei die vielen Kriegsgräber der Alliierten wesentlich dazu beitragen. Auf anderen Kieler Friedhöfen sieht es weitaus trister aus.«

Hansen kommentierte es wortkarg. »Also genug Platz, auch für tote Hunde.«

Wieder klingelte das Telefon des Kieler Kommissars. In der Folge musterte er Stuhr seltsam, bis er das Gespräch beendete.

»Bist du eigentlich zu Fuß hier, Stuhr?«

Stuhr wunderte sich über die Nachfrage. »Zu Fuß bei der Hitze? Nein, ich bin mit dem Fahrrad unterwegs. Es steht hinter den Büschen dort bei dem Wendehammer an einem Baum.«

Der Kommissar lächelte überlegen. »Dann hole es bitte einmal her.«

Kopfschüttelnd machte sich der schwitzende Stuhr zurück über den schmalen Pfad auf den Weg zu der Holzbank, über den er auf den Friedhof gelangt war. Die Sackgasse lag in der späten Nachmittagssonne wie ausgestorben vor ihm. Von seinem Fahrrad fehlte allerdings jede Spur. Warum nur hatte er es nicht abgeschlossen? Stuhr ärgerte sich schwarz über seine Dummheit, zumal die Versicherung nicht einspringen würde, weil das Rad nicht angekettet war. Mehr schmerzte ihn allerdings, dass der Dieb ihm alles genommen hatte, was er an Detailverbesserungen vorgenommen hatte: das besonders große Ritzel am Hinterrad für Alpenquerungen, das ungewöhnlich große Zahnrad auf der Kurbel für Rückenwindpassagen, die beiden Flaschenhalterungen für längere Touren und vor allem die beiden länglichen Holstein-Kiel-Aufkleber auf dem Rahmen. Kleinlaut machte er sich zurück auf den Weg zu den beiden Kommissaren. Schon von Weitem breitete Stuhr seine Arme aus, um Fehlanzeige zu signalisieren.

»Mein Rad ist weg. Gestohlen vermutlich.«

Die beiden Kriminalkommissare konnten sich vor Lachen kaum einkriegen. Das war kein feiner Zug, befand Stuhr und polterte los.

»Was gibt es da zu lachen?«

Hansen antwortete süffisant. »Soso. Einfach weg. Um welche Marke handelt es sich denn?«

»*Holsteiner Fahrradmanufaktur*. Handgearbeitet. Alle Teile in Mattschwarz. Adieu.«

Der Kommissar wusste es besser. »Nix adieu. Keine Panik, es ruht in Frieden.«

Stuhr verstand das nicht. »Wo denn? Hier in einem Grab auf dem Friedhof?«

Hansen wusste es besser. »Nein, in dem gelben Kleinlaster auf der Landstraße nach Eckernförde. Meine Kollegen haben einige Edelexemplare von Fahrrädern beschlagnahmt. Vermutlich wird dein Rad dabei sein. Du bekommst es wieder, sobald die Spuren gesichert sind und alles geregelt ist.«

Stuhr fiel ein Stein vom Herzen. Endlich war sein Rad, sein treuester Begleiter, wieder in gefühlter Reichweite. So stellte er nur eine kurze Nachfrage. »Was ist denn wegen des Diebstahls meines Fahrrads zu regeln, um es möglichst schnell zurückzubekommen?«

Hansen wiegelte ab. »Schwierige Frage. Das kann unter Umständen bis zum Ende des Verfahrens dauern. Wenn noch andere Straftaten hinzukommen, was in diesem Fall zu vermuten ist, dann kann das Jahre dauern.«

Diese Erkenntnis war erschreckend und stimmte Stuhr traurig. Ausgerechnet Hansens Kollege von der Spurensicherung nahm ihn jetzt an die Hand.

»Es gibt weitaus schlimmere Dinge im Leben als einen beschlagnahmten Drahtesel, Herr Stuhr. Mein Vater sagte immer, es gibt Katastrophen und angebrannte Milch. Das mit dem Rad ist kein Desaster, wir versaufen es einfach. Ich gebe einen aus.«

Kommissar Hansen stimmte sofort freudig lächelnd zu, obwohl er überhaupt nicht eingeladen war. Beide hakten sich bei Stuhr ein, um ihn zur nächsten Kneipe zu führen. Aus welchem Grund auch sollte er sich gegen ein oder zwei frisch gezapfte Bierchen wehren bei dieser Bullenhitze?

TREIBGUT

»Aufstehen. Reise, Reise.«

Im Halbschlaf wehrte Stuhr das Begehren ab. »Nein, ich möchte nicht schon wieder in ein anderes Krankenzimmer umgebettet werden.«

Sorgenvoll betrachtete Jenny ihren Lebensgefährten. Helge hatte so einiges mitgemacht in der letzten Zeit. Erst zwei Wochen Krankenhausaufenthalt, und gestern war er mit einer ordentlichen Fahne erst spätabends nach Hause gekommen. Es war schwierig, ihn unbeschadet ins Bett zu bugsieren, wo er anschließend die ganze Nacht wie ein altes Dieseltaxi gegast hatte. Richtigen Schlaf auf der Couch im Wohnzimmer fand sie nicht. Dabei hatten beide heute Großartiges vor, auch wenn Helge davon bisher nichts ahnen konnte.

»Nun komm schon hoch, Helge. Wir müssen los.«

Ungläubig musterte sie Stuhr augenzwinkernd. »Wieso müssen wir los?«

»Na, ich habe dir doch im Krankenhaus eine Überraschung angekündigt. Das Versprechen möchte ich heute einlösen, aber du musst dafür jetzt in die Puschen kommen.«

Mühsam richtete sich ihr Helge mit erstauntem Blick auf. »Ich bin nicht im Krankenhaus?«

»Nein, du bist gestern nur unter die Räder gekommen. Du hattest ordentlich Schlagseite, als du nach Hause kamst.«

Helge kratzte sich am Kopf. Offenbar schien er keinerlei Erinnerung mehr an den gestrigen Abend zu haben. Jenny versuchte, ihn aufzumuntern.

»Schau mal, ich habe schon die Taschen für uns beide gepackt. Wir sollten bald aufbrechen.«

Verwundert musterte Helge sie. »Wohin soll es denn gehen?«

»Ein verlängertes Wochenende mit Überraschung. Nun komm schon, Helge. Reise, Reise.«

Ergeben quälte sich Helge aus dem Bett und schlurfte zur Dusche. 20 Minuten später kehrte er frisch rasiert zurück und inspizierte zunächst die beiden Taschen.

»Abendkleid, Reizwäsche, Smoking. Willst du mich etwa zum Traualtar führen?«

»Nein, keine Angst, Helge. Lediglich ein kleiner romantischer Ausflug. Es soll eine Überraschung werden.«

Die Erleichterung, nicht vor den Altar gezerrt zu werden, war Helge deutlich anzumerken, was Jenny tief im Innersten ärgerte. Manchmal verstand sie nicht, warum sie sich eigentlich so viel Mühe mit diesem Holzklotz gab. Jeder Sack Zement hatte vermutlich mehr Gefühle. Aber immerhin machte er sich jetzt landfein, nahm die beiden Taschen an sich und stolzierte mit ihr zu seinem Fahrzeug. Das Gepäck verstaute er auf der hinteren Sitzbank und setzte sich dann freiwillig auf den Beifahrersitz. Das war schon ungewöhnlich. Auch, dass er sein neues Fahrrad nicht mitnehmen wollte.

»Helge, willst du dein neues Rad nicht auf das Dach schnallen?«

Erschrocken musterte er sie. Offenbar war er schwer am Nachdenken, denn seine Antwort erfolgte recht zögerlich. »Nö, ich werde unseren kleinen romantischen Ausflug doch nicht durch eine Fahrradtour verwässern.«

Jenny traute ihren Ohren nicht, zumal er nie ohne sein geliebtes Fahrrad reiste, um immer wieder einmal ausbüxen zu können. Diese Wandlung war schon erstaunlich und ließ wenigstens etwas für die gemeinsame Zukunft hoffen.

So schwang sie sich voller Elan hinters Steuer, damit ihr Helge sich noch ein wenig von seiner gestrigen Eskapade erholen konnte. Beschwingt bog sie am Schützenwall auf die Autobahn. Gleich hinter Rendsburg fuhr Jenny immer gerne auf der kleinen Landstraße am Nord-Ostsee-Kanal dicht neben den vielen Schiffen her, genau wie früher in einem *Tatort*-Krimi der legendäre Kommissar Finke. Damals noch in Schwarz-weiß auf der Glotze, heute mit dem pittoresken Panorama live in Farbe direkt vor der Windschutzscheibe. Aber kurz vor der Kanalfähre Breiholz endete diese wunderbare Uferstraße, und es ging rechts weg vom Kanal zur Landstraße Richtung Heide. In dem kleinen Ort Lexfähre ging es auf der Bundesstraße in schneller Fahrt über die Eider, den längsten Fluss im nördlichsten Bundesland. Hinter Heide ging es über das Eider-Sperrwerk auf die Halbinsel Eiderstedt. Danach ging es am Katinger Siel auf der Eiderdammstraße entlang einem asphaltierten Deich etwas unspektakulärer weiter. Schließlich gelangten sie auf der Böhler Landstraße nach St. Peter-Ording, wo Jenny vor dem schicken Hotel *Deichperle* hielt.

»Wir sind da, Helge.«

Fragend musterte sie ihr Beifahrer. »St. Peter-Ording, ich weiß. Aber was soll das?«

Zur Antwort beugte sie sich zu ihm hinüber und küsste ihn zärtlich. »Heute vor fünf Jahren haben wir uns in St. Peter-Ording auf der Seebrücke kennengelernt. Schon vergessen?«

Ihr Helge blieb, wie so oft bei romantischen Dingen, eine Antwort schuldig und schaute sie mit großen Augen verwundert an, aber damit hatte sie eigentlich schon gerechnet. Mit seinem Kopf war er oft ganz woanders, am liebsten bei irgendwelchen Fällen für Kommissar Hansen. Leider. Aber irgendwas ist ja immer in Beziehungen. Das sollte das gemeinsame Wochenende nicht verderben.

»Ich gehe nur kurz hinein und gebe an der Rezeption Bescheid, dass wir angekommen sind. Nicht, dass die unser Zimmer anders vergeben. Danach fahren wir weiter über die Böhler Strandüberfahrt zum Pfahlbau *Treibgut*. Dort können wir auf der Terrasse mit Blick auf die Nordsee einen Snack zu uns nehmen und uns ein wenig in der Seeluft sonnen.«

Ihr Helge nickte ergeben.

Fünf Minuten später kehrte sie strahlend zurück, mit einer Schlüsselkarte winkend. Dann ging es in flottem Tempo zum nahegelegenen Strandübergang und über eine Salzwiesenlandschaft zu einem Wendehammer. Dort parkte sie nicht, sondern befuhr den weitläufigen Strand. In der Ferne ragten mehrere Pfahlbauten wie Kolosse auf Stelzen in der flachen Landschaft empor.

Als sie die Pfahlreihe erreichten, welche den Strandparkplatz vom Badebereich abtrennte, stellte Jenny das Fahrzeug ab. Nun ging es zu Fuß über Bretterstege zu einem imposanten hölzernen Pfahlbau, der von Bauten für die Strandaufsicht und öffentliche Toiletten pittoresk eingerahmt wurde. Jenny nahm ihren Helge in den Arm.

»Schau, das ist das *Treibgut*. Gepflegtes Ambiente in luftiger Höhe über dem Wattenmeer. Traust du dich da hoch?«

Ihr Partner zeigte sich durchaus beeindruckt von dem gewaltigen Pfahlbau, zu dem eine massive Holztreppe führte. Nach etwa 20 Stufen erreichten sie eine eher schlichte Holzbude mit zwei Ausgabeklappen. Jenny verwies auf die kleine

Sonnenterrasse, die sich dahinter erstreckte. Helge dagegen zeigte auf eine zweite Holztreppe, die im rechten Winkel zu einem Restaurant in eine weitaus höhere Etage führte.

»Guck mal, haben wir von da oben in der luftigen Höhe nicht einen besseren Überblick?«

Jenny musste lachen. »Spar dir deine Kräfte lieber für unseren Mittagsschlaf auf. Wir wollen uns nur etwas stärken. Das geht hier unten schneller.«

Gehorsam trottete Helge hinterher. Auf der Terrasse sonnte sich örtliche Prominenz bei traumhaftem Blick auf die naturbelassene Böhler Badestelle mit vielen bunten Strandkörben. Die Nordsee hatte sich allerdings weit zurückgezogen. Jenny wurde nachdenklich.

»Ebbe, Helge. Aber wie immer wird bald die Flut kommen.«

Aufgrund dieser Ansage musterte sie Helge seltsam. Fühlte er sich nicht wohl? Nun gut, die örtliche Prominenz in diesem Ortsteil Böhl von St. Peter-Ording war längst nicht so abgehoben wie im mondäneren Ortsteil Ording, der sich ja auch in dem offiziellen Gemeindenamen St. Peter-Ording verewigt hatte. Einen Tisch hatte Jenny nicht reserviert, weil man nie genau wusste, wie sich das Wetter im nördlichsten Bundesland im Spiel der Luftmassen zwischen Nord- und Ostsee entwickelt. Davon zeugten schon Schneekatastrophen und afrikanische Sommer, aber auch einige arschkalte Sommer und schneelose Winter. Heute jedenfalls strahlte die Sonne, und sie konnten einen freien Platz an der Glasfront ergattern.

Eine Zeit lang genossen sie die Zweisamkeit in der Sonne. Gerade als sich Stuhr auf dem Weg machen wollte, um Getränke und Fischbrötchen zu erwerben, da tauchte wie aus dem Nichts ein eleganter Mann mittleren Alters mit drei Sektgläsern auf, den Jenny offenbar aus früheren Hamburger Zeiten kannte.

»Rainhard! Du hier?«

»Jeanette! Bezaubernd siehst du aus. Wie vor 20 Jahren, du hast dich überhaupt nicht verändert.«

Während Jenny verlegen errötete, ballte Helge vermutlich schon die Fäuste. Deeskalation war angesagt, und so stellte sie zunächst ihren Bewunderer vor.

»Das ist Rainhard Engel, Schiffsmakler aus Hamburg. Ein alter Freund.«

Helges Laune war nicht auf dem Höhepunkt. »Alt, ja, das sehe ich. Guten Tag.«

Der Hamburger stellte derweil die Sektgläser ab und küsste Jennys Handrücken. Es war an der Zeit, dem Rainhard ihren Partner vorzustellen.

»Das ist Helge Stuhr. Ehemaliger Landesbeamter, wir sind fest liiert. Heute auf den Tag seit fünf Jahren.«

Rainhard Engel nahm das zum Anlass, um zu spotten: »Ah, ein pensionierter Drehstuhlpilot. Ich verstehe, prickelnde Tätigkeit. Da muss für Sie jeder Tag mit der bezaubernden Jeanette ein richtiges Abenteuer sein.«

Dann erhob er sein Glas und prostete beiden zu. »À votre santé, mes amis.«

Das eiskalte Getränk war äußerst erfrischend. Jenny dankte freundlich. »Sehr lecker, Rainhard.«

Der verzog derweil das Gesicht, als wenn er bittere Medizin geschluckt hätte. »Sterbehilfe. Bäh!«

Jenny musste lachen. »Rainhard. Du wirst dich nie ändern. Immer nur das Beste vom Besten.«

Der Hamburger Schiffsmakler wehrte ab. »Nein, Jeanette. Du bist anscheinend nun vergeben. Aber ich möchte nicht unerwähnt lassen, dass ich seit Jahren quasi ehrenamtlich auch eine 98-jährige Dame betreue.«

Endlich zollte auch Helge dem Rainhard erstmals Respekt, der die bewundernden Blicke sichtlich genoss. Allerdings nur, bis der Hamburger das näher erläuterte. »Ein schwedischer Traditionssegler aus Holz, aber kein Handelsobjekt. 18 Meter lang, kostet mich jedes Jahr einige Riesen aus der Portokasse, nur um den Anblick genießen zu können.«

Helge lächelte säuerlich. Nach seinem Geschmack war Jennys Wiedersehen mit Rainhard vermutlich nicht gelaufen. Irgendwie musste sie jedoch die Kurve kriegen, damit das gemeinsame Wochenende mit Helge nicht in einer Katastrophe endete.

»Entschuldige, Rainhard, aber wir sind ziemlich ausgehungert. Sehen wir uns irgendwann einmal wieder?«

Der Schiffsmakler zog eine Karte aus der Tasche. »Heute Abend vielleicht? Ich habe die ganze Butze hier für heute Abend angemietet. Geschlossene Gesellschaft. Da kommt nicht nur unsere alte Hamburger Clique, da kommen auch einige Promis eingeflogen, bekannt aus Funk und Fernsehen. Ihr kommt hoffentlich auch, hier ist die Einladung.«

Während Stuhr sofort den Kopf schüttelte, blieb sie freundlich. »Wir müssen erst einmal sehen, wie es uns nach dem Mittagessen ergeht. Diese Pfahlbauten werden vermutlich nicht ohne Grund Giftbuden genannt.«

Rainhard besah missmutig sein Sektglas. »Ja, weil es hier was givt. Aber heute Abend keine Sterbehilfen, sondern leckere Cocktails und erlesener Champagner. Bis dann, würde mich freuen.«

Während der Hamburger sich galant mit einem Kuss auf Jennys Handrücken verabschiedete, war sie schon fieberhaft am Überlegen, wie sie Helge für das abendliche Event begeistern konnte. Nach längerem Überlegen verzichtete sie auf einen Imbiss. Schließlich sollte am Abend nicht nur ihr Abendkleid perfekt sitzen, sondern gleich im Hotel auch die Reizwäsche. Sie würde Helge schon um den Finger wickeln. Wie bisher immer.

WENIGER IST MEHR

Stuhr war ziemlich ausgelaugt, als er der fröhlich gestimmten Jenny am frühen Abend auf dem schnurgeraden schmalen Fußweg direkt zum Pfahlbau hinterher trottete. Sie hatte ihn am Nachmittag tüchtig herangenommen, weswegen er bisweilen leicht schwankte. Zollte ihm etwa sein Alter Tribut? Sein Fahrzeug hatten sie beim Hotel stehen gelassen, weil für den Abend schlechtes Wetter mit Sturmböen angesagt war, was im Sommer eigentlich ungewöhnlich war. Selbst der Parkplatz auf den Salzwiesen bei dem Wendehammer könnte heute überspült werden, warnten die Damen an der Rezeption.

Jenny hatte sich wetterfest mit Ölzeug über ihrem

Abendkleid ausgestattet, während er es bei seinem Smoking beließ, um es dem Hamburger Neureichen einmal zu zeigen. Aber auch, weil Jenny es leider versäumt hatte, einen Mantel für ihn einzupacken. Mit dieser plötzlichen Wetterverschlechterung war kaum zu rechnen gewesen. Natürlich war er immer noch leicht angesäuert, weil Jenny offensichtlich nach diesem Hamburger Schnösel strebte, der als gewiefter Geschäftsmann vermutlich alles andere als ein Engel war. Andererseits war in der letzten Zeit Stuhrs Leben nach diesem blöden Unfall völlig verrutscht. Vielleicht war es klüger, jetzt einmal Jennys Wünschen zu folgen und nicht denen von Kommissar Hansen, der sich in den letzten Wochen sowieso auffallend zurückhielt. Nicht einmal einen Krankenhausbesuch hatte er ihm abgestattet. Aber eine andere Frage beschäftigte ihn viel mehr.

»Sag mal, Jenny, was findest du eigentlich an dem Rainhard Engel so toll?«

Mit unschuldiger Miene musterte sie ihn. »Schau an. Bist du etwa eifersüchtig, Helge? Du bist mein Mann, das hoffe ich jedenfalls. Mach mir bloß keine Dummheiten.«

Sie küsste ihn zwar, aber Stuhr hatte irgendwie ein komisches Gefühl.

»Versteh mich bitte nicht falsch, Jenny. Aber ehrlich gesagt, irgendwie fühle ich mich wie das fünfte Rad am Wagen, wenn ihr beide miteinander quatscht. Dabei ist er ein Blender, oder sehe ich das verkehrt?«

Jennys Miene verfinsterte sich. »Mein lieber Helge, ich fühle mich manchmal auch wie das fünfte Rad am Wagen, wenn dir Ermittlungen für Kommissar Hansen wichtiger sind als meine Person.«

Das saß. Stuhr musste das Ruder irgendwie herumdrehen.

»Aber ein Blender ist er, oder nicht?«

»Helge, jeder in unserer alten Hamburger Clique weiß, dass der Rainhard ein Blender ist. Aber er hat endlos viel Kohle und ist ein echtes Feierbiest, der nie ein Ende finden kann. Party, Party.«

Stuhr schoss in diesem Moment *Sodom und Gomorrha* durch den Kopf. Aber es galt, die Contenance zu wahren. »Ganz ehrlich, Jenny. Liebst du ihn immer noch?«

Sie blieb stehen und sah ihm tief in die Augen. »Nein. Er liebt mich. Aber wenn dich jemand erst einmal ins Herz geschlossen hat, dann kommt man da so schnell nicht wieder heraus. Deswegen möchte ich, dass wir bei seiner Feier im *Treibgut* dabei sind, um dich meiner ehemaligen Clique als meinen Mann vorzustellen. Dann ist hoffentlich endlich einmal Ruhe im Karton.«

Jetzt konnte Stuhr nicht anders, als seine Jenny in den Arm zu nehmen und sie zu küssen. »Heute Nachmittag, das war sehr schön. Hoffentlich wird der Abend genauso.«

Arm in Arm schlenderten sie weiter. Als sie den Deich überschritten, tat sich vor ihnen ein opulentes Szenario auf: Eine glühende Sonne versank langsam hinter imposanten Pfahlbauten. Das war schon großes Kino, das seine Jenny und er genossen. War er bei allem Pech der letzten Wochen nicht auch ein Glückspilz?

Die Frage erübrigte sich allerdings schnell, denn aufziehende Quellbewölkung verschluckte bald die Sonnenstrahlen, die vorher die Salzwiesenlandschaft in warme Farbtöne getaucht hatte. Als ihnen beim Übergang zum breiten Strand erste Regenschauer ins Gesicht fegten, erwies sich Jennys Bekleidung als die deutlich bessere Wahl. Sie ließ sich durch den aufziehenden Sturm aber nicht die Laune verderben. Im Gegenteil, sie bückte sich, sammelte einige größere Kieselsteine auf und reichte sie ihm.

»Pack die Steinchen schnell in die Hosentaschen, Helge. Nicht, dass du vom Sturm weggepustet wirst.«

Stuhr musste lachen. Jenny drückte ihm einen Kuss auf den Mund und kuschelte sich an seine Schulter. Dann kämpften sie sich gemeinsam weiter gegen den stürmischen Wind.

Aber erst nach langen Minuten erreichten sie die Holztreppe vom *Treibgut*. Diesmal ging es ganz bis oben ins Restaurant. Jenny stürmte dort freudig hinein, während Stuhr als begossener Pudel sich nicht so recht traute und in der Tür stehen blieb. Ihre ehemalige Clique begrüßte Jenny stürmisch mit aufkommendem Jubel. Die bewundernden Blicke genoss sie, während sich Stuhr wie der Neue auf dem Schulhof fühlte und in der Tür verharrte, bis Jennys Hand ihn mit festem Griff in den Schankraum zog, der mit elegant gekleideten Gästen gut gefüllt war. Vor den Blicken der neugierigen Festgesellschaft befreite sie sich jetzt vom Ölzeug und brachte ihr samtenes blaues Abendkleid unter großem Beifall mit einer eleganten Drehung zur Geltung. Sofort schritt Rainhard Engel auf sie zu.

»Die Perle des Nordens, unsere Jeanette Muschelfang. Applaus, Applaus.«

Die Festgesellschaft kam dem sofort lautstark nach. Jenny dankte freundlich und stellte Stuhr vor. »Moin. Das ist mein Helge. Wir sind heute auf den Tag genau zehn Jahre zusammen.«

In dem festlich geschmückten Restaurant kam leises Murren auf. Offenbar war Stuhr in ihrer ehemaligen Clique nicht auf Anhieb ein gern gesehener Gast. Gut, nach dem heftigen Regenguss und immer noch einigen unschönen Beulen vom

Unfall im Gesicht mochte er vermutlich wenig vorzeigbar sein. Der Hamburger Schiffsmakler überbrückte glücklicherweise diese unkomfortable Situation mit einer kleinen Ansprache.

»Schön, dass ihr alle heute zu diesem kleinen Event kommen konntet. Es geht aber auch darum, nicht nur zu feiern, sondern auch neue Kontakte zu knüpfen. Networking.«

Während die Feiergesellschaft Beifall klatschte, konnte sich der durchnässte Stuhr kaum vorstellen, an diesem Abend in irgendeiner Form noch warm zu werden. Aber der Hamburger Schiffsmakler schwafelte munter weiter. Irgendwann hörte Stuhr nicht mehr hin. Während er am Überlegen war, wo die Getränke blieben, wurde er von einem jüngerem Mann am Ärmel gezupft.

»Sie hätte ich hier niemals vermutet. Aber Sie scheinen sich gut erholt zu haben.«

Erstaunt musterte Stuhr den hochgewachsenen braun gebrannten Mann. War das nicht der Zimmergenosse aus dem Krankenhaus, dem die Stents gesetzt wurden?

»Herr Ohlsen? Laboe?«

Der grinste nur. »Nein, heute St. Peter-Ording, Ortsteil Böhl genau genommen. Haben Sie etwa auch mit dem alten Gauner zu tun?«

Mit Sicherheit spielte er auf diesen ominösen Rainhard Engel an. »Nein, meine Hamburger Begleiterin ist lediglich mit ihm seit Jahrzehnten befreundet.«

Wie auf Kommando rauschte Jenny in diesem Moment heran. »Helge, willst du mir den Herrn nicht vorstellen?«

Während der Laboer bei ihrem Anblick errötete, stellte ihn Stuhr auf seine trockene Art vor. »Herr Ohlsen, ein Bettgenosse von mir.«

Jenny sah ihren Helge staunend an. »Ihr beide …?«

Stuhr löste ihre Verwirrung auf. »Ja, Doppelzimmer im Krankenhaus. Zwangsweise. Er wurde entlassen, bevor du mich dort besucht hast.«

Jenny lachte erleichtert auf und streckte dem Laboer die Hand aus. »Nun ist Helge jedenfalls mein Bettgenosse, Herr Ohlsen.«

Amüsiert verabschiedete sich Stuhrs Zimmergenosse. »Schön, Sie beide in einer solchen lustigen Runde getroffen zu haben. Ich muss jetzt weiter, habe heute noch nicht die Runde gemacht und soll noch einen kleinen Auftrag erledigen.«

Als dieser Ohlsen sich entfernt hatte, konnte sich Stuhr eine Bemerkung nicht verkneifen: »Der hat deinen Rainhard Engel aber auch nicht gerade in den höchsten Tönen gelobt.«

Jenny setzte ein ernstes Gesicht auf. »Ich denke, fast jeder hier in der Feierrunde würde dem Rainhard am liebsten ein Messer in den Rücken rammen. Wen hat Rainhard geschäftlich nicht über den Tisch gezogen oder in der Horizontalen vernascht?«

Stuhr war geschockt. »Dich etwa auch, Jenny?«

Sie wich einer klaren Antwort aus, während sich ihre Miene verfinsterte. »Der würde sogar seine eigene Mutter verkaufen, auch wenn die nicht in gute Hände käme. Das Wort Liebe kennt er nicht, denn sein Kopf ist eine ständig arbeitende Rechenmaschine. Da geht es mit tödlicher Sicherheit immer nur um Geld.«

Wie meinte Jenny das mit der tödlichen Sicherheit? Ging dieser Rainhard Engel etwa über Leichen? Auffällig war, dass der Wirt vom Pfahlbau den Hamburger genauestens beobachtete, der jetzt die Aufmerksamkeit der Anwesenden einforderte.

»Darf ich euch meine bezaubernde Mandy vorstellen? Sie verwöhnt mich momentan von Fuß bis Kopf. Nun feiert schön und lasst uns tanzen. Discjockey, schmeiß die Mucke an!«

Die Frau, welche dieser Engel jetzt für einen Tanz zu sich zog, war mit Sicherheit etwas zu jung für ihn. Aber sie ließ sich von ihm umarmen und auf die hölzerne Tanzfläche ziehen, wo mit dem Einsetzen der dröhnenden Rhythmen vom DJ der Pfahlbau erstmals leicht zu vibrieren begann. In der Folge wurden viele frisch gemixte Cocktails gereicht, und Champagner floss in Strömen. Die meisten Damen der Feiergesellschaft stürmten sofort die kleine Tanzfläche, und mit den aufpeitschen Rhythmen des DJs kam richtig Schwung in die Bude.

Bisweilen wurde der Pfahlbau allerdings auch ein wenig durch den zunehmenden Sturm geschüttelt, was sich durch die vielen prasselnden Regenböen an der Fensterfront manifestierte. Auch Jenny hatte es inzwischen auf die Tanzfläche gezogen, wo sie durchgängig mit unterschiedlichen Männern ihrer ehemaligen Hamburger Clique am Abhotten war. Stuhr verstand es nicht. War Jenny denn mit denen allen schon einmal im Bett?

Aber auch dieser Engel war so wild und besessen mit den vielen Frauen der Hamburger Clique am Tanzen, dass er mitunter wie ein Derwisch wirkte. Seltsamerweise nicht mit seiner Mandy, die sich offenbar verzogen hatte. Von den angekündigten Promis war offensichtlich niemand erschienen, vermutlich pflegte Stuhr auch andere Lese- und Fernsehgewohnheiten als dieser Hamburger Aufschneider. So wandte sich Stuhr in der Folge, wie die meisten anderen männlichen Anwesenden, liebevoll den Cocktails zu und war nach der schweren Arbeit am Nachmittag mit Jenny im Hotel dankbar, dass er heute nicht das Tanzbein schwingen musste. Dass sich Jenny auf der Tanzfläche jetzt so richtig austobte, kam ihm ebenfalls entgegen, dann würde sie ihm heute Nacht hoffentlich seinen verdienten Schlaf lassen. Manchmal ist weniger eben mehr, befand er.

Bei den Cocktails nicht, weil die toll zubereitet waren und ausgesprochen lecker schmeckten. Schon wieder wurde Stuhr am Ärmel gezupft. Diesmal war es Engels Begleiterin Mandy, die ihn mit großen Augen ansah.

»Sind Sie wirklich schon zehn Jahre mit dieser Jeanette aus Hamburg zusammen?«

Was sollte Stuhr dem jungen Ding schon antworten? »Nun ja, mehr oder weniger. Heute vermutlich weniger, das ist ja kaum zu übersehen.«

Mandy sprach die Worte langsam nach. »Ja, mehr oder weniger. Das ist kaum zu übersehen. Networking, Socializing, aber in Wirklichkeit geht es dem Rainhard nur um Geschäftemacherei. Und wie der vor meinen Augen aufreizend mit Ihrer Jeanette tanzt, das gehört sich einfach nicht. Dieses Arschloch Rainhard Engel kotzt mich an.«

Offensichtlich war sie richtig sauer auf Engel. Das gefiel Stuhr, und so reichte er ihr einen frisch zubereiteten Cocktail, den sie schlürfend mit dem Strohhalm aufsog. Verstohlen betrachtete er sie aus den Augenwinkeln. Die deutlich jüngere Frau war eine richtige Schönheit, aber irgendetwas stimmte nicht mit ihr. So bohrte er vorsichtig nach.

»Mandy, welch schöner Name.«

Sie lächelte irritiert zurück. »Nun ja, in Fachkreisen werde ich sogar *Candy Mandy* genannt.«

Stuhr musste unfreiwillig lachen. »So, so, in Fachkreisen. Und wie anderswo?«

Mandy nahm kein Blatt vor den Mund. »Bei uns in Dresden auch Schnorchel. Aber ich mache es nicht unter 500 Euro den Abend. Interesse?«

Dabei formte sie mit dem Mund ein O und machte augenzwinkernd Saugbewegungen. Stuhr lehnte lächelnd ab, zumal er völlig ausgelaugt war, weil ihm Jenny am Nachmittag wieder einmal jeden Zahn gezogen hatte. Ein schneller Rückzug war angesagt.

»Nein, ich bin fest liiert mit meiner Jenny. Außerdem sind Sie viel zu jung für einen alten Sack wie mich.«

Jetzt züngelte Mandy kurz und sah ihm tief in die Augen, während Jenny immer noch auf der Tanzfläche wild herumtobte. Mandy ergriff seine Hand und begann ihn zu duzen.

»Wer sagt das denn? Kennst du nicht die Zauberformel der männlichen B-Promis aus der *Bild*?«

Stuhr war verblüfft. »Eine Zauberformel?«

»Ja. Alter geteilt durch zwei plus zehn. Wie alt bist du, wenn ich fragen darf?«

Stuhr log nur ein wenig. »52 Jahre.«

»Na, dann sollte deine ideale Frau 26 plus zehn sein. Zufällig bin ich gerade vorgestern 36 geworden. Immer noch kein Interesse? Wie heißt du?«

Nun, vermutlich hatte die geschäftstüchtige junge Dame ebenfalls geflunkert und sich etwas älter gemacht, aber attraktiv war sie schon. Großer Gott, wie würde dieser Abend verlaufen?

Aber gerade, als Stuhr seinen Vornamen preisgeben wollte, schoss Jenny von der Tanzfläche heran und giftete Mandy an.

»Pfoten weg, Helge ist mein Mann!«

Die Dresdnerin hielt heftig dagegen. »Dann lass endlich deine Pfoten von Rainhard, du Luder. Es ist nicht mehr auszuhalten hier bei euch Hamburger Spinnern.«

Jenny wurde nun zur Furie. »Der Rainhard hat dich mit Sicherheit schon bezahlt!«

Mandy hielt tapfer dagegen. »Der hat hier alle bezahlt, wie immer. Dich doch auch schon mehrfach, du Schlampe!«

Jenny holte aus, besann sich aber anders und eilte wütend zurück zur Tanzfläche, um weiter mit dem Hamburger Schiffsmakler abzuhotten. Vermutlich nur, um Mandy und ihn zu ärgern. Stuhr war geschockt. Eine wundersame Welt, befand er in diesem Moment. Anscheinend heute so, morgen so.

Der hölzerne Pfahlbau begann immer heftiger zu schwanken, was allerdings weniger auf die tanzende Feiergesellschaft zurückzuführen war als auf den zunehmenden Sturm. Mandy prostete ihm freundlich zu.

»Für dich mache ich es auch ohne Kohle, Helge. Hier sind mir zu viele Hamburger und andere Durchgeknallte unterwegs. Hast du Bock auf mich?«

Das Blut schoss Stuhr ins Gehirn. Wie sollte er sich verhalten? Wie immer in seinem Leben konnte er sich nicht entscheiden, und so harrte er der Dinge, während Jenny sich weiter tanzend von ihrer ehemaligen Hamburger Clique abfeiern ließ. Ihm tat die frustrierte Mandy leid, die ihm freundlich zuprostete und von nun an nicht mehr von seiner Seite wich. Jünger und freundlich, aber völlig desillusioniert. Das tat schon weh, obwohl er wenig Mitleid empfinden konnte. Schließlich war es ihr Zirkus und nicht seine Affen.

Bei dem Gedanken wurde er nachdenklich, weil er heute Abend Jenny auch einmal von einer anderen Seite kennengelernt hatte. So richtig weh taten ihm allerdings erst die Splitter einer berstenden Fensterscheibe in seinem ohnehin lädiertem Antlitz. Zwar begab sich sofort der Wirt mit einer Holzplatte, Hammer und Nägeln auf den Weg, um weiteres Eindringen der stürmischen Luft von der Feiergesellschaft abzuwenden, zumal es für ihn vermutlich auch um viel Geld ging.

Für Mandy offenbar nicht mehr, die Stuhr zum Schutz schnell unter den Tisch zog und sich dort an ihn kuschelte. Unangenehm war es nicht, eher unpassend. Aber die Tischplatte verbarg glücklicherweise tiefere Einsichten von anderen. Mitten in diesem sich anbahnenden Chaos ergriff Engel derweil wieder das Mikro des DJs.

»Liebe Freunde. Jetzt bitte nicht klein beigeben. Es ist toll und einmalig, wenn Naturgewalten, Lebensfreude und Freunde aufeinander treffen. Wo auf der Welt gibt es schon so etwas wie hier an unserer geliebten Nordseeküste?«

So richtig überzeugen konnte sein Vortrag nicht, zumal erste Gäste versuchten, die Flucht zu ergreifen, aber wenig später vom Sturm in den Schankraum zurückgejagt wurden. Mandy rückte immer enger an Stuhr heran und spielte auf seine blauen Flecken im Gesicht an.

»Helge, ehrlich gesagt, ich stehe 100 Prozent auf Boxer, das muss ein harter Kampf gewesen sein. Ich kann nun mal nicht anders, das törnt mich völlig an. Das Alter spielt für mich keine Rolle.«

Stuhr verstand in diesem Augenblick nichts mehr. Schließlich war er lediglich von einem Kleinwagen auf die Hörner genommen worden, nicht von einem Boxer. Abgelenkt wurde er von einer Ansage vom Wirt des Pfahlbaus.

»Rainhard, dein Bentley wird gerade von der Sturmflut unterspült. Du solltest ihn schnellstens wegfahren.«

Engel lachte schallend. »Ich habe gerade gestern einen

Ferrari ersteigert, einen 250 GTO für 16 Millionen. Was interessiert mich noch dieser Bentley?«

Jennys lautes Jubeln war nicht zu überhören. Ein Auto für 16 Millionen, das würde Stuhr ihr nie bieten können. Zumal er es langsam trotz des aufmunternden Streichelns von Mandy über den Rücken mit der Angst zu tun bekam, denn der hölzerne Pfahlbau war den Geräuschen nach offenbar nicht nur unterspült, sondern begann zunehmend, unter der unbändigen Gewalt des Sturmes zu ächzen. Aber Engel ließ immer noch nicht locker und ergriff erneut das Mikrofon.

»Geil. Das ist ein richtiger Tanz auf dem Vulkan! Feiern bis zum Abwinken ist nun angesagt. Keine Angst, ich komme für alle Schäden auf.«

Dann sprang er wie elektrisiert hoch, bevor er sich nach der Landung auf dem schwankenden Boden der Tatsachen vor der applaudierenden Feiergesellschaft kurz verneigte. Daraufhin richtete er sich wieder auf und streckte beide Arme wie ein Heilsbringer aus. Aber urplötzlich fiel der Strom aus, und es krachte wieder einmal so richtig, begleitet von einem Schrei. Irgendwann fuchtelte jemand mit der Taschenlampe eines Handys herum, bis der Lichtkegel schließlich auf einer am Boden liegenden Person verharrte. Es war Rainhard Engel, den es mit blutender Kehle rücklings niedergestreckt hatte. Im fahlen Licht war nicht zu übersehen, dass Jenny weinend über dem regungslosen Hamburger Schiffsmakler hockte, um seinen Tod zu bejammern. Das würde er mit ihr noch einmal besprechen müssen.

Ein wenig unerwartet kam jetzt der Küchenchef mit einer riesigen Torte aus der Küche, die mit Funken sprühenden Wunderkerzen bestückt war, was ein wenig Licht in den Schankraum zauberte. »Surprise, surprise!«

Aber als er die blutüberströmte Leiche zu seinen Füßen entdeckte, ließ er vor Schreck das Prachtstück fallen, was den Schankraum wieder in Dunkelheit tauchte. In diesem Moment huschte ein Schatten an Stuhr vorbei, stemmte eine Schulter gegen die Tür und polterte die Treppe zum Strand hinunter. Sofort versuchte Stuhr, sich von Mandy zu lösen, um dem Schatten hinterherzueilen, die sich allerdings verängstigt an ihm festklammerte. So dauerte es eine Weile, bis er sich an die Verfolgung machen konnte. Aber vom Eingang her war in den hochschlagenden Wogen der tosenden Nordsee, welche den Pfahlbau umschäumten, nichts auszumachen. Vermutlich hatte das Meer den Schatten in seinem Reich verschlungen. Es fröstelte ihn, unerwartet wurde er jedoch wärmend von hinten umfasst.

»Helge, ich habe Angst.«

Die Hände von Jenny waren es nicht.

SCHWEINSGALOPP

Es war ein langer Tag für Kommissar Hansen. Der vierschrötige Fahrraddieb hatte sich letztendlich als der Co. des dubiosen Immobilienmakler Fürst auf dem Seefischmarkt entpuppt. Nun stand auf Diebstahl aber nicht gerade die Todesstrafe, und den Aufenthaltsort seines Kompagnons wusste er angeblich nicht. Manchmal wünschte sich Hansen, dass Verbrecher ihre Unschuld beweisen müssten und nicht Gerichte deren Schuld. Das würde vieles in seinem Job vereinfachen. Andererseits waren es nur noch wenige Jahre bis zu seiner Pension, und jetzt lag endlich das freie Wochenende vor ihm. Seine Else würde er kurz halten, dafür würde er Schwester Brunhilde morgen wieder einmal nachstellen, die samstags regelmäßig Dienst schob. Darauf freute er sich spitzbübisch im Gegensatz zu dem trostlosen Anblick des Bürofensters, an dem zunehmend Salven von Regentropfen prasselten. Und das mitten im Sommer. Sorgfältig legte er Elses Weihnachtsdecke auf sein Diensttelefon. Das war am Freitagabend ein festes Ritual seit vielen Jahrzehnten. Wenn es jetzt klingeln würde, dann würde er den Hörer einfach nicht mehr abnehmen.

Ein Vibrieren irritierte ihn. Es war das Diensthandy, welches sich in seiner Hosentasche bemerkbar machte. Sicherlich war das Else, die wieder einmal seine Heimkehr einfordern wollte. Fluchend fischte er das Gerät aus der Hosentasche. Der Name auf dem Display erstaunte ihn: Stuhr. Was wollte der Schwerenöter an einem Freitagabend von ihm? Bestimmt amüsierte der sich gerade irgendwo mit seiner Jenny. Vermutlich würde er ihn noch einmal für dienstprivate verdeckte Ermittlungen oder Besorgungen für Else benötigen. So nahm er das Gespräch an, hörte aber zunächst nur Heulen und Pfeifen. Erst nach einiger Zeit wurden die Geräusche von Stuhrs schriller Stimme übertönt.

»Hansen, kannst du mich hören?«

Was zum Teufel war bei Stuhr los? »Kaum. Sitzt du etwa auf einem Motorrad?«

Stuhr schrie weiter ins Handy. »Nein, hier ist gerade jemand ermordet worden. Du musst schnell kommen.«

»Wohin denn?«

»Nach St. Peter-Ording. Ich bin hier mit Jenny auf dem Pfahlbau *Treibgut* im Ortsteil Böhl, aber wir sind kurz vor dem Absaufen. Kein Scherz!«

St. Peter-Ording, das würde mindestens zwei Stunden Fahrzeit bedeuten. Es galt, erste Informationen einzuholen. »Wer ist denn das Opfer?«

»Ein gewisser Rainhard Engel, ein alter Bekannter von Jenny aus Hamburg. Erst ging bei seiner Feier im *Treibgut* das Licht aus, dann wurde dem Möchtegern die Kehle durchgeschnitten.«

Hansen pfiff durch die Zähne. »Diesen Engel haben wir momentan im Visier wegen verschiedener Delikte, die er begangen haben könnte.«

»Ja, dieser Rainhard Engel war ein Schiffsmakler. Nach Aussagen anderer Gäste soll er aber alles andere als ein Engel gewesen sein, sondern ein gerissener und skrupelloser Geschäftsmann.«

Der Kieler Kommissar war nun ganz aufgeregt. »Und der Täter? Habt ihr ihn zu fassen bekommen?«

»Nein. Irgendjemand ist abgehauen nach dem Mord. Wir haben hier momentan nur ein paar Handys mit Taschenlampenfunktion, immer noch Stromausfall. Ich habe lediglich einen Schatten vorbeihuschen sehen.«

»Ja, und?«

»Nix und, Hansen. Ich bin dem Schatten hinterher, aber außer der tosenden Flut unter dem umspülten Pfahlbau habe ich niemanden erkennen können.«

Wieder knallte es in Hansens Handy. »Ein Schuss? Was ist nur los bei euch, Stuhr?«

»Nein, kein Schuss. Hier ist gerade das zweite Fenster

durch den Sturm zerborsten. Der Wirt schiebt schon mit einigen Gästen einen Schrank davor. Du musst sofort etwas unternehmen, der Pfahlbau droht einzustürzen.«

Die Lage schien schlimm zu sein. »Gut, ich besorge Hilfe und komme so schnell wie möglich zu euch.«

»Dann pack wenigstens eine Badehose ein. Trockenen Fußes wirst du kaum an den Tatort gelangen.«

Wenigstens hatte Stuhr seinen Galgenhumor nicht verloren, und so legte der Kieler Kommissar nach. »Wenn du mir einen Gefallen tun kannst, dann versuche schon einmal herauszufinden, wer aus dem Pfahlbau geflüchtet sein könnte.«

»Ich kenne hier nur Jenny und zwei weitere Leute. Wir waren ordentlich am Feiern.«

Das war typisch Stuhr. Während Hansen sorgfältig seinen Schreibtisch ordnete, ließ Stuhr mit seiner Jenny an der Nordsee wieder einmal die Sau raus. Aber jetzt galt es, auch die Dinge in St. Peter-Ording vorläufig zu ordnen.

»Pass auf, Stuhr. Ihr müsst jetzt Ruhe bewahren und die Stellung halten, bis polizeiliche Hilfe vor Ort eingetroffen ist. Und lasse bitte in diesem Moment wenigstens einmal die Pfoten von deiner Jenny!«

Eine Antwort gab es nicht mehr, Stuhr hatte das Gespräch einfach beendet. Hansen musste jetzt im Schweinsgalopp trotz überaus widriger Bedingungen und der großen Entfernung zum Tatort die Dinge ordnen und erste Hilfskräfte auf den Weg bringen. So bat er zunächst das *Technische Hilfswerk* in Tönning um Amtshilfe. Dann bat er bei der Julius-Leber-Kaserne in Husum um die Entsendung des Spezialpionierregiments, welches seine besonderen Fähigkeiten bei Katastrophen bereits bei zahlreichen zivilen humanitären

Einsätzen bis hin nach Afrika unter Beweis gestellt hatte. Wenn die nicht helfen konnten, wer dann?

Sollte er den ihm beigeordneten Oberkommissar Stüber bitten, ihn zu begleiten? Besser nicht, denn der leckte vermutlich immer noch die Wunden nach seiner vorübergehenden Suspendierung. Aber wie immer hatte der Kieler Kommissar noch einen besonderen Trumpf an der Nordseeküste in der Hand, der sofort stechen könnte. Zumal Ober immer Unter sticht. Hansen zückte auf dem Weg zu seiner Dienstkarosse sein Handy. Er musste nur die richtigen Worte finden.

KLEINHOLZ

»Lass wenigstens einmal die Pfoten von deiner Jenny!« Verständnislos blickte Stuhr auf sein Handy nach Beendigung des Telefonats. Wie konnte ihm Kommissar Hansen nur so etwas unterstellen, zumal Jenny gerade schluchzend beim toten Engel verweilte. Über beide beugte sich der Wirt mit einer Taschenlampe, um mit fester Stimme trocken Unschönes zu verkünden.

»De blivt dod.«

Dass Rainhard Engel tot bleiben würde, das war Stuhr sofort klar gewesen. Dafür hatte er schon zu viele Tote gesehen bei seinen zahlreichen Ermittlungen für Kommissar Hansen. So kroch er vorsichtig unter dem Tisch hervor und richtete sich zunächst auf. Mit lauter Stimme versuchte er, die Lage im Sinne von Kommissar Hansen halbwegs unter Kontrolle zu bekommen.

»Helge Stuhr mein Name. Ich habe gerade mit der Kieler Kripo telefoniert. Die machen sich sofort auf den Weg und werden alle Hebel in Bewegung setzen, um uns zu helfen. Es kann aber noch etwas dauern.«

Eine männliche Stimme aus dem Hintergrund kommentierte das zynisch. »Sie hätten vielleicht besser die Feuerwehr rufen sollen. Die haben Leiterwagen.«

Auch eine weibliche Stimme verkniff sich ihre Bemerkung nicht. »Und die Wasserschutzpolizei. Die haben Boote. Wir saufen hier bald ab, wenn das so weitergeht.«

Die Einwände waren nicht ganz von der Hand zu weisen. Schließlich hatte Stuhr die gurgelnde Nordsee unter dem Pfahlbau bei der Jagd nach dem Schatten in Augenschein nehmen können. Eine dritte Stimme begann zu pöbeln.

»Was sollen wir mit Ihnen als Hilfssheriff? Wann kommt endlich die Kavallerie?«

Stuhr bemühte sich, in dieser unübersichtlichen Situation die aufgeregten Gemüter ein wenig zu beruhigen. »Hilfe ist bereits unterwegs. Ich bin von Kommissar Hansen gebeten worden nachzufragen, ob irgendjemand gesehen hat, wer Rainhard Engel umgebracht hat.«

Dem Murren konnte Stuhr allerdings schnell entnehmen, dass über den plötzlichen Tod des Hamburger Schiffsmaklers offenbar niemand so richtig traurig war. Außer Jenny, die diesen Arsch ein letztes Mal küsste. Eine erste, männliche kritische Stimme meldete sich nun.

»Ehrlich gesagt: Unser Rainhard war ein echtes Arschloch. Kein Wunder, wenn da irgendwann jemand ausrastet bei Stromausfall.«

Eine weibliche Stimme legte nach. »Der hat schließlich alles flachgelegt, was einen Pulsschlag hatte und nicht bis drei auf die Bäume kam.«

Die männliche Stimme antwortete. »Eigentlich ein Wunder, dass Rainhard nicht viel eher massakriert wurde.«

Aus einer anderen Ecke kam eine andere Replik. »Sein Geschäftspartner, der Armin Sell, der war im Gegensatz zu Rainhard fast ein Gentleman, auch wenn bei der Schiffsmaklerei inzwischen mit harten Bandagen gekämpft wird. Früher wurde alles noch gewaltfrei mit Faxgeräten abgewickelt.«

Eine weibliche Stimme erhob Einspruch. »Obwohl die Scheißdinger nachts ständig gerattert haben.«

War das nicht die Stimme von Jenny? Eine andere weibliche Stimme pflichtete ihr bei.

»Und dann die vielen Piepser seinerzeit auf den Anrufbeantwortern.«

So interessant die Einwürfe auch waren, so wenig konnte Stuhr die Antworten einordnen oder Personen zuordnen, weil der Strahl der Taschenlampe vom Wirt nach wie vor die einzige Lichtquelle neben einigen Handydisplays in dem schwankenden Pfahlbau war. Stuhr stellte nun die zweite entscheidende Frage, die ihm der Kieler Kommissar aufgetragen hatte:

»Hier ist gerade eben jemand geflüchtet, ich habe sogar seinen Schatten verfolgt. Schaut euch bitte einmal um, wer von euren Freunden jetzt nicht mehr da ist. Das könnte der Mörder gewesen sein.«

Der Wirt ließ nun die Taschenlampe kreisen, und trotz der weitgehenden Dunkelheit schauten sich alle um. Offenbar wurde niemand vermisst. Obwohl das für Stuhr ein Rätsel war, dankte er freundlich und zog sich wieder zurück unter den Tisch zu Mandy, die sich erneut ängstlich an ihn klammerte und aus ihrem Herzen keine Mördergrube machte.

»Der Rainhard Engel, das war das größte Arschloch, welches ich jemals getroffen habe. Ganz im Gegensatz zu dir, Helge.«

Nun fühlte sich Stuhr zwar nicht gänzlich vor Fehlern gefeit, Komplimenten gegenüber war er aber auch nicht abgeneigt. Zudem Mandy ihm gerade im Gegensatz zu Jenny schöne Gefühle bereitete. Trotz der weitgehenden Dunkelheit blieb diese neue Vertrautheit Jenny leider nicht verborgen, die sofort mit aufblitzenden Augen Giftpfeile verschoss. Das bekam sogar Mandy mit, die ihm zur Beruhigung wohltuende Streicheleinheiten auf dem Rücken zukommen ließ.

Währenddessen wurde das Getöse der Nordsee immer lauter, die den Pfahlbau in ihre Fluten zu reißen versuchte. Alle Gäste klammerten sich inzwischen an robuste Gegenstände oder gingen wie Stuhr irgendwo in Deckung. Eine schnelle Rettung erschien aussichtslos.

Bis auf einmal mitten zwischen dem leiser werdenden Heulen und Pfeifen der Winde die Eingangstür zum Pfahlbau gewaltsam aufgestoßen wurde. Kehrte der mordende Schatten etwa zurück? Es war jedoch lediglich die Revierleiterin Christiane Clausen von der örtlichen Polizeiwache, die in durchnässter Uniform mit Taschenlampe und gezückter Pistole den Tatort stürmte. Erstaunt blickte sie auf Stuhr, der gerade von Mandy bearbeitet wurde.

»Sie sind wieder in St. Peter-Ording, Herr Stuhr? In Begleitung Ihrer Tochter?«

Sofort zog Mandy schuldbewusst ihre Hände zurück, während Stuhr bereitwillig Auskunft gab.

»Nein, Frau Clausen. Natürlich wie immer mit der Jeanette Muschelfang, übrigens eine gute Bekannte von dem Opfer Rainhard Engel. Sie kniet vorne beim Toten. Schauen Sie nur.«

Die tüchtige Polizistin, die Stuhr bereits bei früheren Ermittlungen in St. Peter-Ording unter ähnlich turbulenten Bedingungen kennenlernen durfte, fuhr sich verständnislos aufgrund der undurchsichtigen Situation durch ihren durchnässten blonden Haarschopf. Dann zückte sie ihr Walkie-Talkie.

»Sicherheit auf dem Pfahlbau *Treibgut* hergestellt. Bis auf den Toten scheint alles halbwegs in Ordnung zu sein, soweit ich das feststellen kann. Allerdings droht der Pfahlbau einzustürzen. Zwei Kollegen unserer Polizeiwache sichern den Böhler Strandübergang, damit wir keinen unerwünschten Besuch kommen. Wann wird Kommissar Hansen hier eintreffen?«

Die quäkende Antwort konnte Stuhr leider nicht verstehen, zumal ihn auch die erneute Massage von Mandy ein wenig ablenkte. Die pfiffige Polizistin wandte sich Stuhr augenzwinkernd wieder zu.

»Soso, natürlich mit Ihrer Jenny, wie ich sehe. Gibt es denn wenigstens erste Erkenntnisse?«

Jetzt rückte Stuhr ein wenig von Mandy ab und erstattete einen knappen Bericht. »Also, erstaunlicherweise wird von der Feiergesellschaft niemand vermisst. Auch nicht das bedauerliche Opfer, das uns auf diese unschöne Art verlassen musste. Kehle durchgeschnitten, vermutlich auf den Boden geschlagen wie ein gefällter Baum.«

Die Revierleiterin streifte sich weiße Handschuhe über. »Für die Kieler Spusi wird das sicherlich nicht einfach werden.«

Das verstand Stuhr nicht. »Wieso? Das ist doch ein Tatort wie jeder andere.«

»Ja, es geschieht nur ausgesprochen selten, dass Tatorte von der See verschluckt werden. Das wird ein Wettlauf gegen die Zeit werden. Zum Glück legt sich der Sturm gerade ein wenig, aber die folgende Springflut wird dem Pfahlbau noch schwer zu schaffen machen.«

Der Begriff Springflut verband sich für Stuhr nach Ebbe mit Flut und gleichzeitig Sturm wie damals in Hamburg bei der großen Flut. Aber nach einem Mondkalender hatte er sich im Gegensatz zu Jenny noch nie gerichtet.

»Wie meinen Sie das denn mit schwer zu schaffen, Frau Clausen?«

Die Antwort der jungen Revierleiterin fiel recht knapp aus. »Das könnte hier alles schnell zu Kleinholz werden, Herr Stuhr.«

ARSCHLECKEN

Eine Stunde und 30 Minuten. So schnell hatte es Kommissar Hansen noch nie mit seinem Dienstfahrzeug an die Westküste geschafft, und das immer wieder durch sturmgepeitschte Regengüsse in dunkler Nacht. Im Radio wurde schon kurz nach seiner Abfahrt aus Kiel verkündet, dass der gesamte Bahn- und Schiffsverkehr eingestellt wurde und nicht notwendige Autofahrten unbedingt vermieden werden sollten.

Heute hatte er die Route über Friedrichstadt gewählt, weil zu befürchten war, dass die tobende Nordsee sogar das Eider-Sperrwerk überfluten könnte. Bei der Ankunft nach seiner abenteuerlichen Fahrt quer durch das sturmdurchbrauste nördlichste Bundesland in St. Peter-Ording wunderte er sich über ungewöhnlich helles Licht nahe der Böhler Landstraße. Als er in die Straße zur Strandüberfahrt einbog, hinderte ihn allerdings jäh eine uniformierte Hilfskraft in blauer Uniform mit gelben Reflexstreifen an der Weiterfahrt. Hansen zückte kurzerhand seinen Dienstausweis, und der Mann gab sofort den Weg frei.

Jetzt erkannte Hansen den Grund der Kontrolle. Auf einem von vielen Scheinwerfern ausgeleuchteten Parkplatz standen mehrere blau lackierte Fahrzeuge vom *Technischen Hilfswerk* für den bevorstehenden Einsatz bereit. Als Hansen stoppte, wurde er von zwei heraneilenden Hilfskräften begrüßt. Ungemütlich war es, und so ließ er zunächst nur die Seitenscheibe hinunter.

»Kommissar Hansen, nehme ich an? Moin, das *THW* meldet sich einsatzbereit. Alle bereitgestellten Gerätschaften und Fahrzeuge sind auch im Wasser einsatzfähig. Neben mir steht der Kollege Neu. Lassen Sie sich von seinem Namen nicht täuschen, das ist ein alter Hase beim *THW*. Weiß alles, kennt alles, macht alles. Mein Name ist Marksmann. Ich bin Ihr Verbindungsmann vom *Technischen Hilfswerk* für unsere Amtshilfe vor Ort.«

Diese Botschaft nahm der Kieler Kommissar zufrieden zur Kenntnis. Trotz des Heulens und Pfeifens des Windes stieg er aus und zog sich zunächst den Mantelkragen hoch. »Moin, die Herrschaften. Gut, dass Sie einsatzbereit sind, denn wir haben drei große Probleme: wenig Zeit, gefährdete Personen und Einsturzgefahr beim Pfahlbau. Der muss unbedingt geschützt werden wegen der Sicherung der Spuren zur Auflösung eines Mordes.«

Marksmann beruhigte ihn. »Kein Problem, wir haben genug größeres Spielzeug mitgebracht. Schließlich haben wir schon öfter bei Sturmfluten geholfen.«

Hansen nickte zufrieden und verwies auf einen Lastwagen mit Anhänger. »Ich bin gespannt auf ihre Spielzeuge. Was haben Sie denn Schönes mitgebracht?«

Der Kollege Neu drängte sich vor. »Vorne MzKW Typ A gl, drei Komma fünf Tonnen. Dahinter hängt ein Anh MzPt.«

Irritiert von dem Fachchinesisch verdrehte Hansen die Augen und suchte den Blickkontakt zu Marksmann, der dem Kieler Kommissar umgehend kostenlosen Nachhilfeunterricht erteilte.

»Die Abkürzungen mögen Sie verwirren, aber bei unseren Einsätzen geht es oft um Sekunden. Der MzKW ist ein Mehrzweckkraftwagen. Dieser Lastwagentyp ist die Allzweckwaffe in jedem Ortsverband. Das Führerhaus bietet Platz für sieben Personen, und auf der Ladefläche sind alle möglichen Bergungsgeräte für schwere Lasten verstaut. Das ›gl‹ bedeutet übrigens geländegängig: geschirmte Motoren mit Luftansaugung und Auspuff oberhalb des Führerhauses.«

Hansen war durchaus beeindruckt. »Das hört sich gut an. Und was soll der Anhänger leisten?«

»Der Anh MzPt? Das ist ein Transportanhänger mit Mehrzweckpontons, landgestützt mobil transportierbar. Der Einsatz erfolgt in der Regel als Halbponton mit Außenbordantrieb wie hier.«

Hansen war skeptisch, ob der Anhänger eine große Hilfe in dieser verfahrenen Situation sein konnte, aber dieser Marksmann fasste ihn jetzt am Arm und führte ihn um das Fahrzeug herum. Hier konnte Hansen gegenüber diesem Marksmann sein neu erworbenes Wissen gleich anwenden.

»Ah, noch ein MzKW Typ A. Aber der hat einen völlig anderen Anhänger.«

Der Kollege Neu mischte sich wieder ins Gespräch ein. »Richtig. Das ist ein ASH.«

Die Übersetzung erfolgte durch Marksmann. »Abstützsystem Holz. Mit dem können beispielsweise marode Decken und instabile Wände abgestützt werden. Die Abstützung können wir bis zu 15 Meter hochfahren, was für die Sicherung des Pfahlbaus locker ausreichen sollte. Mit dem MzPt transportieren wir das ASH unter den Pfahlbau, falls das MzKW A das nicht direkt leisten kann wegen zu hohem Wasserstand.«

Das leuchtete Hansen ein. »Ich verstehe. Aber wie bekommen wir die Feiergesellschaft an Land, wenn die MzKWs da nicht mehr hinkommen?«

Jetzt grinste Marksmann. »Dafür haben wir noch ein wenig mehr aufgeboten als sonst und unsere Geheimwaffe mitgebracht, die nicht nur an der Waterkant zum Einsatz kommt, sondern auch in Flussgebieten und sogar bei dienstlich veranlassten Betriebsausflügen. Unser nagelneues amphibisches Mehrzweckfahrzeug.«

So langsam begann Hansen die offenbar vom Militär übernommene Abkürzelei Spaß zu bereiten. »Ein AMzF?«

Die beiden *THW*-ler freuten sich wie kleine Kinder. Offenbar hatte sie endlich einmal jemand außerhalb ihres Dienstbereiches halbwegs verstanden.

»Richtig. Folgen Sie uns bitte, wir zeigen es Ihnen. Irgendwann bekommen Sie noch die Goldene Ehrennadel vom *Technischen Hilfswerk* verliehen.«

Wieder mischte sich der Kollege Neu ein. »Einsatzleiter Marksmann hat bisher schon drei Goldene Ehrennadeln verliehen bekommen, ich erst zwei.«

Zu Hansens Erstaunen bot das dritte im Schatten liegende Fahrzeug vom *THW* einen ungewöhnlichen Anblick. Es wies zwar ein Führerhaus auf, wie man es von Lkws gewohnt ist. Dahinter eine geräumige Ladefläche, die allerdings untypisch von einem hohen Geländer umgeben war. Unterhalb dieser Aufbauten sah das Monstrum aus wie eine überdimensionierte blau gestrichene Badewanne, in die vier große Radkästen eingelassen waren für eine schwere Bereifung. Zwei an den beiden Seiten angebrachte Holzpaddel unterhalb der Aufbauten sorgten allerdings für Verwunderung bei dem Kommissar, der unbedingt als Erster am Pfahlbau ankommen wollte. Das ungewöhnliche Vehikel schien Hansen bei diesem Sturm allerdings nicht unbedingt vertrauenerweckend zu sein. So ging er in die Offensive.

»Haben Sie auch einen Führungskraftwagen mitgebracht? Mit meinem Dienstwagen werde ich vermutlich kaum den Deich überqueren können.«

Verdutzt musterte Marksmann seinen Kollegen. »Neu, haben Sie keinen FüKW oder FüKomKW angefordert?«

Sein Mitstreiter Neu schüttelte verlegen den Kopf. »Das wurde nicht angefordert, und Hellsehen kann ich schließlich auch nicht.«

Just in diesem Moment rumpelte kettenrasselnd ein dunkelgrüner Bergepanzer der Bundeswehr auf den Parkplatz und stoppte erst kurz vor dem Trio. Schnell öffnete sich eine Dachluke, und der Kommandant salutierte.

»Wo finde ich den Kieler Kriminalhauptkommissar Hansen?

Während Hansen eingeschüchtert einen Finger erhob, begann der Kollege Neu entzückt zu jubeln. »Ein echter BPz-2«.

Der Panzerkommandant belehrte den Mitarbeiter vom *THW*. »Es ist sogar ein Bergepanzer 2 Wisent. Das Verteidigungsministerium hat noch einmal kräftig nachgelegt. 62 Kilometer Spitzengeschwindigkeit und Tiefwaten bis zwei Meter 25. Nach den Erkenntnissen der Meteorologen unserer Einsatzleitstelle sollte das für unseren Panzer keine allzu große Gefahr mehr darstellen bei nachlassendem Sturm und langsam ablaufender Tide. Steigen Sie über den Aufstieg hoch zu uns, Kommissar Hansen. Wir bringen Sie sicher zum Feind. Hartmann, mein Name.«

Freund oder Feind, über die aktuelle Situation im Pfahlbau war sich Kommissar Hansen absolut nicht sicher. In einem Panzer schon, und so betrat er unter den neidvollen Blicken von Marksmann und Neu die ersten Trittstufen zum Bergepanzer, woraufhin ihm die helfenden Hände des Kommandanten den Weg zur Dachluke vereinfachten.

Vom Parkplatz erscholl die verzweifelte Stimme von

Marksmann. »Aber was ist nun mit uns vom *Technischen Hilfswerk*, Kommissar Hansen?«

Für den Kieler Kommissar war es an der Zeit, präzise Anweisungen zu erteilen. »Alles wie vorhin abgesprochen, ich presche lediglich vor. Nach meiner Lageeinschätzung voller Geräteeinsatz seitens des *THW* mit den beiden MzKWs und dem AMzF. Vor Ort wird dann je nach Lage vorgegangen.«

Der Panzerkommandant war erstaunt. »Sie kennen sich mit den Kürzeln vom *THW* ja richtig gut aus.«

Hansen lächelte zufrieden. Er war froh, es endlich mit Vollprofis zu tun zu haben. »Danke für die schnelle Amtshilfe auch an Ihre Vorgesetzten. Sie werden das Ding schon schaukeln. Sehr wichtig, dass ich als Erster am Pfahlbau bin vor dem *THW* zur Aufnahme der offiziellen Ermittlungen.«

Der Kommandant griente. »Willkommen an Bord. Meine Mädels erwarten Sie unten schon.«

Während der Kieler Kommissar sich dankbar in den warmen Kampfraum hinabließ, ging ihm für das *THW* allerdings noch eine Abkürzung durch den Kopf: LmaA.

SODOM UND GOMORRHA

Die Revierleiterin Christiane Clausen schaute sich irritiert nach den ersten Auskünften von diesem Stuhr um, den sie vor Jahren anlässlich von Ermittlungen wegen einer Mordserie in St.-Peter-Ording kennengelernt hatte. Es herrschte eine seltsame Stimmung auf dem unter der Last des Sturms ächzenden Pfahlbau. Um die Leiche scherte sich außer der Lebensgefährtin von Stuhr niemand. Ein Teil der Feiergesellschaft hatte sich in eine andere Ecke verzogen, um sich dort weiter den Getränken zu widmen. Andere wiederum hatten wie Stuhr und dieses Flittchen unter den Tischen Deckung gesucht. Für die Revierleiterin galt es, zunächst den Tatort zu sichern.

»Meine Damen und Herren, bitte nehmen Sie wieder Ihre Plätze ein, auf denen Sie unmittelbar vor der Tat gesessen haben. Ich werde Ihnen dann einige Fragen zum Tatablauf stellen, bis Hilfe eingetroffen ist. Bitte fassen Sie nichts an.«

Unmut tat sich auf. »Wir haben Durst und wollen den Toten versaufen.«

Es dauerte einige Zeit, bis sich die Gesellschaft sortiert hatte. Derweil suchte sie das Gespräch mit Jenny, die immer noch beim Toten kniete.

»Frau Muschelfang, Sie kennen mich noch?«

»Ja, Frau Clausen. Christiane mit Vornamen, richtig? Ihre Affäre damals mit dem Fluglotsen vom Büsumer Flugplatz und der unglücklichen Frau von Helgoland.«

»Ja, Flugfeld Westerdeichstrich, genauer gesagt. Zum Glück schon lange her. Sie waren mit dem Toten liiert?«

Jenny musterte sie erstaunt. »Nein, ich bin mit Helge hier.«

Christiane Clausen bekam einen roten Kopf und überging die Antwort. »Aber Sie kennen den Toten, Frau Muschelfang?«

»Ja, Rainhard Engel, Schiffsmakler aus Hamburg. Ein alter Freund aus früheren Zeiten.«

»Besonders beliebt scheint der Herr Engel hier in der Feiergesellschaft nicht gewesen zu sein, oder?«

Jenny Muschelfang schüttelte den Kopf. »Er war ein gerissener Geschäftsmann, der viele über den Tisch gezogen hat. So richtige Freunde hatte er nicht.«

Die Revierleiterin schaute sich um. »Dafür haben sich hier aber viele Menschen versammelt.«

»Er war immer recht großzügig. Viele holten sich auf diese Weise etwas von dem wieder, was er ihnen vorher genommen hatte.«

Verwundert schüttelte Christiane Clausen den Kopf. Gab es in Hamburg keinen Anstand mehr? Anscheinend nicht, wenn sie nur daran dachte, wie in St. Peter-Ording am Wochenende die feierwütigen Hamburger wie die Heuschrecken einfielen, um abzufeiern. Je schwärzer die Cabrios, umso blonder die Frauen. Nein, das war nicht ihre Welt, auch wenn sie blond war. Es galt nun, hier ein wenig Ordnung zu schaffen.

»Ich hoffe, Sie sitzen alle auf den Plätzen, die Sie innehatten, als das Licht ausfiel. Schauen Sie sich bitte um. Sitzen bei Ihnen die gleichen Personen wie vor der Tat?«

Aus einer Ecke hinter dem Toten klang aufgeregtes Gemurmel. »Nein, bei uns fehlt eine Person.«

Die Revierleiterin ging zunächst einige Schritte zurück, um die Sitzordnung mit ihrem Smartphone festzuhalten. Dann eilte sie zur Ecke, um Erkundigungen einzuholen.

Eine jüngere Frau stand auf. »Hier gegenüber hat ein

Mann mittleren Alters gesessen, der ist jetzt weg. Spurlos verschwunden.«

Eine erste Spur. »Kennen Sie seinen Namen oder können Sie ihn näher beschreiben?«

Die Frau schüttelte den Kopf. »Nein, der war uns nicht bekannt. Ein Geschäftsfreund von Rainhard anscheinend. Aber fragen Sie Jeanette oder ihren Begleiter. Die haben länger mit ihm gesprochen, müssen sich anscheinend gekannt haben.«

Christiane Clausen drehte sich mit fragendem Blick zu Jenny Muschelfang um. Die verwies mit säuerlicher Miene auf Stuhr, der mit Unschuldsmiene neben dem Flittchen saß, das immer noch nicht die Finger von ihm ließ. Das schien ihm jetzt unangenehm zu sein, wo sich alle Blicke auf ihn richteten. Schnell wischte er ihre Hand beiseite und erhob sich wie ein ertappter Schüler.

»So um die 40 Jahre alt, ein Meter 90 groß, dunkle Haare?«

Aus der anderen Ecke drang zustimmendes Gemurmel.

»Das ist Dennis Ohlsen, er kommt aus Laboe. Ich kenne ihn nur aus einer kurzen Begegnung im Kieler Krankenhaus. Mehr weiß ich nicht.«

Schnell machte sich die Revierleiterin einige Notizen. Die Hilfstruppen mussten bald hier sein, und mehr würde sie kaum in Erfahrung bringen. Mit sich überschlagender Stimme gab sie nun knappe Anweisungen, denn sie hatte schon öfter Evakuierungen vom *Technischen Hilfswerk* beigewohnt.

»Bitte bleiben Sie auf Ihren Plätzen, bis Sie von den Hilfskräften zum Verlassen aufgefordert werden.

Wenn Sie unversehrt am Sammelplatz in Böhl angekommen sind, verlassen Sie bitte nicht das Gelände, bis Ihre Personalien festgestellt wurden.«

Dann begann es unter dem Gebäude ordentlich zu rumpeln. Aus den Augenwinkeln bemerkte die Revierleiterin, dass einige Feiergäste hastig ihre Gläser nachschenkten, obwohl sie das untersagt hatte, damit keinerlei Spuren verwischt wurden. Vermutlich hatten diese Gäste vor Angst die Hosen voll. Auf einmal krachte es gewaltig, und die massive Eingangstür fiel in den Raum. Ein behelmter Mann in blauer Uniform stürmte in den Raum und hielt ein Megafon vor den Mund.

»*Technisches Hilfswerk*. Wir bringen Sie nun an Land in Sicherheit.«

Ein kleinerer zweiter Helfer stürmte mit einer mobilen Lichtanlage in den Raum und blendete die Gäste. »Wer ist hier der Wirt?«

Der kroch ängstlich hinter dem Tresen hervor und hob vorsichtig den Finger. »Die Tür war nicht abgeschlossen. Sie hätten ganz normal in den Raum eintreten können.«

Der Helfer vom *THW* ging nicht weiter auf den Einwand ein. »Es kommt bei diesem Einsatz auf jede Sekunde an. Zu Ihrer Beruhigung: Ich kann mitteilen, dass der Pfahlbau jetzt abgestützt ist.«

Diese Nachricht wurde mit einem freudigen Gemurmel quittiert, aber der Sprecher hatte noch mehr zu verkünden.

»Wir können jetzt mit der Evakuierung beginnen. Zuerst melden sich bitte einzelne weibliche Personen, später die Paare und abschließend die männlichen Personen ohne Begleitung. In dieser Reihenfolge holen wir Sie von Ihren Plätzen ab.«

Trotz der ernsten Lage konnte sich die Revierleiterin ein Lächeln nicht verkneifen, weil das Flittchen sich wieder an diesen Stuhr klammerte. Offenbar wollte sie nicht ohne männliche Begleitung die Evakuierung antreten. Zu

Jenny blickte die Revierleiterin lieber nicht, das würde für Stuhr mit Sicherheit noch ein Nachspiel geben. Sie wählte die Nummer von Kommissar Hansen, der ging jedoch nicht ans Telefon. Oberkommissar Stüber dagegen nahm sofort den Anruf an. Schnell gab sie erste Erkenntnisse durch und schickte die Fotos vom Tatort hinterher. Nun konnte sie dem Treiben der Hilfskräfte etwas entspannter zusehen. Die Einsatzkräfte vom *THW* sicherten die Holztreppe ab, damit der erste Schwung Damen einschließlich des weiblichen Küchenpersonals unversehrt in ein schwimmendes Amphibienfahrzeug geleitet werden konnte. Jetzt bemerkte die Revierleiterin auch, dass der Pfahlbau mit einem provisorischen Holzgerüst abgestützt worden war. Immer wieder kehrte das Amphibienfahrzeug zurück, um neue Gäste aufzunehmen.

Erst mit der letzten Fuhre ließ auch sie sich an Land bringen, um von dort aus die Sperre des Strandabschnitts einzuleiten, bis die Kieler Spurensicherung eingetroffen war. Einen Bericht für Kommissar Hansen würde sie auch noch anfertigen müssen. Skeptisch blickte sie auf den verwaisten Pfahlbau. Es würde mit Sicherheit noch eine lange Nacht werden.

TIEFWATEN

Im Bauch des lospreschenden Bergepanzers fühlte sich Kommissar Hansen geborgen. Der Zugang zum Kampfraum konnte lediglich über eine der drei Dachluken oder die Einstiegsluke über dem Fahrer erfolgen. Eine Notausstiegsluke im Fahrzeugboden war ebenfalls vorhanden. Alle Luken waren gegen Wassereindringung geschützt, wie der Kommandant glaubhaft versicherte. Hansen durfte auf dem Sitz hinter dem Bug-Maschinengewehr Platz nehmen, der für Bergungsarbeiten nicht benötigt wurde. Der junge Fahrer saß rechts von ihm unter einer Luke und steuerte den Panzer nach den Vorgaben des Kommandanten, der die Dachluke geschlossen hatte und leicht versetzt hinter dem jungen Soldaten saß. Nachtsichtgeräte für Kommandant und Fahrer dienten als Restlichtverstärker, die selbst jetzt unter Wasser funktionierten. Das war ein völlig anderes Bauchgefühl als seinerzeit in dem fragilen Wasserwerfer, wo Hansen lediglich mit einem Kollegen bei den zahllosen Demonstrationen gegen das Atomkraftwerk in Brokdorf an der Elbe den vielen mit Stöcken und Steinen bewaffneten Demonstranten trotzen musste. Sein Daumen wies seinerzeit öfter Schwielen von dem vielen Drücken auf den Knopf zur Tränengaseinspeisung auf. Zudem gestaltete sich bereits die An- und Abfahrt durch das aufgebrachte langhaarige Pack schwierig. Dabei gingen sie im Wasserwerfer lediglich ihren Dienstpflichten nach.

Als der Bergepanzer jetzt mit voller Wucht lospreschte, fühlte sich der Kieler Kommissar wie seinerzeit Montgomery in Nordafrika auf dem Weg zur Schlacht nach El Alamein. Ohne Rücksicht auf Verluste und Naturschutz ging es im Panzer quer über die Salzwiesen direkt zum Pfahlbau. Dort würde Hansen den Sündenpfuhl ohne Rücksicht auf Verluste stürmen und kräftig aufräumen. Auf dem hinteren Platz kauerte gelangweilt ein Soldat, der offenbar keine Aufgabe hatte, außer nach hinten zu schauen. Nach kurzer Zeit erfolgte ein knapper Befehl des Kommandanten.

»Tiefwaten.«

Irgendwelche Hydraulikgeräusche waren zu vernehmen. Hansen verstand das nicht.

»Tiefwaten?«

»Ja, das ist die Wattfähigkeit unseres Bergepanzers, also das Fahren im Wasser. Bis ein Meter 20 geht immer bei uns. Im Nachtsichtgerät kann ich sehen, dass wir langsam in tieferes Wasser kommen.«

Die Auskunft jagte Hansen einen Schreck ein. »Aber die Flut beim Pfahlbau soll höher stehen.«

»Ja, genau deswegen Tiefwaten. Dann gibt es bis zwei Meter 25 keine Probleme.«

Das klang nur auf den ersten Blick beruhigend. »Aber was ist, wenn das Wasser noch höher steigt?«

»Keine Angst, wir können sogar Unterwasserfahrten machen bis vier Meter Wassertiefe.«

Hansen seufzte erleichtert und vernahm nach längerer Fahrt erleichtert das Knirschen und Knacken von Holzbohlen und Begrenzungspfählen, die offenbar dem Pfahlbau vorgelagert waren. So machte er sich auf den Weg zur befreienden Dachluke, um mit gezückter Dienstwaffe den Pfahlbau zu stürmen. Die ließ sich jedoch nicht öffnen, und so richtete sich sein Blick fragend zum Panzerkommandanten.

»Können Sie mich bitte herauslassen? Wir sind am Ziel.«

Der blieb gelassen. »Wollen Sie baden? Wir jedenfalls nicht. Die Luke ist hydraulisch gesperrt, über uns steht fast ein Meter Wasser.«

Baden wollte der Kieler Kommissar auch nicht, jedenfalls nicht in Salzwasser. Offenbar stand zu viel Wasser über den Dachluken. Der Kommandant legte nach.

»Wir müssen abwarten, bis die Flut sich weiter zurückzieht. Wenn ich jetzt für Sie die Luke freigeben würde, dann saufen wir alle ab.«

Enttäuscht kletterte Hansen wieder hinunter. Ungeduldig verfolgte er, wie die Minuten auf der Uhr zu tropfen begannen. Lange Zeit war es ruhig im Panzer, bis irgendwann seltsame Geräusche zu ihnen drangen.«

»Was ist das? Etwa ein Wassereinbruch?«

Der Kommandant gab Entwarnung. »Nein, im Restlichtverstärker kann ich sehen, dass die Kollegen vom *Technischen Hilfswerk* werkeln. Die haben auf Pontons Stützhölzer hergeschafft, mit denen sie jetzt den Pfahlbau stabilisieren. Scheint recht gut zu klappen, dauert wohl noch ein wenig.«

Nach einer gefühlten Ewigkeit drangen plötzlich Motorengeräusche an sein Ohr. »Haut da etwa jemand ab?«

Der Panzerkommandant beruhigte ihn. »Nein, immer noch das *Technische Hilfswerk*. Die haben nach der Abstützung des Pfahlbaus ihr Amphibisches Mehrzweckfahrzeug vor die Holztreppe gefahren und evakuieren gerade die ersten Feiergäste.«

Wütend stampfte Hansen auf den Boden des Panzers, was dem aber keinerlei metallischen Klang entlockte. »Das sind keine Feiergäste, das sind Zeugen von einem Mord.«

Der Kommandant zuckte mit den Schultern. »Sollen wir die nun erschießen? Sie sitzen am Bug-MG. Unser Auftrag ist erfüllt, wir sollten Sie lediglich sicher zum Pfahlbau befördern.«

Hansen verspürte tief im Inneren den Wunsch der sinnlosen Ballerei mit dem Maschinengewehr, weil ihm in diesem Moment der Tatenlosigkeit durch widrige Umstände vermutlich die Krone seines polizeilichen Daseins genommen wurde. Oder durch eigene Dummheit?

Als in der Folge das Amphibische Mehrzweckfahrzeug immer wieder ablegte und erneut heranrauschte, hielt er sich mit den Fingern die Ohren zu. Das war noch schlechter zu ertragen als das dumme Geschwätz seiner Else. Es dauerte noch endlos lang, bis der Panzerkommandant zur Dachluke zeigte. Immerhin ließ die sich jetzt öffnen. Mit einem kleinen Sprung konnte sich Hansen trockenen Fußes auf die vor ihm liegende Holztreppe retten. Freudig stürmte er hoch in den hell erleuchteten Innenbereich des Pfahlbaus, der auch nicht mehr schwankte. Aber der Schankraum war verwaist. Offenbar hatten die Kollegen vom *THW* solide Arbeit geleistet, auch bei der Evakuation der Tatzeugen. Ärgerlich. Wo war Stuhr, wo die Clausen?

Enttäuscht schnappte er sich nach den letzten schweren Stunden einen der auf den Tischen verbliebenen Cocktails und nahm einen kräftigen Schluck, bevor er sich zurück zur Holztreppe begab. Immerhin, eine Flasche Champagner hatte er als Beweisstück konfisziert. Am Fuß der Holztreppe musste er allerdings konstatieren, dass er von allen helfenden Geistern verlassen war. Nicht nur vom *THW*, sondern auch von der Bundeswehr. Lust auf den Marsch durch die ablaufende Flut verspürte er nach diesem fordernden Einsatz aber nicht, und Clausen und Stuhr gingen nicht ans Telefon. Was anderes blieb ihm übrig, als den ihm zugeordneten Oberkommissar Stüber von Kiel aus in Bewegung zu setzen. Vermutlich würde der gerade genüsslich am Busen der Witwe Eilenstein verweilen, und bestimmt würde es drei Stunden dauern, bis der hier eintreffen würde. Aber Dienst ist eben Dienst, und Schnaps ist Schnaps.

Hansen dagegen hatte heute seine Dienstpflichten nach diesem von ihm koordinierten Einsatz erfolgreich erfüllt. Es war an der Zeit, sich die Wartezeit ein wenig zu versüßen. Liebevoll streichelte er die konfiszierte Champagnerflasche, bevor er den Korken knallen ließ, der hoch in den Nachthimmel stieg. Er brauchte dringend Trost, zumal ihm eine Goldene Ehrennadel vom *Technischen Hilfswerk* in diesem Leben vermutlich nicht mehr überreicht werden würde.

ZUCKERBROT UND PEITSCHE

Else Hansen war im Zwiespalt. Die ganzen Jahre über strengte sie sich an, ihrem Mann nach seinem harten Arbeitstag den Feierabend komfortabel zu gestalten. Natürlich durften dazu seine niemals gereinigten heiligen und unantastbaren Puschen vor dem Lehnsessel nicht fehlen, und das Bierchen musste stets angenehm warm temperiert sein. Beim Biereinkauf für ihn heute in dem kleinen Laden an der Ecke wurde sie sogar nach langer Zeit wieder einmal als »Frau Kommissar« begrüßt. Das hatte für sie fast den Klang von Frau Professor. Ihr Mann war schon ein kleiner Held, und fast alle zwei Jahre wurde in der *Kieler Rundschau* über ihn berichtet.

Aber Konrad schien in letzter Zeit jegliches Interesse an ihr verloren zu haben. Werktags verbrachte er die Abende meistens lieber im Büro, und an den Wochenenden büxte er ständig aus. Was ihr zunächst nicht ungelegen kam, denn so konnte sie sich vollends der geliebten Stickerei und den vielen, schönen romantischen Serien im Fernsehen widmen. Sie litt mit diesen vielen tollen Darstellern, die allerdings irgendwann fast alle serienbedingt auf tragische Weise ausscheiden mussten. Manchmal musste Else dann sogar losheulen, denn sie verstand nicht, warum es die jungen Dinger und Kerle bei dem ständigen Hin und Her nicht wenigstens 40 Jahre zusammen aushalten konnten so wie Konrad und sie.

Auf der anderen Seite war allerdings nicht zu leugnen, dass zwischen Konrad und ihr nur noch Burgfrieden herrschte, und das besonders seit seinem Krankenhausaufenthalt. Heute Nacht hatte er sie sogar erst gegen 2 Uhr morgens angerufen und von einem Einsatz an der Nordsee berichtet. Dann hatte er sie vor die Tatsache gestellt, dass er die restliche Nacht im Büro verbringen würde wegen dringend anstehender Recherchen. Das mochte sein, vielleicht war es auch nur ein Vorwand für ein Schäferstündchen. Ganz nüchtern klang er jedenfalls nicht.

Andererseits war Else auch nicht mehr die Jüngste. Vielleicht sollte sie mehr aus sich machen, um sein Interesse wieder zu gewinnen. Nachdenklich schlich sie in ihren Schlafraum und suchte in ihrer Unterwäscheschublade nach Vorzeigbarem, die aber nicht viel hergab. Immerhin war sie deutlich besser sortiert als die Schublade ihres Ehegatten mit seinen ausgeleierten Feinripp-Unterhosen. Jedes Jahr hatte sie ihm neue modische Unterwäsche geschenkt, meistens wählte er jedoch die ollen Dinger. »So schön bequem«, schwärmte er dann stets.

Seit dem Aufenthalt im Krankenhaus zog er seltsamerweise nur noch die modische Unterwäsche an, die sie ihm zu Weihnachten geschenkt hatte. Er wechselte sie seit Kurzem sogar jeden Tag, und mit dem Waschen kam sie kaum noch hinterher. Wäre Konrad 30 Jahre jünger, dann hätte sie mit Sicherheit eine andere Frau dahinter vermutet. Nachdenklich betrachtete sie seine ausgeleierten Liebestöter. Und wenn doch? Niemand würde sie dann mehr mit »Frau Kommissar« ansprechen, und vielleicht würde sie am Ende im Armenhaus landen. Oder sogar im Schuldenturm. Nein, sie musste das Blatt wenden. Aber wie?

Im Nachmittagsprogramm hatte sie bei *Rote Rosen* gelernt, dass man Partner verwöhnen sollte, um die Gunst zu erlangen. Bei *Gute Zeiten, schlechte Zeiten* fand sie erstaunlich, dass manchmal auch Bösartigkeiten dazu führen können, den Partner wieder in die Spur zu bekommen. Letztendlich soll einem das Leben zurückgeben, was man selbst einmal auf den Weg gebracht hat: Liebe, Glaube, Hoffnung, Rache.

Wenn von der Palette bei Konrad nichts fruchten würde, dann könnte sie ihn ja immer noch umbringen. Wie, das hatte sie bei *Tatort* gelernt. Aber würde sie dann seine Pension bekommen? Irgendwo hatte sie einmal gelesen, dass

Mörder von Erbschaften ausgeschlossen werden. Vermutlich also sie auch von ihrer Witwenpension. Das waren schon bittere Erkenntnisse in diesem Moment der Trostlosigkeit.

Also, zunächst galt es, die Variante 1 anzugehen: Liebe. Sie durchwühlte die Schublade und fand seine seit 20 Jahren unbenutzte Turnhose, in der sie ihr Smartphone deponiert hatte. Bei dem Versteck konnte sie sicher sein, dass Konrad es nicht fand. Sie schaltete es an und gab in der Suchmaschine »Reizwäsche« ein. Das Internet entpuppte sich als ausgesprochen praktisch, um heimlich Schmuddelkram zu bestellen. 183.047 Links, das war allerdings weniger hilfreich. Aber oben gab es den Filter »Bilder«. Also anklicken und nach null Komma zwei Sekunden gab es nur noch 179.425 Ergebnisse, nun allerdings viele mit Abbildungen.

Nein, die schwarze Reizwäsche, die wollte sie auf keinen Fall. Die würde Konrad zu sehr an Beerdigungen erinnern. Weiß fand sie ebenfalls unpassend, schließlich wollte sie nicht noch einmal heiraten. Konrad hoffentlich auch nicht. Nein, Weiß ging überhaupt nicht. Die roten Dessous auch nicht, schließlich hatte sie auf Geheiß von Konrad immer christlich-demokratisch gewählt, und Weihnachten stand auch nicht vor der Tür. Sie war am Verzweifeln, bis sie nach langem Suchen ein körperbetonendes fleischfarbenes Korsett mit Strapsen entdeckte, welches zudem noch die Bauchregion vorteilhaft formte. Farblich passende fleischfarbene Nylonstrümpfe mit Naht gab es auch zum Vorzugspreis dazu. Sie bestellte beides. Lieferung Montag. Prima.

Beim meditativen Sticken begann sie allerdings zunehmend, bereits über die Variante 2 nachzudenken: Bösartigkeiten.

Sie könnte seine stinkenden Puschen einmal bei 90 Grad durch die Waschmaschine jagen. Oder noch schlimmer für ihn, sein Bier kaltstellen. Das würde ihm mit Sicherheit den Fernsehabend gründlich verderben. Aber sie saßen ja kaum noch zusammen vor der Glotze. Sollte sie nicht besser seine schicken Unterhosen entsorgen? Sie war unschlüssig.

An die Variante 3 mochte sie in diesem Moment noch nicht denken, schließlich lebten sie seit vier Jahrzehnten zusammen, allerdings inzwischen mehr oder weniger wie Bruder und Schwester. An ihr lag es nicht, allerdings wusste sie auch nicht, wie man einen fast heldenhaften Hauptkommissar ohne Verdacht um die Ecke bringen könnte. Wie schon: ihm mit einem Küchenmesser einfach nachts die Gurgel durchschneiden oder eine Schere in den Bauch rammen? Dann hätte sich auch das alte Streitthema Schnarchen endgültig erledigt, wenn er, wie so oft, wieder einmal abends eine drohende Unterhopfung erfolgreich mit Bier bekämpft hatte.

Zuckerbrot oder Peitsche? Sie blieb unschlüssig. Zunächst würde sie es mit Variante 1 versuchen. Auf die bald anstehende Lieferung der fleischfarbenen Reizwäsche freute sie sich sehr, und dann müsste man einmal sehen. Aber die Gretchenfrage blieb: Würde Konrad auf ihr Zuckerbrot anspringen? Wenn nicht, dann drohte ihm jedenfalls die Peitsche.

DIES UND DAS

Es war eine kurze Nachtruhe für Kommissar Hansen gewesen. Erst gegen 2 Uhr waren sie zurück in Kiel gewesen, und so hatte er sich von Stüber vor der Polizeidirektion absetzen lassen. Dort hatte er noch kurz im Laboer Telefonbuch nach dem Namen Dennis Ohlsen recherchiert, den ihm die Revierleiterin Clausen auf seiner Rückfahrt telefonisch übermittelt hatte. Einen entsprechenden Eintrag hatte er jedoch nicht gefunden. Danach hatte er sich erschöpft auf seiner kleinen Pritsche niedergelassen und war sofort eingeschlafen.

Am Morgen wurde er von der Sonne geweckt, die ihn durch das Bürofenster blendete. So war es oft im hohen Norden der Republik, wenn die Ruhe nach dem Sturm eintrat. Blinzelnd schaute er auf die Wanduhr, die wie gewohnt beruhigend an der Wand tickte. Es war schon 9.15 Uhr, aber es drang kein Geräusch vom Flur zu ihm. Bis ihm wie Schuppen von den Augen fiel, dass heute Samstag war. Er ließ den Kopf wieder auf die Pritsche sinken und rief den gestrigen turbulenten Abend noch einmal vor seinem geistigen Auge auf, an dem vieles schief gelaufen war. Auch den Namen Dennis Ohlsen hatte er bei seiner ersten Recherche nicht gefunden.

Der Kieler Kommissar quälte sich von der Pritsche, öffnete seinen Schrank und besah sich skeptisch im Rasierspiegel. Aber abgesehen von den dunklen Augenringen hatte ihm die frische Nordseeluft gut getan. Jedenfalls sah er weitaus besser aus, als er sich fühlte. Er quälte sich zu seinem mustergültig aufgeräumten Schreibtisch, plumpste auf den Drehstuhl und streckte wohlig entspannt die kurzen Beine aus, bis plötzlich die Bürotür aufgerissen wurde. Zum Glück war es lediglich der unvermeidliche Büroleiter Zeise, der ihn erstaunt musterte.

»Moin, Chef. Die Eier so früh schon am Schaukeln? Haben Sie Bereitschaft am Wochenende?«

»Ich bin immer im Dienst, auch wenn ich nicht im Dienst bin.«

Der Büroleiter ließ seinen Goldzahn aufblitzen. »So wie gestern Abend, Chef? Da hat man Sie meinen Informationen nach völlig außer Gefecht gesetzt.«

Hansen wunderte sich, woher Zeise so schnell wissen konnte, was sich in St. Peter-Ording zugetragen hatte. Bis Zeise ihm eine rote Gittermappe auf den Schreibtisch knallte und dabei verächtlich auf Hansens geliebte elektrische *IBM*-Kugelkopfschreibmaschine schaute.

»Der Bericht der Revierleiterin Clausen aus St. Peter-Ording von den turbulenten Ereignissen am gestrigen Abend. Den habe ich wie immer für Sie ausgedruckt.«

Das war schlecht für Hansen, denn nun wussten mit Sicherheit alle in der Direktion Bescheid über sein Pech bei den Ereignissen unter und auf dem Pfahlbau. Wie immer wollte sich der Büroleiter aber nicht mit einer ersten Einschätzung zurückhalten.

»Chef, mein Bauchgefühl sagt mir, dass es dieser ominöse Dennis Ohlsen aus Laboe ist. Sehr verdächtig, Sie sollten in Windeseile alle Register ziehen.«

Bauchgefühl, das kannte Hansen bisher nur von seiner Frau. Oder wenn er sich mal einige Bierchen zu viel gegönnt hatte. Ansonsten war Abwarten seine Devise, die er inzwischen zur Technik des progressiven Zuwartens perfektioniert hatte. Mit genug Standfestigkeit, stahlharten Nerven den Vorgesetzten gegenüber und Mut zur Lücke verringerten sich Aktenberge erstaunlich schnell, aber das wollte er nicht unbedingt dem aufstrebenden Jungspund auf die Nase binden.

»Ich brauche Beweise und keine Spekulationen, Ahnungen oder Bauchgefühle, nur weil der Ohlsen das Weite gesucht hat. Die Wahrscheinlichkeit liegt niedriger als der Arsch eines Pavians, denn das eine muss mit dem anderen absolut nichts zu tun haben. Merken Sie sich bitte ein für alle Mal: Wir sind hier in der Kieler Polizeidirektion und nicht bei den *Drei Fragezeichen*. Sonst noch etwas, Zeise?«

Der Büroleiter zeigte sich pikiert. »Sie kehren heute Morgen ganz schön den Chef heraus.«

Hansen lehnte sich entspannt zurück. »Ich bin Ihr Chef, Zeise.«

Jetzt war die Paste aus der Tube, und der Büroleiter verließ mit sauertöpfischer Miene das Büro. Zufrieden rieb sich Hansen die Hände und überflog den Bericht der Revierleiterin. Neu für ihn war lediglich, dass Stuhr erstaunlicherweise diesen Ohlsen unlängst in der Kieler Uni-Klinik kennengelernt hatte. Dann müssten Stuhr und er zeitgleich dort einquartiert gewesen sein. Von dem Ohlsen müsste es eine Krankenakte geben, folgerte er. Natürlich hätte er jetzt Stuhr anrufen können, aber vielleicht wäre es für ihn besser, das Nützliche mit dem Praktischen zu verbinden und ganz offiziell in der Uni-Klinik zu ermitteln. Das würde Schwester Brunhilde mit Sicherheit imponieren.

Aber selbst in Hansens Bauch regten sich jetzt Gefühle: Hunger. Was lag also näher, als Bruni zu einem Snack in dieses wunderbare kleine Café zu entführen, wo sie unlängst zusammengesessen hatten. Beherzt ergriff er den Hörer von seinem Dienstapparat und wählte die Direktwahl zu ihrer Station. Eine vertraute Stimme nahm das Gespräch an, und so fasste Hansen allen Mut zusammen und offenbarte sich.

»Hauptkommissar Hansen, Polizeidirektion Kiel. Bist du es, Bruni?«

Die Stimme klang erleichtert. »Konrad! Du lebst noch?«

Hansen war verdutzt. »Klar, warum soll ich nicht mehr leben?«

Ihre aufgeregte Stimme überschlug sich fast. »Nun ja, im Internet und in den Sozialen Medien ist zu sehen, wie du in einen Panzer der Bundeswehr eingestiegen bist, um vor diesen lahmen Hilfstruppen vom *THW* zum Pfahlbau vorzustoßen. Ausschnitte von diesen Clips wurden sogar im Fernsehen auf allen Kanälen gesendet, die kann man allesamt online in den Mediatheken abrufen. Wir haben die ganze Nacht auf der Station bei deiner Rettungsaktion mitgefiebert. Und jetzt rufst du hier bei uns zuerst an, das ist toll. Wir auf der Station sind dankbar und richtig stolz auf dich, zumal wir dich gesund gepflegt haben. Richtig, Mädels?«

Tosender Beifall erscholl im Hintergrund. Für Hansen war erstaunlich, dass die Öffentlichkeit die Vorkommnisse der letzten Nacht offenbar völlig anders wahrnahm als sein dröger Büroleiter und die Revierleiterin aus St. Peter-Ording. Er würde vermutlich mit beiden einmal ein ernstes Wörtchen reden müssen, aber andere dienstliche Belange hatten zunächst Vorrang.

»Danke, Bruni. Aber mein Anruf hat natürlich einen streng dienstlichen Hintergrund. Wir benötigen dringend Einsicht in die Krankenakte von einem gewissen Dennis

Ohlsen. Der lag kurzfristig auf dem gleichen Zimmer bei euch wie der Patient Helge Stuhr.«

Wieder großes Geschrei im Hintergrund. »Helge Stuhr? Klar, der ist hier wohlbekannt. Der Patient ist schließlich erst unlängst nachts im Delir ausgebüxt.«

Was hatte Stuhr nun schon wieder angestellt? Ernsthaft stellte sich Hansen die Frage, ob er den Frührentner jemals noch um etwas bitten sollte. Aber darum ging es in diesem Moment nicht.

»Bruni, wann kann ich denn bei euch vorbeikommen, um Einsicht in die Krankenakte von diesem Ohlsen zu nehmen?«

Brunis Stimme wurde rauchiger. »Am besten kurz nach 12 Uhr. Da haben wir eine kleine Pause, und zwei Stunden später habe ich Feierabend. Du bist unser Held!«

Wieder erscholl im Hintergrund lautes Gejohle und Geklatsche.

»Gut, bestelle deinen Kolleginnen bitte einen schönen Gruß. 12 Uhr dann.«

Brunis Antwort ging im Gejohle ihrer Kolleginnen unter. »Nicht vergessen. 14 Uhr aber auch, Konrad. Mit open end!«

Nach diesem schweißtreibenden Gespräch entspannte er sich wieder am Schreibtisch im Schatten der sinkenden Aktenberge. Stüber könnte vielleicht bei Gelegenheit am Montag einmal nachsehen, ob über diesen Ohlsen irgendetwas im Recherchesystem der Polizei zu finden war. Daran glaubte er eigentlich nicht, denn welcher Mörder ist schon so blöd und haut ab, wenn seine Person bekannt und damit nachverfolgbar ist?

Seinen Kopf umschwirrten in diesem Moment allerdings völlig neue Begriffe wie Internet, Online-Mediatheken und Soziale Medien. Entschlossen erhob sich der Kieler Kommissar und schritt mit ernster Miene auf seine elektrische *IBM*-Kugelkopfschreibmaschine zu, um das schwere Schreibgerät zu heben und es dann auf dem Fußboden zu zerschmettern. Schließlich hatte er schon auf der Polizeischule in Eutin gelernt, wie man am einfachsten im Öffentlichen Dienst zu neuer Ausrüstung kam. Bei ungeliebten Waffen musste allerdings bisweilen ein Kollege mit einem Kettenfahrzeug nachhelfen, bevor diese *versehentlich* unbrauchbar wurden. Das war aber alles Schnee von gestern, denn jetzt galt es ernsthaft, den Klippensprung in die digitale Zukunft zu wagen. In aller Seelenruhe begab sich Hansen zurück zu seinem Dienstapparat und wählte die Nummer von seinem Büroleiter. »Notfall, Zeise.«

Keine Minute später stürzte der Kollege in Hansens Büro und nahm mit erschütterter Miene die zerstörte elektrische Schreibmaschine zur Kenntnis. »Das ist ja furchtbar, Chef. Wie soll ich Ersatz herbekommen? Diese Schreibmaschinen sind seit mehr als 40 Jahren nicht mehr auf dem Markt erhältlich.«

Hansen besah sich gelangweilt die leicht verschmutzten Fingernägel. »Wissen Sie, Zeise, ganz unter uns: Eigentlich bewundere ich Ihre Verwaltungskunst. Aber Sie werden ja mitbekommen haben, wie ich im Internet gerade abgefeiert werde wegen meiner Heldentaten letzte Nacht. Schauen Sie nur, jetzt liegt mein Dienstgerät zerstört am Boden. Warum sind Sie mit Ihren auch manchmal ein wenig am offiziellen Dienstweg vorbeigehenden Möglichkeiten nicht in der Lage, mir einen halbwegs adäquaten Ersatz zukommen zu lassen?«

»Was wäre denn ein adäquater Ersatz für Ihre Schreibmaschine, Chef?«

Hansen genoss es, sich vor dem schwächelnden Büroleiter in seinem Sessel zu räkeln. »Nun ja, Zeise. Warum bekomme ich keinen hypermodernen Computer gestellt? Es wäre schön, wenn der sogar Internet könnte. Und die sozialen Dingsbums und dies und das. Sie werden schon wissen.«

Zeise druckste herum. »Ganz unter uns, Chef. Alle Computer können heute eigentlich Internet, aber Sie haben sich immer mit Händen und Füßen dagegen gewehrt.«

Jetzt nahm sich Hansen den Büroleiter zur Brust. »Zeise, ich brauche keinerlei Ausflüchte von Ihnen, sondern geschmeidige Lösungen. Das muss flutschen. Ohne technische Unterstützung werde ich kaum in der Lage sein, weiterhin Verbrechen aufzuklären. Intern wird man mit den Fingern auf Sie als unfähigen Büroleiter zeigen. Sie wissen vermutlich besser als ich, wie das hier in der Direktion mit dem Flurfunk abläuft.«

Der Büroleiter nickte, und so legte Hansen noch nach. »Aber wenn dann noch irgendein Idiot hintenherum der Schmeißfliege von der *Kieler Rundschau* zuspielt, dass dem bekanntesten Kommissar Norddeutschlands sein Handwerkszeug entzogen wurde, dann möchte ich wirklich nicht in Ihrer Haut stecken.«

Zeise begann zu buckeln. »Spielen Sie mit dem Hintenherum auf diese Petra Bester von der Zeitung an, die mit unserem Kollegen Fingerloos immer wieder anbändelt, Chef?«

Hansen begann zu schmunzeln. »Ich habe keine Namen von Kollegen genannt, Zeise. Das haben Sie. Aber ich kann verschwiegen sein wie ein Grab, wenn Sie Ihre Verwaltungskunst wenigstens ein einziges Mal für mich zaubern lassen könnten. Ich benötige modernstes Arbeitsgerät.«

»Ein Notebook?«

Hansen lachte sich fast weg. »Nein, kein Notizbuch. Einen schnellen Computer, möglichst leicht und unter Umständen tragbar. Hören Sie zu, Zeise: Wir sitzen im selben Boot, und deswegen würde ich Ihr Engagement bei unserem Polizeidirektor nicht unerwähnt lassen, damit Sie in Zukunft pekuniär ein wenig mehr auf die Gabel bekommen.«

Der Büroleiter holte tief Luft, gab aber erstaunlich schnell bei. »Also ein Notebook erfüllt diese Voraussetzungen, ist ein technischer Fachbegriff. Nun ja, mir wurde ja dieser Reptilienfonds vom Polizeidirektor übertragen. Sie wissen – Schwarzkasse. Ich kann Ihnen gleich am Montag das beste verfügbare Gerät auf den Tisch stellen. I-7 Prozessor, UHD-Grafik, ein Terabyte SSD. Versprochen!«

Altersmilde lächelte er seinen Büroleiter an. »Mit Ihrer Verwaltungskunst kann noch etwas ganz Großes aus Ihnen werden. Machen Sie bitte weiter so.«

Zeise ließ dankbar seinen Goldzahn kurz aufblitzen, bevor er sich absentierte.

Der Kieler Kommissar lehnte sich entspannt zurück. Spielchen gewonnen und die Hände nicht schmutzig gemacht, feixte Hansen. Was gab es Schöneres als sinkende Aktenberge und die Vorfreude auf sein bevorstehendes Rendezvous mit Bruni. Zum Glück hatte er mitgeschrieben: I-7 Prozessor, UHD-Grafik, ein Terabyte SSD. Das würde ihr bestimmt gefallen. Aber gerade, als sich Hansen auf den Weg zum Krankenhaus machen wollte, klingelte sein Dienstapparat. Es war die Nummer von Fräulein Schönerstedt, der Vorzimmerdame von Polizeidirektor Magnussen. Erstaunt nahm er den Hörer ab.

»Moin. Heute im Dienst, am Samstag, Frau Schönerstedt? Chapeau.«

»Ich bin immer im Dienst, Kommissar Hansen, auch wenn ich nicht im Dienst bin. Wie mein Chef, der wieder einmal Sehnsucht nach Ihnen hat.«

Die Sehnsucht teilte Hansen nicht. »Wann?«

Die Antwort fiel recht kurz aus. »Sofort.«

Das hatte der Kieler Kommissar befürchtet. Mit Sicherheit würde er einen Anschiss wegen des gestrigen Debakels bekommen. Er konnte nur hoffen, es hinterher pünktlich ins Krankenhaus zu den Krankenschwestern zu schaffen. Denn Bruni konnte schnell ungeduldig werden, das hatte er schon mitbekommen.

CHERCHEZ LA FEMME

Die Nacht im Hotel musste Stuhr notgedrungen ohne Jenny auf der Couch im Wohnzimmer verbringen. Gleich am Morgen hatte sie ohne Umschweife ein Taxi gerufen und war wutentbrannt aus dem Hotelzimmer gestürmt. Wohin es sie trieb, verriet sie nicht. Warum nur musste sie immer wie ein Vulkan Feuer speien? Es war schließlich nichts passiert zwischen dieser Mandy und ihm gestern bis auf den unglückseligen Tod ihres ehemaligen Galans. Stuhr bemühte sich, noch ein wenig zu schlafen, aber ihn plagten endlos viele Gedanken. Zudem konnte er es irgendwann auf dem unbequemen Nachtlager nicht mehr länger aushalten. So schlurfte er zur Dusche, um den neuerlichen Schmerz in der immer wieder wechselnden Beziehung mit Jenny gründlich abzuspülen. Dann zog er sich an, stopfte seinen immer noch durchnässten Smoking in die Tasche und macht sich auf den Weg zur Rezeption. Die dahinter residierende elegante Hausdame musterte ihn verwundert.

»Sie reisen ebenfalls vorzeitig ab, Herr Stuhr? Hat es Ihnen bei uns nicht gefallen?«

Resigniert legte er seine Kreditkarte auf den Tisch. »Doch, schon. Es liegt nicht an Ihnen. Sie werden vermutlich vom Geschehen gestern im Pfahlbau *Treibgut* erfahren haben. Wir waren mittendrin.«

Die Hausdame nickte verständnisvoll. »Sicher. Das ist heute Ortsgespräch und muss furchtbar für Sie beide gewesen sein. Aber an der Nordseeküste kann so etwas immer wieder einmal passieren.«

Stuhr wunderte sich. »Dass jemand ermordet wird?«

Lächelnd schob ihm die Hausdame die Kreditkarte wieder zurück. »Nein, dass es zu Überflutungen kommt. Deswegen sind die Salzwiesen so wichtig für uns, damit die Fluten sich austoben können, bevor sie am Deich Schaden anrichten.«

Verdutzt betrachtete Stuhr seine Kreditkarte. »Irgendwas nicht in Ordnung mit der Kreditkarte?«

Sie strahlte ihn an. »Nein, alles in bester Ordnung. Aber die Rechnung wurde bereits von Ihrer Partnerin beglichen.

Bemerkenswert schön übrigens, diese Frau Muschelfang, wenn ich das am Rande bemerken darf.«

Stuhr wurde nachdenklich. Schön ist Jenny wirklich, aber sie kennt leider nur Schwarz und Weiß und keinerlei Graustufen dazwischen. Die Hausdame bemerkte offenbar seine desolate Stimmung.

»Warum ist Frau Muschelfang denn geflüchtet, wenn man fragen darf?«

Das fragte sich Stuhr auch. Eine Notlüge musste her. »Dürfen Sie. Dringende Geschäfte in Hamburg.«

Die Hausdame verdrehte kurz die Augen.

»Frau Muschelfang ist eine Hamburgerin? Hatte sie womöglich auch etwas mit dem Rainhard Engel zu tun, den es gestern erwischt hat?«

Die Nachfrage verbesserte nicht gerade seine Stimmung. Die Hausdame schien das zu bemerken und wechselte schnell das Thema.

»Ja, aber dann frühstücken Sie wenigstens noch bei uns, es ist ja alles bezahlt. Das Restaurant ist gleich dort drüben. Ihre Tasche können Sie gerne hier an der Rezeption deponieren.«

Eigentlich war das keine schlechte Idee zum Ausnüchtern, und so schlurfte er, von der Tasche befreit, in den Gastraum, wo ihn der Duft von frisch zubereitetem Kaffee empfing. Ihn zog es allerdings mehr zum Orangensaftspender und der Terrine mit dem gebratenen Speck. Mit diesen Köstlichkeiten ließ er sich an einem Fensterplatz mit Blick auf die Böhler Landstraße nieder, wo allerdings Feuerwehr, Polizei, *Technischer Hilfsdienst* und Bundeswehr an diesem Vormittag hektisch darum rangelten, möglichst oft vor die Linsen der Kameras diverser Fernsehsender zu kommen. Ganz abgesehen von den vielen Gaffern mit gezückten Smartphones. Eine verrückte Welt, befand er. Zumal er sich beim besten Willen nicht vorstellen konnte, dass dieser Ohlsen, den er im Krankenhaus kurz kennengelernt und gestern wieder getroffen hatte, ein Mörder sein konnte. Der war eher ein Warmduscher, jedenfalls nicht der harte Typ. Erst vor wenigen Wochen waren ihm zwei neue Stents gesetzt worden. Vielleicht war er nur abgehauen, um medizinische Hilfe zu suchen oder um anderen Dingen des Lebens aus dem Weg zu gehen. Dabei könnte er möglicherweise sogar ertrunken sein.

Unerwartet ruckelte ein Stuhl neben ihm, und die Dame von der Rezeption gesellte sich zu ihm.

»Ich darf hoffentlich Platz bei Ihnen nehmen?«

Stuhr nickte freundlich, obwohl ihm in seinem derzeitigem Zustand nach geistreicher Konversation nicht zumute war. Nach einem artigen Knicks setzte sie sich die Hausdame zu ihm und hob zwei Briefumschläge in die Höhe.

»Herr Stuhr, ganz unter uns. Ihre Partnerin schien bei der Abreise ziemlich verärgert zu sein, was vermutlich auch kein Wunder nach dem gestrigen Drama auf dem Pfahlbau ist. Deswegen haben wir für Sie beide einen Gutschein für ein gemeinsames Wochenende in unserem Hotel ausgestellt, wenn Sie sich wieder vertragen haben. Bitte sehr.«

»Sie haben das mitbekommen?«

»Herr Stuhr, wir bekommen nach mehr als 30 Jahren Erfahrung in der Hotellerie alles mit, glauben Sie mir.«

Das war zu vermuten, aber die Hausdame legte nach.

»Im zweiten Umschlag befinden sich Gutscheine für alle Erdbeerhöfe in Schleswig-Holstein. Wir haben in diesem Jahr exklusiv eine Kooperation mit den regionalen Obstbauern geschlossen. Egal, welchen Erdbeerhof Sie besuchen möchten, in jedem Fall bekommen Sie eine Flasche Erdbeersekt als Geschenk überreicht. Herzlichen Glückwunsch.«

Nun, nach Champagner klang das gerade nicht. Immerhin war es Balsam auf seine geschundene Seele. Neben ihrer Freundlichkeit musste Stuhr beim genaueren Hinsehen schon konstatieren, dass diese Hausdame im mittleren Alter eine ausgesprochene Schönheit war: Pagenschnitt, elegant gekleidet und respektvolle Ansprache. Aber die Hausdame schränkte ihre freundlichen Angebote jetzt drastisch ein.

»Kleiner Wermutstropfen. Der Hotelgutschein ist nur gültig für einen Aufenthalt von Frau Jenny Muschelfang mit Ihnen, weil Ihre Partnerin die Rechnung beglichen hat.«

Das leuchtete Stuhr ein, auch wenn er sich durchaus andere Konstellationen vorstellen konnte. Diesen Wunsch schien die Hausdame von seine Augen abzulesen.

»Ansonsten …«

Aus der nicht endgültig ausgesprochenen Antwort wurde Stuhr nicht recht klug, bis sie ihm ihre Visitenkarte reichte, die Stuhr ungläubig betrachtete.

»Christine Söderlund?«

Sie ging in die Vollen. »Für dich Tine, wenn du magst. Ansonsten gibt es hier auch noch einige andere Übernachtungsmöglichkeiten. Also auch privat, beispielsweise bei mir zu Hause. Aber erst, wenn das andere sich erledigt hat.«

Stuhr war perplex, zumal er immer noch nicht ganz im Vollbesitz seiner Kräfte war. »Ja klar, Tine. Aber wie meinst du das mit ›wenn das andere sich erledigt hat‹?«

Eifersüchtige Blicke zuckten aus ihren schönen blauen Augen. »Das mit deiner Jenny. Schieß sie ab. Du hast doch völlig andere Möglichkeiten. Mich zum Beispiel.«

Wie sollte sich Stuhr verhalten? Wie immer konnte er sich nicht entscheiden. Tine schien es zu bemerken, nahm ihn wortlos an der Hand und führte ihn zu einer Tür hinter der Rezeption. In diesem Moment kam Mandy polternd die Treppe hinunter.

»Helge!«

Die Hausdame schob ihn energisch in den kleinen Raum und verschloss schnell die Tür. Sie ignorierte die wütenden Schläge an der Tür und zog ihn lächelnd zu sich heran. Dann war es wie immer, die Dame gewann langsam die Oberhand. Schließlich gab er nach. Das Leben hält für einen eben immer wieder neue Überraschungen bereit, wie für Rainhard Engel den Tod. Irgendwann hörte endlich das Trommeln an der Tür auf, und dann raubte ihm Tine auch schon alle Sinne.

Von nun an war sich Stuhr sicher, dass er irgendwann in der Hölle landen würde. Tot oder lebendig.

BILLIGES BLECH

Kommissar Hansen war wieder einmal mehr als angespannt, als er das Vorzimmer von Polizeidirektor Magnussen betrat. Schließlich war es immer eine Wundertüte, was einen dort in einer Mischung aus Politikproporz, Eigennutz und Größenwahn ereilen konnte. Dieses Mal gestaltete sich aber alles anders, denn das Fräulein Schönerstedt grüßte diesmal nicht nur freundlich, sondern hielt ihm mit einer Hand ihr Smartphone entgegen, auf dem das Video zu sehen war, wo Hansen gerade den Bergepanzer bestieg. Aus der anderen Hand zauberte sie ihren Daumen empor.

»Stark, Kommissar Hansen. Ihr Ritt auf dem Panzer wie Montgomery im Zweiten Weltkrieg in Nordafrika auf dem Weg zur Schlacht nach El Alamein. Aber nicht einfach in irgendeiner beliebigen Wüste, sondern tief hinein in die tosende Nordsee. Hut ab, Kommissar Hansen.«

Kurz wischte sich Hansen den Schweiß von der Stirn, denn als Held fühlte er sich nach dem verrückten Abend am Pfahlbau nicht. Fräulein Schönerstedt schien es zu bemerken und zeigte auf das Zimmer ihres Chefs.

»Sie werden schon freudig erwartet.«

Immerhin hatte Hansen den Vorhof zur Hölle durchstanden, und selbst im Direktionszimmer stieß er unerwartet auf Bewunderung, in dem ihn bereits Magnussen und der unvermeidliche Büroleiter Zeise erwarteten. Sogar fünf Sektgläser standen bereit. Um Himmels willen, was würde ihn erwarten?

Polizeidirektor Magnussen schritt unerwartet freudig auf ihn zu. »Moin, Hauptkommissar Hansen. Den ganzen Abend über haben wir gestern die Videos Ihres heldenhaften Einsatzes an der Nordsee auf allen möglichen Kanälen verfolgen können. Die Kieler Polizeidirektion ist nun bundesweit in aller Munde, und das nicht nur bei unseren Parteimitgliedern.«

Büroleiter Zeise bleckte kurz die Zähne, bevor Magnussen fortfuhr.

»Also materiell weiß ich als Behördenleiter überhaupt nicht, wie man solche Großtaten entlohnen kann. Aber für wahre Helden wie Sie ist ein Handschlag von mir mit Dankesworten natürlich genug.«

Hansen wurde schnell klar, dass für ihn kaum etwas herausspringen würde. Büroleiter Zeise flüsterte dem Polizeidirektor etwas ins Ohr, und umgehend legte Magnussen noch einmal nach.

»Wie ich gerade vom Kollegen Zeise höre, bekommen Sie am Montag die modernste technische Gerätschaft innerhalb der Polizeidirektion gestellt, damit Sie weltweit Furore machen können. Sei es Ihnen vergönnt.«

Hansen fiel ein Stein vom Herzen, Zeise hatte offenbar die Zeichen der Zeit erkannt. Wiederum versuchte der Büroleiter, dem Polizeidirektor etwas ins Ohr zu flüstern, aber Magnussen wies ihn schroff weg.

»Bitte stehen Sie nicht so dicht bei mir, Zeise. Gleich kommt die Presse. Kollege Hansen, treten Sie bitte an meine Seite.«

Während der Büroleiter die nächste Niederlage einstecken musste und sich in den Hintergrund schlich, rief Magnussen die Vorzimmerdame an.

»Frau Schönerstedt? Jetzt bitte mit der geschätzten Frau Bester von der *Kieler Rundschau* zu mir. Ja, unbedingt mit ihrem Fotografen. Den Schampus bitte mitführen.«

Kommissar Hansen hatte eine hohe Achtung vor der Journalistin, die sich inzwischen erfolgreich zur Verlegerin der *Kieler Rundschau* hochgekämpft hatte. Hinter den Kulissen verstanden sich die Bester und er mit dem diskreten Austausch von dienstprivaten Informationen gut, nur durfte davon niemand im Raum erfahren. Auch nicht davon, dass sie immer wieder einmal mit dem Kollegen Fingerloos von der Spurensicherung das gleiche Kopfkissen teilte. Mit tödlicher Sicherheit wurden da nicht nur Küsse ausgetauscht und Süßholz geraspelt.

In der Polizeidirektion wussten dagegen alle außer Büroleiter Zeise, dass dessen Lebensgefährtin Fräulein Schönerstedt dem Polizeidirektor immer öfter schöne Augen machte. Vermutlich wollte auch sie einmal aufsteigen. Also beruflich verbessern, besser ausgedrückt. Durch Aufsteigen vermutlich. Jetzt öffnete sich die Tür zum Direktionszimmer und die Verlegerin der *Kieler Rundschau* betrat einträchtig mit Fräulein Schönerstedt Arm in Arm fröhlich den Raum mit zwei Flaschen Champagner, wobei eine bereits entkorkt war. Schüchtern folgte ihnen ein eher blasser Fotograf. Es war nicht zu übersehen, dass die beiden Damen schon ein wenig vorgeglüht haben mussten. Das schien den Polizeidirektor herzlich wenig zu stören, denn fröhlich reichte er den beiden Damen Sektgläser und nahm seiner Vorzimmerdame die geöffnete Champagnerflasche aus der Hand. Wobei der Stabwechsel erstaunlich lange anhielt, während das Einschenken recht kurz andauerte, weil die Flasche schnell entleert war.

Magnussen ließ sich davon nicht beirren und heizte die Stimmung mit einem Gassenhauer »Champagner für die Damen ...«

Fräulein Schönerstedt war entzückt und forderte Magnussens Aufmerksamkeit ein. »Gerne. Aber geht das Lied nicht so weiter ›... und für mich das Herrengedeck‹?«

Gelächter allerseits, man verstand sich. Kalt lächelnd wandte sich Magnussen dem Büroleiter zu. »Herr Zeise, sehen Sie nicht? Die Damen sind kurz vor dem Verdursten. Bitte schenken Sie großzügig nach. Wir Landesbeamte halten uns wie immer vornehm zurück, aber ein Gläschen im Landesdienst ist ja nicht gänzlich verboten.«

Hansen lächelte ebenfalls kalt. Erlaubt war es genauso wenig wie Silberlöffel klauen, es wurde lediglich geduldet. Wobei vor kaum mehr als 30 Jahren in den Amtszimmern noch gesoffen wurde ohne Ende bei Geburtstagen, Jubiläen oder Aufstiegen. Oder einfach nur, weil das Wochenende bevorstand. Oder ein Abteilungsleiter in den Ruhestand versetzt wurde. Für die Sekretärinnen war es seinerzeit nicht immer einfach, vor den gierigen Händen der Vorgesetzten bis drei auf irgendwelche Bäume zu fliehen. Manchmal taten sie es auch nicht, schließlich wollten sie als Frau beruflich auch einmal weiterkommen. Es war eine völlig andere Zeit.

Beflissen entkorkte Zeise die Flasche und füllte die Gläser, wobei er seinen Goldzahn nur kurz aufblitzen ließ. Dann zog er sich bescheiden zurück, was ansonsten nicht seine hervorstechendste Eigenschaft war. Polizeidirektor Magnussen dagegen hob sein Glas und prostete den Anwesenden zu, um ebenfalls mit ihm anzustoßen. Nur der Fotograf, der leer ausging, zog eine säuerliche Miene. Das störte

Polizeidirektor Magnussen herzlich wenig. Im Gegenteil, er drückte jetzt auf das Tempo.

»Zeise, das Metall!«

Für Büroleiter Zeise verlief dieser Samstag bisher desaströs, aber er ließ es sich nicht anmerken und reichte dem Polizeidirektor ein Kissen mit Abzeichen, um sich dann erneut kleinlaut zurückzuziehen. Derweil begann Polizeidirektor Magnussen medienwirksam mit seiner Zeremonie.

»Heute, das ist ein besonderer bewegender Moment, liebe Anwesende. Verehrte Frau Bester, Verlegerin der *Kieler Rundschau*, treten Sie vor und bleiben Sie uns bitte weiterhin gewogen. Hiermit verleihe ich Ihnen die Ehrennadel der Kieler Polizeidirektion.«

Erstaunt, aber lächelnd trat sie dem Polizeidirektor entgegen. Als der ihr die Anstecknadel an die Brust heften wollte, nahm sie ihm kurzerhand das Metallstück aus der Hand und dankte mit knappen Worten.

»Danke sehr, Herr Magnussen. Wir alle machen lediglich unsere Jobs, so gut es geht. Auf eine weitere gute Zusammenarbeit mit der Kieler Polizeidirektion hoffen wir von der *Kieler Rundschau* ebenso. Als Profi wissen Sie allerdings auch, dass manchmal Informationen hintenherum gesteckt werden müssen.«

Magnussen nickte verständnisvoll und zwinkerte dabei mit den Augen. Nun war Hansen an der Reihe, der eine nicht enden wollende Laudatio von seinem Chef über sich ergehen lassen musste. Aber er schätzte sich glücklich, diese späte Ehrung zu erfahren. Immer wieder zuckten Blitze des Fotografen durch den Raum. Hansen war so aufgeregt, dass ihm nur noch die letzten Worte des Polizeidirektors in Erinnerung blieben.

»Diese Auszeichnung gilt Hauptkommissar Hansen für seine scharfe Kombinationsgabe und Erfahrung in Zusammenarbeit mit unseren neuesten technologischen Gerätschaften und Recherchesystemen, die ihm zukünftig zur Verfügung stehen werden. Alt und neu, sozusagen. Das ist die erfolgreiche Geheimformel der Kieler Polizeidirektion. Kommen Sie bitte zu mir, Herr Kollege.«

Schüchtern wagte sich Hansen vor, und Magnussen entnahm die nächste Anstecknadel dem Samtkissen. Natürlich stach der ungelenke Polizeidirektor mit der Auszeichnung mehr unter die Haut, als es Hansen lieb war. Aber für Publicity und Schönheit galt es zu leiden. So zuckte er nicht zusammen und dankte tapfer. Nach dem Blitzlichtgewitter blies der Polizeidirektor allerdings zum Sturm.

»Zeise, nachschenken!«

Der Büroleiter hatte sich jedoch inzwischen unbemerkt verdrückt. So nahm der Polizeidirektor die Sache selbst in die Hand und schenkte die kargen Reste lächelnd nach.

»Alles muss man selber machen!«

Dann wies er für den Fotografen auf das verwaiste Glas vom Büroleiter. Aber erst als die Bester nickte, ergriff er es freudig und prostete ebenfalls. Ein wenig Small Talk folgte noch. Offenbar waren alle zufrieden. Vor allem Fräulein Schönerstedt, der jetzt von Magnussen vermeintlich unbemerkt der Po getätschelt wurde. Für Hansen war es an der Zeit, sich zu verdünnisieren. Die Blase drückte und schließlich freute er sich auf das Wiedersehen mit Bruni.

So begab er sich unter dem Beifall der Anwesenden aus dem Amtszimmer des Chefs und eilte zur Toilette, um sich zu erleichtern. Dort fand er einen völlig zerknirschten Büroleiter vor.

»Zeise, was ist los mit Ihnen? Das war eine tolle Aktion mit den Abzeichen.«

Der Büroleiter war desillusioniert. »Ehrlich gesagt, Orden und Abzeichen hat man früher in Kriegen den gefallenen Soldaten ins Grab hinterhergeworfen. Billiges Blech.«

Das stimmte Kommissar Hansen nachdenklich. »Mag sein. Aber was ist mit Ihrer Frau Schönerstedt?«

Dem Büroleiter lief jetzt eine Träne aus den Augen. »Die wird vermutlich die Fronten gewechselt haben. Wenn Sie verstehen, was ich meine.«

Das verstand Hansen nicht nur, das wusste er schon länger. Obwohl ihn mit seinem Büroleiter eigentlich eine Hassliebe verband, umarmte er den armen Kerl kurz, bevor es ihn aufs Klo drängte. Dort bekam er immer die besten Einfälle, und so war es auch heute. Klar, wegen der Einmachgläser für Else würde er Stuhr ein allerletztes Mal mobilisieren, um an der häuslichen Front Ruhe zu bekommen. Ansonsten würde er zukünftig besser auf dessen Dienste verzichten.

Endlich klappte die Toilettentür, Büroleiter Zeise hatte offenbar das Klo verlassen. Nun konnte er sich geräuschvoll erleichtern. Aber ein Problem blieb: Wer könnte für Hansen in Laboe dienstprivat nach diesem Dennis Ohlsen fahnden? Stuhr traute er das nach den Vorfällen der letzten Wochen nicht mehr zu. Aber dieser bauernschlauen selbst ernannten Laboeer Privatdetektivin mit dem Besen vielleicht. Verdammt, wie hieß sie noch?

Einfach war es nicht für Kommissar Hansen, während seines großen Geschäfts das Portemonnaie aus der Gesäßtasche zu zaubern. Dann studierte er die wenigen Visitenkarten, die ihm in den letzten Jahren überreicht wurden. Schnell fand er, was er suchte: »Paula Schafrott, Probsteidetektei«. Zufrieden beendete er sein Geschäft auf dem Klo, wusch kurz die Hände und machte sich auf den Weg zum Krankenhaus, wo ihn mit Sicherheit ein triumphaler Empfang bereitet würde.

ERDBEERPARADIES

Stunden später konnte sich Stuhr beim besten Willen an keine Zimmernummer im Hotel von Tine erinnern. Wieso hatte ausgerechnet er immer das Pech, dass ihn wildfremde Frauen angingen? Die Hitze im Bett mit Tine verflüchtigte sich aber nicht auf der Rückfahrt nach Kiel, weil die Sonnenglut inzwischen kaum noch auszuhalten war. Vermutlich hätte er sich mehr über diesen heißen Sommertag nach dem Sturm gefreut, wenn sein alter Golf mit einer funktionierenden Klimaanlage oder wenigstens einem Schiebedach ausgestattet gewesen wäre. Dann auch noch dieser Anruf von Kommissar Hansen, der ihn selbstlos wie immer bat, auf der Rückfahrt von St. Peter-Ording nach Einmachgläsern Ausschau zu halten. Stuhr trieben momentan andere

Sorgen, dazu noch schwitzend hinter dem klebrigen Steuer. Er benötigte dringend eine Abkühlung. Ein Bad in der Ostsee, das würde ihn erfrischen.

So mied er bei der Ankunft in Kiel den Stadtkern und wählte die Umgehungsstraße zum Ostufer. Dort bog er kurz vor Schönkirchen ab, um auf der alten Schönberger Landstraße seinem Ziel auf kürzestem Weg näherzukommen. Viele Insekten schwirrten inzwischen über den heißen Asphalt der Landstraße und klatschten zunehmend auf seine Windschutzscheibe. Kurz betätigte er den Scheibenwischer, was er wenig später bereute. Seine Sicht war jetzt eingeschränkt, weil die Gummilippen die Reste der Kerbtiere als klebrige Masse über die gesamte Windschutzscheibe schmierten. Offenbar war das Wasser der Waschanlage verdunstet. Oder er hatte schlicht vergessen, Wasser nachzufüllen.

Deswegen hängte er sich nun an ein weißes Mercedes-Cabrio, das vermutlich von einer Frau gelenkt wurde. Ihre Haare hatte sie zu einem Pferdeschwanz gebunden, der heftig vom Fahrtwind durchgewirbelt wurde. Vergeblich versuchte er, durch die klebrige Scheibe in ihrem Rückspiegel Gesichtszüge zu erkennen, zumal auch eine große dunkle Sonnenbrille nichts davon preisgab. Als Stuhr in den eigenen Rückspiegel blickte, erschrak er. Ein klappriger grauer VW-Bus hatte sich keine drei Meter hinter seine Stoßfänger geklemmt. Der Gegenverkehr ließ ein Überholen nicht zu, und vermutlich deswegen betätigte sein Hintermann unentwegt die Lichthupe, um vorbeigelassen zu werden.

Ja, hatte dem Hornochsen die Gluthitze das Gehirn verbrannt? Nun gut, immer, wenn es heiß im Norden wurde, flippten die Leute aus. So entschied Stuhr, dem Fahrer eine kleine Lektion zu erteilen, um dessen Sturm und Drang zu lindern. Allmählich verringerte er das Tempo, bis er seinen Golf zum Stillstand brachte. Dann sprang er aus dem Fahrzeug und schritt mit grimmiger Miene auf den VW-Bus zu. Der schwarz gekleidete Fahrer reagierte panisch und kurbelte schnell die Seitenscheibe hoch. Nun gut, dann würde Stuhr ein wenig lauter werden müssen.

»Guten Tag, der werte Herr. Schulde ich Ihnen etwa noch Geld?«

Der eingeschüchterte Fahrer wirkte ein wenig durch den Wind. Nur einen Spalt kurbelte er die Seitenscheibe herunter, um zögerlich nachzufragen. »Nein, wieso fragen Sie mich das?«

Stuhr ließ seinem Zorn jetzt freien Lauf. »Weil ich nicht verstehe, warum Sie mich bedrängen. Zum einen ist das Nötigung und zum anderen sehr gefährlich. Ich hätte nicht übel Lust, Sie anzuzeigen.«

Pitsch, patsch. Das hatte wie eine Ohrfeige gesessen, denn die Augen des Fahrers wurden groß wie Untertassen. Nur zaghaft unternahm der einen Versuch zur Entschuldigung.

»Es tut mir leid, der Herr. Das wollte ich nicht. Ich bin nur sehr in Eile. Da dachte ich …«

Stuhr blieb ungnädig. »Das Denken sollten Sie besser den Pferden überlassen, die haben größere Schädel. Mir würde es reichen, wenn Sie sich zukünftig an die Straßenverkehrsordnung halten würden. Besser, Sie kommen mir heute nicht noch einmal in die Quere. Mahlzeit!«

Stuhr wandte sich ab und bestieg seinen Golf, ohne seinen Hintermann noch eines Blickes zu würdigen. Als er anfuhr, konstatierte er zufrieden im Rückspiegel, dass der VW-Bus trotz der wilden Huperei aus der sich hinter ihm gebildeten

Schlange noch eine Zeit lang stehen blieb. Na also, es hatte gewirkt. Immerhin, ein Erkenntnisgewinn war seinem Hintermann nicht abzusprechen. Bestens gelaunt setzte Stuhr seine Fahrt fort. Wenig später tauchte am Straßenrand ein Reklameschild auf: »Erdbeerparadies«.

Hatte er nicht einen Gutschein von Tine für Erdbeerhöfe bekommen und sollte er nicht Einmachgläser für Hansen besorgen? Es galt, zwei Fliegen mit einer Klappe zu schlagen. So bog er auf den weiträumigen Parkplatz ein, zumal er keine Badeshorts im Handgepäck hatte. Mit Erstaunen nahm er zur Kenntnis, dass trotz des schönen Wetters lediglich das weiße Mercedes-Cabrio abgestellt war, dem er gefolgt war. Nun gut, dann würde er vielleicht die Fahrerin mit der Sonnenbrille kennenlernen. Gleich am Tresen hinter dem Eingang legte er seinen Gutschein vor, worüber sich die Bedienung außerordentlich erfreut zeigte.

»Ah, unsere neue Kooperation mit der Hotellerie in Schleswig-Holstein. Oh, ich sehe, sogar St. Peter-Ording. Hatten Sie dort einen angenehmen Aufenthalt?«

Zum Glück tauchte die freundliche Bedienung jetzt kurz unter den Tresen, um sein Begrüßungsgeschenk aus einem Kühlfach zu holen. Über seine Antwort geriet Stuhr ernsthaft ins Grübeln, denn es war ja eher ein wildes Durcheinander gewesen, was ihm im Ortsteil Böhl widerfahren war. Tine, Mandy, Jenny. Dazu der gewaltige Sturm, die vielen Hilfstruppen und ein Mord.

Aus seinen Erinnerungen schreckte Stuhr erst hoch, als die Bedienung eine gekühlte Flasche Erdbeersekt auf den Tresen stellte.

»Schön, dass Sie zu uns gefunden haben, aber es gibt noch mehr Erdbeerhöfe in Schleswig-Holstein zu entdecken.«

Anstelle einer Antwort zog Stuhr den Prospekt von Tine aus der Tasche und log ein wenig. »Ich weiß, deswegen bin ich ja hier. Ein Pfund Erdbeeren würde ich gerne kaufen.«

Das Lächeln behielt die Bedienung bei. »Erdbeeren sind leider aus, die sind schon alle in der Tiefkühlung. Momentan haben wir erntefrische Himbeeren im Angebot, die kosten allerdings ein wenig mehr.«

Stuhr lachte. »Müssten Sie Ihren Betrieb denn nicht in Himbeerparadies umtaufen?«

Die Bedienung winkte lässig ab. »Quatsch, dann müssten wir hier oben im Norden auch die Jahreszeiten anders benennen. Das Wetter ist oft ein Lottospiel im Land zwischen Nord- und Ostsee.«

Das wusste Stuhr gerade nach dem gestrigen Abend besser als die Bedienung. Ihm fiel der Auftrag von Kommissar Hansen ein. »Aber sagen Sie, kann ich bei Ihnen auch Einmachgläser kaufen?«

Die Bedienung wirkte leicht verunsichert. »Klar. Wie viele benötigen Sie denn?«

Kommissar Hansen hatte ihm da keine Vorgaben gegeben. »Zehn würden reichen, denke ich.«

Die Bedienung verschwand kurz im Hinterraum und zauberte wenig später zehn gefüllte Einmachgläser auf den Tresen.

»Erdbeere, das wollten Sie doch. Macht 50 Euro.«

»Kann ich nicht auch nur die Gläser erwerben?«

Die Bedienung musterte ihn befremdet. »Haben Sie eigentlich unser Werbeschild gelesen?«

»Ja, klar. Erdbeerhof.«

Auf ihre Art machte sich die Bedienung jetzt lustig über

ihn. »Sind Sie völlig sicher, auf dem Werbeschild nicht Glashandlung gelesen zu haben?«

Knirschend zahlte Stuhr. Nie wieder würde er Aufträge irgendeiner Art von Kommissar Hansen annehmen, da war er sich absolut sicher. Die Bedienung blieb aber freundlich.

»Ansonsten kann ich Ihnen unsere Himbeersahnetorte wärmstens empfehlen. Die Früchte sind allesamt frisch geerntet und die Milch stammt ausschließlich von den Bauernhöfen in nächster Umgebung.«

Das hörte sich gut an. »Himbeertorte wäre okay. Muss ich die am Tresen abholen?«

Die Bedienung wies lächelnd zu einer Tür ins Freie. »Die vielen Urlauber hat es bei dieser Bullenhitze vermutlich an die Ostseestrände gezogen. Das ist gut für Sie: freie Platzwahl auf unserer großzügigen Terrasse. Ich bringe Ihnen die Himbeertorte. Ihre Marmeladengläser verbleiben so lange besser in unserer Kühlung.«

Stuhr dankte und trat gespannt durch die weit geöffnete Doppeltür auf die geräumige kunstvoll gepflasterte Terrasse, die bis zu einem tristen, abgepflückten Erdbeerfeld reichte. Sie wurde von mannshohen Zierpflanzen umsäumt, auf der als einziger Gast an einem der vielen Tische eine attraktive blonde Dame saß. Der Pferdeschwanz und die vor ihr abgelegte große Sonnenbrille wies sie eindeutig als die Fahrerin des weißen Cabrios aus. Allerdings nahm sie zunächst keinerlei Notiz von seinem Erscheinen. Weil es für Stuhr keinerlei Grund gab, sich ihr aufzudrängen, suchte er einen Platz drei Tische entfernt von ihr. Dann nahte schon die freundliche Bedienung mit einem großen Stück leckerer Himbeertorte, das er genussvoll verschlang. Bisweilen blickte er verstohlen aus den Augenwinkeln zu der attraktiven Frau mit dem Pferdeschwanz, die ihren Blick aus unerfindlichen Gründen immer wieder irritiert über das abgeerntete Erdbeerfeld schweifen ließ. Irgendetwas schien sie an dieser friedliche Idylle zu stören, denn in der Folge setzte sie sich mehrfach um.

Stuhr dagegen konnte nichts Ungewöhnliches entdecken. Zwar bewegte sich ab und zu etwas hinter den abgeernteten Erdbeerfeldern bei den Himbeersträuchern, aber mit bloßem Auge war nicht zu erkennen, ob es sich um ein lahmendes Reh oder eine leicht im Wind schwankende Vogelscheuche handelte. Immerhin senkte sich später die gleißende Nachmittagssonne hinter die hohe Baumreihe und die Himbeersträucher am Saum der Felder. Stuhr war erfreut über den nahenden Schatten, zumal er in den letzten Wochen zu oft ins Schwitzen gekommen war. Während er die Ereignisse der letzten Wochen noch einmal Revue vor seinem geistigen Auge passieren ließ, baute sich die Blondine überraschend vor ihm auf.

»Entschuldigung, darf ich Sie kurz stören?«

Stuhr blickte sich um, aber auf der sonst menschenleeren Terrasse konnte die Blondine nur ihn meinen. Sie legte nach.

»Wenn Sie nichts dagegen haben, dann würde ich mich gerne zu Ihnen setzen. Ich brauche momentan männlichen Schutz. Sind Sie einverstanden?«

Schutz wovor? Für Stuhr gab es allerdings keinerlei Grund, ihrer Bitte nicht nachzukommen. »Gerne, hier ist schließlich mehr Platz als für eine Fußballmannschaft.«

Die grazile Dame setzte sich zu ihm und lächelte dankbar. Schnell kamen sie ins Gespräch.

»Sie sind auf der Durchreise, Herr …«

Er verschluckte sich fast an der Torte. »Stuhr.«

Seine Sitznachbarin konnte sich ihr Lachen nicht verkneifen. »Wie Sie sich momentan fühlen, interessiert mich eigentlich weniger. Ihren Namen, bitte.«

Fast fiel Stuhr das Kuchenstück aus dem Mund. »Also, mein richtiger Name? Alle nennen mich beim Nachnamen. Stuhr.«

Die Dame ließ nicht locker. »Und davor?«

»Helge. Helge Stuhr.«

»Na, geht doch, Helge. Ich bin Simone.«

Die Art und Weise, wie sie anschließend über sich erzählte, war angenehm unkonventionell. Schön war sie zudem auch noch, was ihm eher ungelegen kam. Was würde ihn nun schon wieder erwarten? Im Lauf des Gesprächs entpuppte sich, dass diese Simone durchaus vermögend war, aber glücklich wirkte sie nicht. Dreimal war sie bereits verheiratet gewesen, und unter Tränen berichtete sie, dass die letzten beiden Ehemänner völlig unerwartet verblichen waren, obwohl die deutlich jünger waren als sie.

Nun war Sterbebegleitung nicht Stuhrs größte Stärke, und so nickte er lediglich bedauernd. Sie überging das lächelnd und berichtete, dass sie schon früh in ihrer ersten Ehe die Notbremse hatte ziehen müssen wegen der rasenden Eifersucht ihres Gatten. Personalwechsel war angesagt, so ihre Worte. Vermutlich meinte sie damit ihre erste Scheidung.

In der zweiten Ehe war sie dann offenbar vom Regen in die Traufe geraten. Und mit dem dritten Mann war vermutlich auch nicht alles glücklich verlaufen. Letztendlich hatte sich alles zu ihren Gunsten regeln lassen. Dann hatte es auch ihn erwischt. Plötzlicher Tod. Materiell ging es ihr gut, aber das sei ja nicht alles. Vorsichtig räusperte sich Stuhr.

»Wenn ich einmal fragen darf, Simone. Was fehlt dir denn zum Glück?«

Die Blondine sah ihn entgeistert an. »Was mir fehlt? Ein adäquater Mann natürlich, Helge. Ich bin jetzt über 50 Jahre alt. Glaubst du, dass man in unserem Alter noch einen vernünftigen Partner finden kann?«

Stuhr wollte nun nicht über seine Beziehungskrisen sprechen, verbiegen wollte er sich aber auch nicht. So ging er zum Gegenangriff über. »Lass mich raten: Du hast es verkackt, Simone.«

Diesen Schlagabtausch parierte sie mit Bravour. »Umständlich ausgedrückt: ja.«

Immerhin war sie ehrlich, und so ging er auf ihre Frage ein. »Ich glaube schon an feste Partnerschaften, egal, in welchem Alter. Es muss nur irgendwie passen.«

Sie schüttete sich aus vor Lachen. »Ach was, Helge. Wir sind nicht bei *Bauer sucht Frau*. Alle halbwegs vernünftigen Kerle sind längst unter der Haube, und irgendwelche Knalltüten muss ich auch nicht den ganzen Tag um mich herum haben. Zudem ist Freiheit ein hohes Gut.«

Das mit der neu erworbenen Freiheit empfand Stuhr inzwischen nach den Ereignissen in St. Peter-Ording ebenso, während Simone immer wieder versuchte, seine Hände zu berühren. Dann ging sie unerwartet zum Angriff über, wobei sie ihm tief in die Augen schaute.

»Was ist, wollen wir nicht am Fuße des Nachmittags ein Gläschen Schampus zusammen trinken?«

Ja, wollte er wirklich Erdbeersekt saufen? Sie überging jedoch sein Zögern und lächelte ihn an.

»Sag einfach Moni zu mir, Helge. Ich habe den Schampus

bestellt, nachdem du die Terrasse betreten hast. Die Bedienung sollte nur abwarten, bis sich unsere Hände finden.«

Die Hände kreuzten sich nun sogar. Sie war eine echte Schönheit, blieb aber auch geheimnisvoll. So überwand er sich, den süßfruchtigen Schaumwein ihr zuliebe zu probieren.

»Moni. Das ist ein sehr schöner Name. Ein Gläschen zur Nachmittagsstunde kann nie schaden. Einverstanden.«

Vergnügt stand sie auf. »Gut, Helge. Dann mache ich mich nur kurz frisch. Ich bin gleich wieder zurück.«

Als sie im Verkaufstrakt entschwunden war, wischte sich Stuhr erst mal den Schweiß von der Stirn. Es war schon ein Wunder, dass bei der heißen Dame auf dem Weg zur Toilette nicht die Feuermelder ansprangen.

AMTSHILFE

»Frau Schafrott? Kommissar Hansen hier, Kripo Kiel. Sie erinnern sich noch an mich? Alles im grünen Bereich bei Ihnen?«

Das war ein unerwarteter Anruf von dem Kieler Kommissar, der offenbar allerbester Laune war. Nein, nichts mehr war bei ihr im grünen Bereich, seitdem er ihr geraten hatte, die Füße still zu halten. Zumal sie gerade dabei war, ihr detektivisches Handwerkszeug einzumotten. Zum Teufel, was kam nun schon wieder auf sie zu? Ihre Antwort wartete der Kommissar gar nicht erst ab.

»Liebe Frau Schafrott, wir haben ein Problem, bei dem Sie uns vielleicht helfen könnten.«

Paula war missgestimmt. »Ich wüsste nicht, wie.«

»Nun, wir fahnden vergeblich nach einer Person, angeblich wohnhaft in Laboe. Die gibt es aber dort nicht offiziell. Weder im Telefonbuch, bei dem Laboer Einwohnermeldeamt noch in unseren Recherchesystemen. Aber Sie sind bestens ortskundig. Können Sie auf Ihren Fegetouren nicht etwas über den Verdächtigen in Erfahrung bringen?«

Fegetouren. Tief musste Paula Luft holen. »Wie ist denn der Name der Person?«

»Dennis Ohlsen. Kennen Sie den womöglich?«

Sicher könnte sie etwas über Dennis in Erfahrung bringen. Den kannte sie schon, seit er mit der Rassel bei ihr um den Tannenbaum gelaufen war. Allerdings hatte Dennis sich die letzte Zeit im Ort rar gemacht. Die einen munkelten etwas über Krankenhausaufenthalte, andere über undurchsichtige Geschäfte mit windigen internationalen Schiffsmaklern und noch andere über wechselnde Liebschaften. Bei seinen Eltern hätte sie vielleicht etwas erfahren können, aber die waren bei einem tragischen Autounfall vor mehr als einem Jahrzehnt ums Leben gekommen. Das hatte Dennis seinerzeit völlig aus der Bahn geworfen. Er hatte zwei deutlich ältere Brüder, bei denen er unterkam. Aber zum Spielen kam er immer zu Paula und nannte sie sogar Tante. Lange Jahre hatte er sich allerdings schon nicht mehr gemeldet, und jetzt sollte sie ihm nachschnüffeln? Sie war sich nicht sicher.

»Frau Schafrott, sind Sie noch am Telefon?«

»Ja. Ich weiß nur nicht … Wenn Sie seitens der Polizeidirektion schon offiziell nichts in Erfahrung bringen können mit Ihren vielen dienstlichen Möglichkeiten, wie soll ich mit meinen bescheidenen Mitteln dann helfen?«

Der Kieler Kommissar ließ aber nicht locker. »Mit bester Ortskenntnis und Ihren Kontakten, Frau Schafrott.«

Paula zögerte. Sollte sie die eigene Laboeer Brut verraten? Wenn das herauskäme, würde sich das schnell im Ort herumsprechen, was abträglich für ihr Geschäft wäre, in dem Diskretion äußerst wichtig war. Sie blieb skeptisch. »Worum geht es überhaupt, Kommissar Hansen? Eierdiebstahl oder Hühnerklau?«

Der Kommissar konnte sich ein Lachen nicht verkneifen. »Ich denke nicht, dass besagter Dennis Ohlsen ein Verbrechen begangen hat. Er war unter Umständen vielleicht nur im falschen Moment am falschen Ort. Wir brauchen ihn als Zeugen.«

»Sie weichen aus, Kommissar Hansen. Worum geht es?«

»Eiskalter Mord, verübt auf einem Pfahlbau in St. Peter-Ording, Frau Schafrott!«

Paula erstarrte. »Herr Hansen, ich befürchte, Sie sind da auf dem Holzweg. Dennis und Mord – das kann ich mir beim besten Willen nicht vorstellen.«

Der Kieler Kommissar legte nach. »Frau Schafrott, ich mir auch nicht. Aber er ist der Einzige von einer Feiergesellschaft, der nach dem Mord an einem Hamburger Schiffsmakler geflüchtet war.«

Geschäfte mit Schiffsmaklern? Paulas gerade eingemotteter detektivischer Verstand begann langsam wieder anzuspringen, denn das hatte sie schließlich bereits aus der Laboeer Gerüchteküche vernommen.

»Ein Mord bei einer Feiergesellschaft? Da muss es viele Zeugen geben. Haben Sie denn niemanden verhört?

Jetzt wurde der Kieler Kommissar kleinlaut. »Ja, sicher. Die Vernehmungen wurden von der örtlichen Polizeiwache sogar noch in der gleichen Nacht vorgenommen. Ich bin gerade dabei, alle Protokolle durchzuarbeiten, aber mein Tag hat auch nur 24 Stunden.«

Paula verstand das nicht. »Hat denn kein Zeuge mitbekommen, wie der Mord verübt worden ist?«

»Nein, denn kurz vor der Tat erlosch das Licht. Als es wieder anging, lag das Opfer mit durchgeschnittener Kehle rücklings auf dem Boden. Dennis Ohlsen saß am Abend lange Zeit hinter dem Ermordeten, und er ist als Einziger der Feiergesellschaft abgehauen. Wir benötigen dringend seine Aussage, auch um ihn möglicherweise entlasten zu können. Ansonsten …«

Die versteckte Drohung des Kommissars blieb Paula nicht verborgen. Immerhin war sie endlich wieder einmal tiefenentspannt am Kombinieren und Schlussfolgern. »Kommissar Hansen, ich vermute, dass Sie auf dem Holzweg sind. Wenn unmittelbar vor dem Mord das Licht ausgeht, dann wird das kaum der Killer gewesen sein, der den Schalter umgelegt hat.«

Es blieb eine Zeit lang ruhig am Telefon, und so legte Paula nach. »Haben Sie überprüfen lassen, weswegen der Strom ausgefallen ist?«

»Nun, es war recht stürmisch an dem Abend. Vermutlich werden Nordseewellen die Generatoren unterhalb der Pfahlbauten außer Betrieb gesetzt haben.«

»Lächerlich, Kommissar Hansen. Die Pfahlbauten in St. Peter-Ording werden seit Jahrzehnten alle schon mit Landstrom versorgt. Die Frage für den Grund des Stromausfalls sollten Sie von Ihren technischen Sachverständigen klären lassen.«

»Warum?«

»Wie soll ein Mörder die Kehle durchschneiden können, wenn zufällig gerade der Strom ausfällt und es zappenduster ist?«

Die Kunstpause genoss Paula, offenbar war der Kieler Kommissar verblüfft. Es dauerte ein Weile, bis er sich wieder kleinlaut meldete.

»Sehen Sie, Frau Schafrott. Genau deswegen ist uns Ihre Mithilfe so wichtig.«

Paula war erstaunt. »Wer ist denn *uns*, Herr Hansen?«

»Ich, Frau Schafrott. Haben Sie mir nicht bei unserem ersten Zusammentreffen in Laboe versichert, dass wir vereint sind im Kampf gegen Verbrechen in der Probstei? Dienstprivat erbitte ich Ihre Amtshilfe vor Ort.«

Amtshilfe? Ein bisschen schräg war der Kieler Kommissar schon drauf. Andererseits, den Postbüttel Franz, den könnte sie befragen. Der müsste eigentlich wissen, in welchen Laboeer Briefkasten er Post für Dennis Ohlsen einwarf. Aber ihr Einverständnis knüpfte sie an eine Bedingung.

»Ich kann mal sehen, wieweit ich helfen kann. Dazu muss ich aber meinen Besen wieder reaktivieren, Herr Hansen. Ist das für Sie in Ordnung?«

»Ja, sogar höchstoffiziell mit besten Grüßen von der Kieler Polizeidirektion.«

»Wer ist denn nun schon wieder die Kieler Polizeidirektion?«

Die Frage hätte sich Paula ersparen können, denn die Antwort kam nicht ganz unerwartet.

»Ich. Für mich sind Sie ab jetzt eine informelle Mitarbeiterin: IM Schafrott. Ich kann Ihnen den Rücken freihalten, wenn Sie einmal in Bredouille geraten sollten.«

Nun, bisher hatte sich Paula immer recht gut möglicher Angriffe erwehren können. »Kommissar Hansen, mein Ratschlag. Klären Sie das schnell mit dem plötzlichen Stromausfall. Für mich ist das der Schlüssel zur Lösung des Falls. Sie werden ja auch die Krimis von Agatha Christie kennen.«

Kommissar Hansen war körperlich nicht die größte Amtsperson, mit der sie jemals zu tun gehabt hatte. Aber jetzt war er auch am Telefon sooo klein mit Hut.

»Liebe Frau Schafrott, ich werde unsere Spusi unverzüglich auf die Fährte setzen. Sehr guter Hinweis, Frau Kollegin, wenn ich so sagen darf.«

Das Herz ging Paula auf. »Das dürfen Sie gerne, das ist schließlich auch meine Profession als Privatdetektivin. Vielleicht besuchen Sie mich bei Gelegenheit einmal wieder. Dann können Sie Ihr Herz einmal so richtig bei Bohnenkaffee und leckerem Kuchen ausschütten, Kommissar Hansen. Likör habe ich auch im Angebot.«

»Likör, weswegen?«

»Nun, wer Sorgen hat, hat auch Likör. Anscheinend ist die Kieler Polizeidirektion in Nöten. Also, ich meine natürlich Sie. Kann ich ansonsten helfen?«

Irgendwie schien Kommissar Hansen kurz abwesend, meldete sich jedoch schnell wieder zu Wort.

»Ja. Sagen Sie, kann man bei Ihnen in der Nähe auf irgendeinem Obsthof Einmachgläser erstehen?«

Verständnislos schüttelte sie den Kopf. »Hat das mit dem aktuellen Fall zu tun, Kommissar Hansen?«

»Nein, nein. Wir arbeiten in der Polizeidirektion an

vielen Delikten gleichzeitig, das müssen Sie verstehen. Ich muss jetzt an einem anderen Fall weiterarbeiten. Auf weiterhin gute Zusammenarbeit.«

Mit diesen Worten beendete der Kieler Kommissar das Gespräch. Vermutlich war er gestresst wegen seiner hohen Arbeitsbelastung im mörderischen Norden. Aber ja, sie würde ihren Besen reaktivieren und ihm zur Seite stehen. Zumal sie inzwischen auch interessierte, wo der Dennis in Laboe untergekrochen war. Da sie in Laboe aber bekannt wie ein bunter Hund war, würde sie sich neues Handwerkszeug zulegen müssen, um unerkannt zu bleiben. Perücke oder Kopftuch, das war die Gretchenfrage, die es zu entscheiden galt. Es ging darum, jegliche Ermittlungsspuren von ihr zu verwischen.

Aber zunächst galt es für Paula, den Postbüttel Franz aus ihrem Bett zu schmeißen. Notfalls mit dem Besen.

VON MANN ZU MANN

Fröhlich summend verließ Kommissar Hansen die Polizeidirektion, zumal das Telefonat mit der neu ernannten IM Schafrott aus Laboe bestens verlaufen war. Unter

Umständen würde er sie sogar einmal dienstlich veranlasst besuchen, denn seine Else wartete immer noch auf ihre Einmachgläser. Wenn sie nur einmal ahnen würde, welche Opfer er für sie und auch für die Polizeidirektion auf sich nahm, dann müsste sie ihm eigentlich von morgens bis abends die Füße küssen. Aber Undank ist nun einmal der Welt Lohn.

Schnell rief er noch einmal bei Bruni an, um mitzuteilen, dass er sich wegen der Ehrung etwas verspäten würde, und ob sie schon einmal nach der Krankenakte von diesem Dennis Ohlsen forschen könnte. Irgendwie wirkte sie aber unfreundlich. Dann galt es, Pferdi Fingerloos wegen der Nachlässigkeit bei der unterlassenen Überprüfung des Stromausfalls halbwegs freundschaftlich auf den Topf zu setzen. Aber mit Sturm, *THW* und Bundeswehr ging es vor Ort drunter und drüber, und alle Akten hatte er auch noch nicht lesen können. Die frische Luft tat Hansen gut, und er verspürte unbändige Lust, den Schwarzen Peter Pferdi Fingerloos zuzuschieben. Es war Wochenende, und so klickte er dessen private Nummer auf dem Handy an. Erstaunlicherweise nahm der das Gespräch an.

»Was gibt es Wichtiges, Konrad? Ich bin schwer beschäftigt.«

»Du, Pferdi, ich auch. Ich habe gerade einen Kunstfehler deiner Spurensicherung aufgespürt.«

Fingerloos stöhnte kurz auf, während Hansen gnadenlos nachlegte.

»Ihr hättet prüfen sollen, wie der Stromausfall auf dem Pfahlbau zustande gekommen ist. Das wird der Schlüssel zur Lösung des Falles sein.«

Wieder stöhnte Fingerloos auf, und Kommissar Hansen begann langsam, sich Sorgen zu machen.

»Pferdi, das muss aber kein Problem werden. Wir halten einfach alles unter der Decke.«

Fingerloos antwortete nicht, sondern stöhnte wieder auf. »Du, Konrad, ich bin gerade etwas angeschlagen und sehr beansprucht. Ich ruf dich morgen deswegen an.«

Hansen war enttäuscht. »Morgen erst?«

Fingerloos zeigte sich plötzlich erbost. »Hast du meinen Bericht nicht gelesen? Da steht doch eindeutig drin, wie das Licht auf dem Pfahlbau ausgefallen ist. Ich muss das Gespräch jetzt beenden, ansonsten …«

Das Gespräch wurde abrupt beendet.

Dass Fingerloos Seelenqualen wegen der fehlerhaften Sicherung von Spuren erlitt, tat Hansen einerseits leid. Andererseits war die Pflicht für ihn heute beendet, und nun konnte endlich die Kür beginnen. Erleichtert tänzelte er beschwingt wie ein kleiner Junge die Feldstraße hinunter bis hin zum Klinikum. Das Gläschen Champagner in der Polizeidirektion hatte ihm gut getan und er war gespannt, wie sich die Dinge mit Bruni entwickeln würden, denn ihr Liebespfeil hatte sein Herz getroffen. Vor Ort im Klinikum wurde die Lage allerdings schnell undurchsichtig, denn nach dem Passieren der unbesetzten Pförtnerloge lagen Gänge und Flure verwaist vor ihm. Was war hier geschehen? Er wusste noch genau, wo sein Krankenzimmer lag. Gleich gegenüber der Rezeption, die auch verwaist war. Hatte er vorhin nicht dort angerufen?

Die Tür zu seinem ehemaligen Krankenlager ließ sich problemlos öffnen, aber die hinter den großen Fenstern einfallende gleißende Sonne wurde nur vom glänzenden Linoleum widergespiegelt. Wo war das Mobilar geblieben?

Zurück auf dem Flur fiel ihm auf, dass es an den weiß gekalkten Wänden keinerlei Wandschmuck oder Dekorationen mehr gab, um das Leben der kranken Patienten ein wenig aufzuheitern. Nur noch aus dem Putz ragende schwarze Stahlnägel verwiesen darauf. Offensichtlich hatte es die ehemalige Garnison aus der vom Militär geprägten Kaiserzeit geschafft, wieder die Kontrolle über das Hospital zu erlangen. Das konnte Hansen nach seiner Gesundung eigentlich am Arsch vorbeigehen so wie momentan alles mit seiner trutschigen Else, die nur noch Einmachgläser von ihm erwartete. Mehr beschäftigte ihn allerdings die Sorge, was mit Bruni geschehen war. Wohin konnte es sie verschlagen haben? Unerwartet wurde er hart von hinten an der Schulter gepackt.

»Schnell raus! Gleich stürzt hier alles ein.«

Es war aber lediglich ein Hausmeister im grauen Kittel, was Hansen herzlich wenig beeindruckte. Kurzerhand zog er seinen Dienstausweis.

»Kripo Kiel, meinen Namen werden Sie hoffentlich lesen können.«

Dem Hausmeister stand allerdings der Schweiß auf der Stirn. »Egal, raus hier. Gleich kommt der Abrissbagger. Kommen Sie mit.«

Der Kieler Kommissar war sich unschlüssig, ließ sich aber von dem Hausmeister mit sanfter Gewalt aus dem Gebäude drängen. Auf dem Platz vor dem Gebäude krachte es dann erstmals so richtig, als ein gewaltiger Kran mit einer riesigen Stahlkralle begann, das ehrwürdige Gebäude vom Dach her abzuknuspern. Die Sorge um Bruni trieb Hansen um.

»Die Schwester Brunhilde, befindet die sich etwa noch im Gebäude?«

»Die Bruni? Nein, die ist schon vor mehr als einer Woche mit dem gesamten Personal in das neu errichtete Klinikzentrum umgezogen. Dorthin, keine 100 Meter weiter, nur kurz um die Ecke. Stand doch alles in der *Kieler Rundschau.*«

Nun gut, bei Hansens vielen schwierigen detektivischen Kombinationen und Ermittlungsaufträgen blieb manchmal die Lektüre des Käseblatts auf der Strecke. Schwach konnte er sich erinnern, dass sie bei einem der Treffen von einem Umzug sprach.

»Also da runter und dann rechts?«

Der Hausmeister musterte ihn seltsam. »Ausgerechnet zu Bruni wollen Sie? Vor der muss ich Sie von Mann zu Mann ernsthaft warnen. Die baggert mich seit Jahren schon an, aber ich habe immer dankend abgelehnt.«

Hansen verstand nicht. »Und warum?

Der Hausmeister wiegelte ab. »Ich bin ein kleiner Mann, nicht so ein Polizist wie Sie.«

Klein von der Körpergröße war Hansen auch. »Hauptkommissar Hansen, bitte. Aber warum haben Sie das Werben der Bruni abgelehnt? Ganz unter uns, von Mann zu Mann.«

Nun gab der Hausmeister die Wahrheit preis. »Schwester Brunhilde will einen Mann, der nicht raucht und nicht trinkt. Nur das andere.«

Das traf Kommissar Hansen hart, der auch gerne bisweilen ein Zigarillo paffte. Auch dem einen oder anderen Gläschen Bier war er nicht abgeneigt, wenn es angenehm temperiert war. Was Else perfekt beherrschte, das musste man ihr schon lassen. Und das andere, das war glücklicherweise seit 30 Jahren schon nicht mehr auf dem Programm. Was lag Hansen näher, als dem tapferen Hausmeister freundschaftlich die Hand zu reichen, der ihm heute vermutlich nicht nur den Kopf gewaschen, sondern unter Umständen auch die Ehe gerettet hatte. So zog er eine Visitenkarte hervor.

»Wenn Sie einmal Probleme haben, dann können Sie mich jederzeit anrufen.«

Der Hausmeister musterte ihn mit großen Augen. »Ich habe keine Visitenkarten, aber Probleme scheinen mir eher Sie mit der Damenwelt zu haben. Kommen Sie einfach wieder einmal vorbei, dann können wir über alles reden. Wie gesagt, von Mann zu Mann.«

Hansen lächelte kalt, denn welche Problemlösungen könnte ihm dieser biedere Hausmeister schon bieten? Dann klingelte schon Hansens Handy, es war Brunis Nummer.

»Wo bleibst du, kleiner Schlingel?«

»Bruni, ich bin schon auf dem Gelände. Ich wusste nicht, dass ihr schon umgezogen seid. Hast du die Krankenakte von diesem Dennis Ohlsen schon herausgesucht?«

»Ja, aber da sind keine Adressen angegeben. Zwei Stents wurden ihm ambulant gesetzt, mehr wissen wir nicht.«

Das erschien Hansen seltsam. »Aber er wird doch seine Krankenkarte vorgelegt haben. Werden die Daten von euch nicht elektronisch erfasst?«

»Nein. Er war Privatpatient und hat darauf bestanden, bar zu bezahlen. Wir haben ihn dann zur Krankenhausverwaltung geschickt. Mehr wissen wir nicht.«

Das war ärgerlich, aber die Dame legte noch nach. »Es ist spät geworden. Eigentlich können wir uns direkt um 14 Uhr im kleinen Café treffen, Konrad.«

Mit der Bruni, da war er sich inzwischen unschlüssig. Klar, ins Bett wollte er mit ihr schon, aber dann weder Bierchen noch Zigarillo? Eine Notlüge musste her. »Du, Bruni, mir ist plötzlich Bereitschaftsdienst aufgedrückt worden. Unser Treffen müssen wir leider verschieben.«

»Bereitschaft hin, Bereitschaft her. Konrad, wenn es dir ernst mit mir ist, dann musst du auch einmal richtig in die Hufe kommen. Kein schlichtes Mittagessen in einer Cafeteria, da bin ich anderes gewohnt.«

Darauf konnte sich Hansen zunächst keinen Reim machen, bis Bruni nachlegte. »Ein romantisches Menü in einem Sterne-Restaurant. Das ist meine Kragenweite.«

Hansen benötigte einige Zeit, um seine Sprache wiederzufinden. »Sündhaft teuer, diese Herbergen.«

Bruni fand härtere Worte. »Begehrst du mich oder nicht? Dann erwarte ich auf der Stelle eine Einladung von dir!«

Seine Antwort wartete Bruni allerdings nicht ab, sondern beendete grußlos das Gespräch. Geduld war in der Tat nicht ihre größte Stärke. Seine eigentlich auch nicht, aber in diesem speziellen Fall schon.

FALLENDES LAUB

Kaum hatte Simone die Terrasse vom Erdbeerhof verlassen, da eilte schon die freundliche Bedienung mit einer Champagnerflasche heran: *Moet & Chandon.*

»Mit der Frau Nielsson haben Sie einen echten Glückgriff gelandet. Halten Sie die fest, das hätte sie verdient. Sie hat in den letzten Jahren so einiges durchgemacht.«

Stuhr nickte, aber er ja auch. Mit einem Augenzwinkern schenkte die freundliche Bedienung Champagner in zwei kristallene Sektgläser, obwohl Simone gerade nicht am Tisch war. Stuhr dankte und lehnte sich entspannt zurück. Er genoss den Blick über das kahle abgeerntete Erdbeerfeld, das bereits fast vollständig im Schatten lag. Allerdings erkannte er jetzt bei den Himbeersträuchern eine Gestalt, die dort herumschlich und irgendetwas gegen ihn richtete. Ein Fernglas, eine Pistole oder gar ein Gewehr? Verunsichert blickte sich Stuhr um, aber Simone ließ sich immer noch nicht blicken. Die freundliche Bedienung war ebenfalls verschwunden. Zischgeräusche ließen allerdings darauf schließen, dass sie vermutlich im Keller Bierfässer neu anstach. So entschloss sich Stuhr kurzerhand, der Sache bei den Himbeersträuchern auf den Grund zu gehen. Hinter dem Spalier der mannshohen Zierpflanzen verließ er die Terrasse und bewegte sich gebückt weiter im Schutz der Knicke vor, um sich den Himbeersträuchern von hinten zu nähern. Dort entdeckte er eine männliche Gestalt in schwarzer Kleidung, die in Hockstellung mit einem Fernglas die Terrasse des Erdbeerhofes fest im Visier hielt. Nun galt es, unverzüglich zu handeln. Stuhr pirschte sich heran und stach ihm mit festem Druck den Zeigefinger in den Rücken.

»Hände hoch, der Herr. Suchen Sie irgendetwas auf der Terrasse vom Erdbeerhof? Dabei kann ich Ihnen unter Umständen behilflich sein, denn ich komme gerade von dort.«

Der Mann fuhr, wie von der Tarantel gestochen, hoch und suchte sofort das Weite, ohne sich umzudrehen. Dabei entglitt ihm sein Fernglas, was ihn jedoch nicht an seiner heillosen Flucht hinderte.

Kopfschüttelnd blickte ihm Stuhr hinterher, denn gesundheitsfördernd konnte es kaum sein, bei diesen hohen Temperaturen in schwarzer Kleidung einen Sprint hinzulegen. Irgendwie kam ihm der Kerl bekannt vor, auch wenn er sein Gesicht nicht sehen konnte. Aber war es nicht der schwarz gekleidete Fahrer des VW-Busses, dem er eine Lektion erteilt hatte? Nachdenklich hob Stuhr das Fernglas auf und trottete über das staubige Erdbeerfeld zur Terrasse zurück, auf der Simone ihren Platz inzwischen wieder eingenommen hatte. Sie trug immer noch ihr Lächeln auf den Lippen und prostete ihm mit ihrem geleerten Sektglas freundlich zu.

»Ah, da naht der Mann mit Weitblick. Erfolgreich auf der Pirsch gewesen?«

Stuhr war verstört, ihm war nicht nach Scherzen zumute. »Nein, wir wurden offenbar von den Himbeersträuchern aus beobachtet. Ich habe den Mann gestellt, aber festhalten konnte ich ihn nicht. Er ist sofort geflüchtet, und dabei hat er dieses Fernglas verloren.«

Simone zog eine verächtliche Miene. »Ja, ich konnte von hier aus alles einigermaßen gut verfolgen. Er ist sofort abgehauen, das miese Schwein.«

Für Stuhr war verwunderlich, dass Simone daran nichts Besonderes fand. Sie schien den Mann näher zu kennen, deswegen bohrte er nach.

»Beobachtet dieser Mann dich denn öfter? Ist er womöglich ein Stalker?«

Ungerührt zuckte Simone mit den Schultern und erhob einen Finger zur freundlichen Bedienung hin, die sofort im Affentempo heranrauschte und Champagner nachschenkte. Offensichtlich war Simone eine geschätzte Kundin.

»Mach dir keine Gedanken, Helge. Ich habe alles fest im Griff. Stoßen wir darauf an?«

Stuhr war verunsichert, diese Moni war schwer einzuschätzen. Dennoch prostete er höflich zurück. »À votre santé, Madame.«

Mit geheimnisvollem Lächeln prostete sie zurück. Stuhr genoss den leckeren Champagner. Danach sah sie ihm genau die eine Sekunde länger in die Augen, als es sich eigentlich gehörte, und ergriff seine Hände. Sie schien ihn zu mögen. Dann lief ihr eine Träne über die Wange.

»Helge, Sehnsucht kann so schön und traurig zugleich sein, dass Tränen bisweilen nicht wissen, woher sie kommen. Es ist wunderschön, nach all diesen Feiglingen einen richtigen Mann wie dich kennengelernt zu haben.«

Diese Ansage ging Stuhr mächtig unter die Haut, und so machte er aus seinem Herzen auch keine Mördergrube.

»Moni, dass wir uns richtig verstehen. Du bist eine attraktive Frau, die beschützt werden muss. An deiner Stelle würde ich es höchst merkwürdig empfinden, von einem Stalker observiert zu werden.«

Aber Simone ließ sich nicht aus der Ruhe bringen. »Ach, Helge. In welcher Welt lebst du denn? Als Blondine hat man es immer schwer im Leben. Alle wollen nur das eine, aber ich suche die Liebe für immer. Du etwa nicht?«

Vorsichtig zog Stuhr seine Finger zurück. Liebe für immer, konnte so etwas überhaupt gelingen? Vielleicht lief die Beziehung mit seiner Jenny nur deswegen halbwegs gut, weil sie ihre Hamburger Wohnung nicht aufgegeben hatte und sie sich immer nur sporadisch trafen. Auch wenn momentan Sendepause war. Simone hob erneut den Finger, und schon rauschte die freundliche Bedienung heran, um nachzuschenken. Wieder blickte Simone ihm tief in die Augen und wählte jetzt die italienische Variante.

»Salute!«

Der kühle Champagner war köstlich und beflügelte Stuhrs Sinne. Simone wurde in seinen Augen immer schöner, eine absolut begehrenswerte Frau. Allerdings wurde es hinter seinem Rücken auf der bisher menschenleeren Terrasse unerwartet laut, denn eine hysterische männliche Stimme störte die friedliche Stimmung empfindlich.

»Simone. Wo steckst du, altes Miststück?«

Zunächst versuchte die freundliche Bedienung zu schlichten, was ihr aber nicht gelang. So baute sich kurze Zeit später ein sichtlich erregter Mann in schwarzer Kleidung vor ihnen auf. Vermutlich war es der Kerl, den Stuhr gerade Minuten zuvor bei den Himbeersträuchern gestellt hatte und der wahrscheinlich auch der Fahrer des VW-Busses war, den er vor wenigen Stunden am liebsten in der Luft zerrissen hätte. Er schien Simone bestens zu kennen, denn er ließ seinem Ärger ungehindert freien Lauf.

»Simone, du kleine miese Ratte. Du hast die Luft aus meinen Reifen gelassen. Ich werde unverzüglich die Polizei rufen und dich zur Verantwortung ziehen lassen.«

Simone schnellte empört hoch. »Was kann ich denn dafür, wenn es deiner Rostlaube an Luft und dir an Geld fehlt? Wegen solchem Kinderkram werden kaum Polizisten antanzen.«

Der erboste Mann näherte sich ihr mit erhobener Faust. »Du falsche Schlange. Dann ziehe ich dich eben an Ort und Stelle zur Verantwortung. Du wirst eine Schelle fangen.«

Stuhr schnellte hoch und stellte sich zwischen die Streitenden. »Unterstehen Sie sich, die Dame anzurühren. Ich habe Sie bereits auf der Landstraße gewarnt, mir nicht wieder in die Quere zu kommen.«

Der Mann wendete sich kopfschüttelnd ab. »Simone – eine Dame? Da lachen ja die Hühner. Sie ist ein Monster, das alles verschlingt und nur verbrannte Erde zurücklässt.«

Simone holte zum Gegenschlag aus. »Wenn die Reifen deiner Rostlaube platt sind, dann mag das für dich ärgerlich sein, Frank. Ich jedenfalls habe nichts damit zu tun. Herr Stuhr wird das im Zweifelsfall bezeugen, denn wir haben die ganze Zeit hier zusammengesessen. Wenn du gehst, vergiss bitte dein Fernglas nicht. Du weißt, ich hatte es dir zum ersten Hochzeitstag geschenkt. Es war übrigens nicht ganz billig im Gegensatz zu dir.«

Der aufgebrachte Mann brüllte jetzt wie ein angeschossener Löwe mit hochrotem Kopf. »Simone, du lügst wie gedruckt! Ausgerechnet mit deinem Geschenk habe ich beobachtet, dass du die Terrasse verlassen hast. Du musst es gewesen sein, die die Luft aus den Reifen meines Bulli herausgelassen hat.«

Simone positionierte sich nun hinter dem breiten Rücken von Stuhr. »Dann steht anscheinend Aussage gegen Aussage. Dabei wird kaum etwas herumkommen, das weißt du besser als ich. Genau aus diesem Grund werde ich jetzt nach Schönberg zur Polizeistation fahren und dich wegen Nötigung anzeigen. Was fällt dir nur ein, mir immer wieder aufzulauern? Und was soll der ehrenwerte Herr Stuhr nur von mir denken?«

Bei diesen Worten fuhr sie Stuhr mit ihren langen Fingernägeln den Rücken herunter. Die Situation erregte ihn ungewollt, und es fiel ihm schwer, die Fassung zu bewahren. Gleichzeitig fluchte er innerlich, denn die Geschehnisse auf dem Erdbeerhof verwirrten ihn zunehmend. Durchaus war zu vermuten, dass Simone ihrem ehemaligen Mann die Luft aus den Reifen gelassen hatte, schließlich hatte er ein mehrfaches Zischen vernommen. Zumal kaum anzunehmen war, dass auf einem Erdbeerhof gleichzeitig mehrere Bierfässer angestochen wurden. Stuhr geriet ernsthaft ins Grübeln, denn ihm wurde klar, dass Simone ihren ehemaligen Mann vor ihm entdeckt haben musste. Das würde im Nachhinein ihre Unruhe erklären, und vermutlich hatte sich Simone nur aus diesem Grund auf der Terrasse zu ihm gesetzt. Die feine englische Art war das eigentlich nicht. Unruhe kroch in Stuhr hoch, zumal er sich nicht am Nasenring durch ihre Arena ziehen lassen wollte. Aus welchem Grund sollte er für Simone lügen? Nur weil sie ihm jetzt heimlich mit den Krallen über den Rücken fuhr?

Simone schien den Stimmungswechsel bei Stuhr zu spüren, denn unerwartet löste sie sich von ihm und schnappte sich ihre Sonnenbrille. Schnell hauchte sie ihm noch einen flüchtigen Kuss auf die Wange und drückte ihm ihre Visitenkarte als letzten Gruß in die Hand. Entschlossen verließ sie das Hofcafé. Schweigend verfolgten die beiden Männer das Geräusch der sich entfernenden Trippelschritte und zuckten zusammen, als sie die Tür ihres Cabrios zuknallte.

Dann preschte ihr weißer Mercedes schon mit durchdrehenden Rädern vom Erdbeerhof.

Stuhrs zerknittertes Gegenüber bemühte sich, nicht nur die Fassung, sondern auch die Sprache wiederzufinden. »Es tut mir wirklich leid. Vorhin auf der Landstraße habe ich Sie lediglich bedrängt, weil ich eigentlich hinter Simone her war, um sie zur Rede zu stellen. Aber an Ihrem Golf kam ich wegen des Gegenverkehrs nicht vorbei. Nach unserem kleinen Disput habe ich zunächst Abstand zu Ihnen gehalten. Wie Sie auf den Erdbeerhof gefahren sind, bin ich gefolgt, um mich noch einmal in aller Form zu entschuldigen. Allerdings musste ich zu meiner Überraschung feststellen, dass dort auch Simones weißer Mercedes stand. Da hat mich das Jagdfieber gepackt.«

Das klang für Stuhr auf den ersten Blick plausibel. Dennoch blieben Zweifel. »Warum, in aller Welt, mussten Sie Ihre ehemalige Frau mit dieser Vehemenz zur Rede stellen?«

»Nun, ich war ihr erster Ehemann. Ich hatte einen prima Job als Chemiker, aber unsere Scheidung hat mich ruiniert. Zurzeit befinde ich mich in einer akuten Notlage und benötige dringend Geld. Mein Job ist weg, und nicht ganz ohne Grund fahre ich diesen schäbigen alten VW-Bus. Er ist mein letzter Besitz und abbezahlt ist er auch noch nicht. Ich wollte Simone bitten, mich aufgrund unserer gemeinsamen Zeit ein wenig zu unterstützen. Ich konnte nicht ahnen, dass ausgerechnet Sie sich mit meiner Simone auf dem Erdbeerhof verabredet hatten.«

Dieser Frank schien ein wenig schräg drauf zu sein, und so hielt Stuhr dagegen.

»Soso. Und deswegen haben Sie sich bei den Himbeerstauden versteckt, um uns mit dem Feldstecher genauer unter die Lupe zu nehmen. Dabei müssen Sie doch bemerkt haben, dass Simone und ich die meiste Zeit weit auseinander gesessen haben.«

Der Mann lachte höhnisch auf. »Ja. Aber genau das macht man ja, wenn man sich heimlich trifft. Später haben Sie jedenfalls zusammengesessen und Händchen gehalten.«

Nun ja, von Weitem konnte man die Sache durchaus so bewerten, obwohl es nicht so war. Jedenfalls nicht für Stuhr. So ging er in die Offensive.

»Warum sollte ich der Dame nicht einmal kurz die Hand halten? Sie hatte mich auf ein Gläschen Schaumwein eingeladen. Schließlich sind Sie beide schon längere Zeit geschieden.«

Der Mann blickte verschämt zu Boden. »Weil ich die Moni immer noch liebe. Es war auch kein billiger Schaumwein, sie hat Champagner geordert. Das will schon etwas heißen.«

Oje. In welche vertrackte Geschichte war Stuhr nun schon wieder hineingeraten? Aber irgendwie tat ihm Simones verarmter Ex-Mann leid. Während Stuhr noch am Grübeln war, betraten zwei Polizisten die Terrasse und eilten zielstrebig auf Simones ehemaligen Mann zu.

»Herr Nielsson, sind Sie das?«

Der ehemalige Mann von Simone wirkte verschreckt. Hilflos wandte er seinen Blick zu Stuhr, bevor er nickte. Mechanisch betete daraufhin der Polizist sein Prozedere herunter.

»Dann strecken Sie bitte Ihre Hände vor. Wir haben einen Haftbefehl gegen Sie zu vollstrecken.«

Dann schlossen sich die Handschellen um die Handgelenke des Mannes. Stuhr kam aus dem Staunen nicht heraus, wie schnell es Simone hinbekommen hatte, ihren Ex von der Polizei verhaften zu lassen. War sie etwa wirklich ein Luder? Stuhrs Gerechtigkeitsempfinden meldete sich, und so wandte er sich einem der Polizisten zu, der gerade Fotos von der Terrasse schoss.

»Entschuldigen Sie, aber der von Ihrem Kollegen festgenommene Mann ist vermutlich völlig harmlos. Ich kann das bezeugen, denn ich war dabei. Wirklich.«

Misstrauisch musterte ihn der Uniformierte. »So, Sie waren also dabei? Das ist hochinteressant. Ihren Ausweis, bitte.«

Der verdutzte Stuhr nestelte seinen Ausweis aus dem Portemonnaie und reichte ihn dem Polizisten, bevor er einen weiteren Versuch unternahm, diesen Frank reinzuwaschen.

»Verstehen Sie mich bitte nicht falsch. Dieser Mann ist lediglich ein wenig durch den Wind. Sie können ihn doch nicht nur wegen der Anzeige seiner ehemaligen Frau festnehmen. Schließlich hat er nichts verbrochen, sondern uns lediglich von den Himbeerbüschen aus belauert.«

Der Polizist zeigte sich verwundert. »Woher wissen Sie denn, dass ihn seine ehemalige Frau angezeigt hat?«

Stuhr schob stolz seine Brust vor. »Wie gesagt, ich war dabei.«

Der Polizist wurde dienstlich. »So, Sie waren also dabei. Dann muss ich Sie ebenfalls bitten, zur Vernehmung mitzukommen. Strecken Sie bitte die Hände vor. Widerstand ist zwecklos.«

Fassungslos streckte Stuhr seine Hände vor. Wie konnte der deutsche Rechtsstaat nur so verkommen? Erregt schüttelte er den Kopf. »Es kann doch nicht sein, dass ich wegen nichts verhaftet werde?«

Der Polizist musterte ihn verständnislos. »Wegen nichts? Frau Nielsson hat ihren ehemaligen Mann vor einigen Wochen angezeigt, weil sie den Verdacht hegt, dass er ihre beiden nachfolgenden Ehemänner umgebracht haben könnte. Gift kann nur bei einer Obduktion von der Rechtsmedizin festgestellt werden. Die Kripo hat deshalb beide Leichen exhumieren und obduzieren lassen, und der Verdacht hat sich schnell bestätigt. Zwei blitzsaubere Giftmorde, und Herr Nielsson ist Chemiker. Sie haben mir soeben zweimal bestätigt, dass Sie dabei waren. Ich habe keine andere Wahl, als Sie zur Vernehmung mitzunehmen. Nun kommen Sie schon.«

Stuhr versuchte, sich zu wehren. »Aber das ist ein Missverständnis. Ich habe die beiden Personen erst vor wenigen Stunden auf unterschiedlichste Weise kennengelernt. Frau Nielsson war es, die vermutlich die Luft aus den Reifen des Kleinbusses ihres ersten Mannes gelassen hat.«

»Das ist keine Straftat, Herr Stuhr. Es geht nicht um irgendeine Bagatelle, sondern vermutlich um zweifachen Mord. Die Verhaftung dient nicht zuletzt Ihrem eigenen Schutz. Alles andere können Sie der Kieler Kripo erzählen, die wird schon die Wahrheit ans Tageslicht bringen. Bitte sammeln Sie Ihre Habseligkeiten ein und folgen Sie uns.«

Welche Habseligkeiten? Simone war weg, und das Letzte, was ihm verblieb, waren die zehn Marmeladengläser, bevor er sich von den Schergen der Justiz mitnehmen ließ. Die sammelten später allerdings auch die Einmachgläser für Hansen als Beweismittel ein, bevor stählerne Handschellen Stuhrs Handgelenke schmerzhaft einengten. Dabei segelte Simones Visitenkarte wie fallendes Laub zu Boden. Der Polizist hob die Visitenkarte auf und musterte sie kurz.

Anscheinend fand er keinen Grund, sie nicht zurückzugeben. Stuhr dankte, dass er das Kärtchen trotz seiner gefesselten Hände entgegennehmen durfte, und ließ sich widerstandslos abführen.

»Und wie geht es nun weiter?«

Die beiden Polizisten schauten sich irritiert an. Vermutlich wussten sie es selbst nicht, bis einer der beiden mit fester Stimme seine Entscheidung traf.

»Gefahr im Verzug, Herr Stuhr. Es geht anscheinend um Giftmischerei, deswegen haben wir auch die Erdbeergläser konfiszieren müssen. Zudem sind Sie alkoholisiert. Für eine Nacht dürfen Sie Gast in unserer Königssuite auf der Schönberger Polizeiwache sein bis zur Klärung der Angelegenheit.«

Das bedeutete für Stuhr eine Nacht in einer Arrestzelle. Immerhin war abzusehen, dass er mit hoher Wahrscheinlichkeit bald wieder frei sein würde. Jedenfalls, wenn sich Kommissar Hansen für ihn einsetzen würde. Dann könnte er Simone anrufen. Vielleicht sogar morgen schon. Und Jenny?

Nun, man würde sehen.

UNTER EINER DECKE

Mit großen Augen kroch die Verlegerin der *Kieler Rundschau* Petra Bester leicht verschwitzt unter der Bettdecke von Fingerloos hervor.

»Was ist nur los mit dir, Pferdi? Ich arbeite mich seit fast einer halben Stunde mit Freuden an dir ab, aber du bekommst kein Ergebnis hin. Bin ich dir nicht mehr gut genug im Bett?«

Fingerloos fühlte sich in diesem trostlosen Moment wie ein einarmiger Geiger, beraubt seiner stärksten Waffe. Immer noch ärgerte er sich über den blöden Anruf vom Amtskollegen Hansen, während Petra zunehmend am Giften war.

»Oder stehst du etwa auf jüngere Frauen wie diese aufgedonnerte Schönerstedt aus dem Vorzimmer von Magnusson? Die scheint euch allen den Kopf zu verdrehen.«

Fingerloos von der Spurensicherung geriet ernsthaft in Erklärungsnot, zumal er der auch schon einmal vergeblich den Hof gemacht hatte. Aber es galt, die Ruhe zu bewahren.

»Quatsch, Petra. Frau Schönerstedt tändelt ständig zwischen Büroleiter Zeise und dem Polizeidirektor hin und her. Das weiß eigentlich jeder in der Polizeidirektion außer den beiden. Die Schönerstedt will nur endlich einmal aufsteigen.«

Zur Antwort krabbelte Petra auf ihn herauf. »So etwa?«

Fingerloos ergab sich und hob die Hände. »Petra, so wird das nichts. Vorhin war Hansen am Telefon und hat mir ernsthaft vorgeworfen, Spuren nicht richtig gesichert zu haben.«

Interessiert ließ sie von ihm ab. »Bei der Sache in St. Peter-Ording?«

»Ja. Wobei dort alles an Gerät aufgeboten wurde, was in Deutschland bei Katastrophen helfen kann. Bundeswehr, *THW* und im Nachgang sogar Feuerwehr und Krankenwagen. Wir von der Spusi haben noch vor Sonnenaufgang in Vollbesetzung den Pfahlbau erklommen, nachdem die ablaufende Flut das zugelassen hatte.«

Nun endlich ließ Petra ihre Finger von seiner momentanen Schwachstelle, obwohl er denen ansonsten kaum widerstehen konnte. Erwartungsvoll sah sie ihm in die Augen.

»Dann fang mal an zu erzählen, Pferdi.«

Was blieb Fingerloos übrig, als sich zu offenbaren? »Ach. Hansen hat offenbar nicht einmal den Bericht der Spurensicherung gelesen, obwohl in dem eindeutig festgehalten wurde, wie der Tatvorgang verlaufen sein musste.«

Petra zeigte plötzlich Verständnis und kuschelte sich liebevoll an ihn. »Wie ist denn der Tatvorgang verlaufen, Pferdi?«

»Nun, das waren schon seltsame Ereignisse auf dem Pfahlbau in dieser stürmischen Nacht auf dem Böhler Strandabschnitt von St. Peter-Ording. Der erste Hilferuf aus dem Pfahlbau kam erstaunlicherweise von diesem ominösen Frührentner Helge Stuhr – du weißt schon.«

Petra schmiegte sich fester an ihn. »Ja, das lebensunfähige Helferlein von Kommissar Hansen. Der kommt nicht einmal mit seiner Jenny klar. Und dann?«

Das wusste Fingerloos auch nicht so recht. »Mitten bei der Feier erlosch auf dem Pfahlbau das Licht, und es folgte ein Schnitt durch die Kehle von diesem dubiosen Schiffsmakler Rainhard Engel. Danach herrschte auf dem Pfahlbau

Chaos. Ein Feiergast soll sich sogar flüchtend in die Fluten gestürzt haben. Da ermitteln wir aber noch.«

Petra schlängelte sich immer näher an ihn heran. »Keinerlei Tatverdächtige?«

Fingerloos entschied, in diesem Moment seines Schwächelns erste kleine Dienstgeheimnisse preiszugeben. »Vor Ort? Nein, offenbar war es eine unübersichtliche Situation bei immer stärker werdendem Sturm und steigender Flut. Ein Teil der Feiergesellschaft geriet regelrecht in Panik, weil sie das Restaurant wegen der Springtide nicht mehr verlassen konnten.«

»Ja, da hätte ich es vermutlich auch mit der Angst bekommen. Das ist schließlich wie bei den Krimis von Agatha Christie auf dem Nil oder im Orient-Express, wo man nicht mehr vom Tatort wegkommt. Jede Person könnte schließlich aus unterschiedlichen Gründen die Tat begangen haben.«

»Richtig. So hatte sich uns bei der Spurensicherung irgendwann auch die Frage gestellt, wie die Tat auf dem Pfahlbau abgelaufen sein könnte.«

»Ja, und? Mach es bitte nicht so spannend, Pferdi!«

»Na ja. Kommissar Hansen war schon lange unterwegs, und ein Teil der Feiergesellschaft kroch zum Schutz unter die Tische, während andere es vorzogen, sich ordentlich einen zu brennen, um die bangen Stunden zu überstehen.«

Petra sah ihn mit großen Augen an. »Brennen?«

Pferdi vollzog mit der Hand eine Trinkbewegung und erzählte weiter. »Darum sicherte das *Technische Hilfswerk* zunächst den Pfahlbau mit einem stützenden Holzgerüst und stellte anschließend Lichtpfosten im Gastraum auf, um den Tatort zu beleuchten.«

Petra hockte sich nun auf ihn, wobei sie ihm fast die Luft nahm. »Endlich kommst du einmal wieder zur Sache,

Pferdi. Aber was war mit Hansen? Wurde der nicht in den sozialen Medien regelrecht gefeiert?«

Sie erdrückte ihn jetzt fast. Allerdings nicht durch ihr leicht zu ertragendes Körpergewicht, sondern wegen der bohrenden Nachfragen. Aber warum sollte er nicht die Wahrheit aussprechen, zumal alle am Einsatz Beteiligten vor Ort das Missgeschick von Hansen mitbekommen hatten?

»Nun, Hansen hat die Arschkarte gezogen. Mit einem Bergepanzer der Bundeswehr wollte er allen voraus zum Pfahlbau preschen. Nun war die Flut bei der Springtide allerdings höher als die obere Luke von dem Bergepanzer. Ersaufen wollte die Besatzung aber auch nicht. So musste Hansen notgedrungen seine Füße im Inneren des Panzers noch stiller halten als ansonsten in seinem Büro.«

Petra lachte kurz auf und begann, unerwartet seine Wangen zu streicheln. »Pferdi, und dann?«

Fingerloos war völlig verunsichert. »Was wann? Jetzt?«

»Nein, auf dem Pfahlbau in der Tatnacht. Unseren ersten Recherchen nach gibt es viele Tatzeugen, also verrätst du mir keinerlei Dienstgeheimnisse.«

Das beruhigte Fingerloos. »Nun, danach wurden vom *Technischen Hilfswerk* alle Feiergäste evakuiert und zu einer ersten Vernehmung in die Polizeiwache von St. Peter-Ording verbracht. Aber als wir von der Spurensicherung ankamen, war von Hansen weit und breit nichts mehr zu sehen. Der soll sich ordentlich einen gebrannt haben und dann von Oberkommissar Stüber persönlich abholen lassen. Das behauptet jedenfalls unsere Pförtnerin. Die weiß sowieso immer mehr als unser Polizeidirektor.«

Nur kurz ließ Petra von ihm ab. »Wieso weiß die mehr?«

»Weil die Chauffeure der Dienstfahrzeuge bei den Wartezeiten auf die Rückkehr ihrer Herrschaften aus der Polizeidirektion sich bei unserer Pförtnerin immer bei Kaffee und Schnack vergnügen.«

Petra rutschte jetzt herunter und kuschelte sich wieder an ihn. »Ja, aber genauso tickt Kommissar Hansen eben. Schnell hin, schnell weg. Das kennen wir in der Redaktion von ihm nicht anders. Bisweilen hilft er uns auch, aber nur, wenn er selbst nicht weiterkommt. Aber sag mal, was habt ihr von der Spusi denn am Tatort herausgefunden?«

»So einiges. Den Zeugenaussagen nach ist der Schnitt durch die Kehle des Opfers unmittelbar nach der Verdunkelung erfolgt.«

»Was heißt denn Verdunkelung genau? Stromausfall?«

»Nein, nur das Licht im Restaurant wurde kurz vor der Tat ausgeschaltet. Es war stockfinster, eigentlich hätte es jeden treffen können.«

Petra musterte ihn nachdenklich. »Dann wird es vermutlich eine konzertierte Aktion mehrerer Personen gewesen sein.«

»Ja, denn einen kompletten Stromausfall gab es nicht, selbst in der Küche waren die Herde noch an, als wir den Pfahlbau betreten haben. Also nur das Licht im Gastraum war aus. Auf Pfahlbauten aus Holz gibt es wegen der Brandgefahr keine Lichtschalter wie in einem Wohnzimmer, sondern einen speziellen Raum, von dem aus die gesamte Elektrik und Elektronik gesteuert wird. Der liegt aber hinter der Küche.«

Petra sah ihn ungläubig an. »Dann muss es also mindestens zwei Täter gegeben haben. Einer schaltet, wie vorher verabredet, das Licht aus, und der andere vollbringt den Mord. Raffiniert.«

Endlich verstand sie ihn. »Ja, genau danach sieht es

momentan aus. Aber wenn Hansen einfach zu faul ist, unsere Untersuchungsergebnisse zu lesen, dann sehen wir von der Spurensicherung uralt aus. Zumal uns Polizeidirektor Magnussen immer auf den Kieker hat.«

Petra wurde nachdenklich. »Vielleicht kann unsere Redaktion dem Hansen etwas auf die Sprünge helfen. Meine Leute können ja aufschreiben, was du mir erzählt hast. Die Vorgänge könnte irgendein fiktiver *THW*-Helfer oder Feuerwehrmann uns gegenüber geschildert haben.«

Durchtrieben war die Bester schon, aber Fingerloos hatte einen Einwand. »Ich glaube leider, dass Hansen auch zu faul ist, euer Blatt zu lesen.«

Sie lachte lauthals, und so langsam kam Fingerloos wieder in Stimmung. Er versuchte, den knackigen Po der Verlegerin zu ergreifen.

»Tut mir leid, Pferdi. Aber ich muss noch einmal kurz in die Redaktion.«

»Warum das denn, Petra?«

»Weil die Druckmaschinen in meinem Verlag ständig Hunger nach Neuigkeiten haben. Keine Angst, dich lasse ich wie immer aus dem Spiel.«

Dessen war sich Fingerloos sicher, aber ein anderer Gedanke beschäftigte ihn allerdings schon länger. »Sag mal, Petra, könntest du dir nicht vorstellen, mich in deine Redaktion zu holen? Auf das Beamtentum und unseren Sauhaufen habe ich so langsam keinen Bock mehr.«

Sie lächelte frivol. »Dann würde mir ein wertvoller Informant aus der Kieler Polizeidirektion fehlen, und du würdest nur knapp die Hälfte verdienen wie ich. Aber ein Aufstieg wäre durchaus möglich.«

Fingerloos war interessiert. »Ja, wie denn?«

»Gib mir den Bericht. Ich benötige Einzelheiten.«

Zunächst nahm Petra allerdings höchstpersönlich den Aufstieg vor. Letztendlich gewann sie wie immer das Spielchen. »Der Herr ist hoffentlich zufrieden mit meiner Behandlung?«

Schweißüberströmt beugte sich Fingerloos erschöpft zum Nachttisch, um ihr aus der Schublade das vertrauliche Dossier zu überreichen. Petra schmiss daraufhin die Bettdecke auf den Fußboden.

»Niemand soll denken, dass wir unter einer Decke stecken.«

Dann hüpfte sie fröhlich aus dem Bett, verstaute den Bericht in der ledernen Aktentasche, sammelte ihre auf dem Boden des Schlafzimmers verstreuten Kleidungsstücke auf und verschwand im Badezimmer. Wenig später tauchte sie angekleidet wieder auf und machte sich anschließend mit einem gehauchten Kuss auf den geordneten Rückzug. Dann klappte schon die Wohnungstür.

Fingerloos musste lachen, denn irgendwie war auch Petra eine kleine Druckmaschine. Natürlich hätte er sich den Rest des Tages mit ihr schöner vorstellen können, aber er war fix und fertig.

Mit letzter Kraft zog er die Bettdecke wieder hoch. Wie alles weitergehen würde? Er wusste es nicht. Zunächst war jedenfalls erst einmal Erholungsschlaf angesagt.

SPURENSUCHE

Schön war anders für Stuhr. Denn diese Nacht auf der harten Pritsche, die hätte er sich lieber erspart. Schlaftrunken bekam er mit, wie am Morgen mit metallischem Klang die Zellentür geöffnet wurde. Was hatte die Staatsgewalt nun schon wieder mit ihm vor? Es wurde ihm allerdings lediglich Waschzeug gereicht. So lag er den gesamten Vormittag gelangweilt auf der Pritsche und döste vor sich hin, bevor die Zellentür wieder geöffnet wurde. Es war aber lediglich Kommissar Hansen, der eintrat und mit einer kurzen Handbewegung den Polizisten fortschickte. Fürsorge war allerdings auch für Hansen nicht das oberste Gebot, wenngleich Stuhr ihm schon oft geholfen hatte. Irgendwie erinnerte ihn das Verhalten des Kieler Kommissars an diese ältlichen Dame, die ihn mitsamt dem Fahrrad auf die Hörner ihres Kleinwagens genommen hatte. Seine herzlose Nachfrage zeugte davon.

»Moin, Stuhr. Hast du die Einmachgläser für meine Else besorgt? Die macht mir langsam die Hölle heiß.«

»Ja, aber sie wurden mir abgenommen, weil der Inhalt toxikologisch analysiert werden soll. Vermutlich schlummern die in irgendeiner Asservatenkammer. Bei meiner Festnahme geht es angeblich um Giftmorde.«

Hansen bekam große Augen, und zum ersten Mal bemerkte Stuhr, dass der Kieler Kommissar vor lauter Anspannung mit den Ohren zu wackeln begann.

»Giftmord? Wolltest du Jenny um die Ecke bringen?«

»Quatsch, das alles ist ein großes Missverständnis. Ich war ausschließlich zum Einkauf deiner blöden Einmachgläser auf dem Erdbeerhof. Dabei habe ich eine Frau kennengelernt, die alles durcheinander gebracht hat.«

In der eintretenden Stille war klar, was Hansen wieder einmal von ihm dachte. Der machte aus seinem Herzen auch keine Mördergrube. »So! Also wieder einmal eine Frau, die dein Hirn vernebelt hat. Weiß Jenny schon Bescheid?«

»Nein, und das muss sie auch nicht wissen. Es ist schließlich nichts gewesen.«

Hansen packte der Zorn, und er wurde laut. »Nichts gewesen? Ich musste mich von meinem Schreibtisch loseisen, auf dem sich die Ermittlungsakten fast schon bis zur Decke stapeln, nur um dich hier herauszupauken. Und du gibst einfach so die Einmachgläser für Else aus der Hand.«

Stuhr hielt lautstark dagegen. »Von wegen aus der Hand. Die sind von deinen Schergen konfisziert worden!«

Aufgeschreckt vom Lärm tauchte der Polizist wieder auf. »Alles in Ordnung hier?«

Zum Glück richtete sich Hansens Zorn jetzt gegen seinen Kollegen. »Nichts ist in Ordnung hier. Wo haben Sie die Einmachgläser verstaut?«

Erstaunt musterte der ihn. »Das wissen Sie eigentlich besser als ich. Zwei Kollegen haben die Beweismittel heute Morgen persönlich zum LKA gefahren, um sie dort toxikologisch im Kriminaltechnischen Institut untersuchen zu lassen.«

Stuhr war klar, dass Hansen herzlich wenig der mögliche toxische Inhalt interessierte, sondern vielmehr die Einmachgläser, die spät im Sommer schwer zu bekommen waren. Er blieb streng dienstlich.

»Wann und wo kann ich denn Ihre beiden Kollegen sprechen?«

»Im Moment gar nicht. Die Fahrt nach Kiel war die letzte Tour auf ihrer Nachtschicht. Die Kollegen werden vermutlich friedlich zu Hause schlummern.«

Wütend stampfte Hansen mit einem Fuß auf den Boden. »Dann bestellen Sie den Schlafmützen einen schönen Gruß von mir. Haben Sie wenigstens die Überstellungspapiere für Herrn Stuhr fertiggestellt?«

Artig überreichte ihm der Amtskollege das ausgefüllte Formular und händigte ebenfalls Stuhrs Smartphone und Brieftasche aus. Hansen schnappte sich kurzerhand den verdatterten Stuhr, was den Polizisten stutzig machte.

»Keine Handschellen?«

Hansen drehte sich nicht einmal um, ihn trieben momentan vermutlich andere Sorgen. »Die benötige ich nicht, ich führe schließlich eine Dienstwaffe.«

Dann wurde Stuhr schon zur Verwunderung des Schönberger Polizisten vom Kieler Kommissar zu Hansens Dienstwagen bugsiert. Schweigend startete Hansen den Motor und verabschiedete sich mit einem Kavalierstart von der Schönberger Polizeistation. Hansen wirkte angespannt, aber vermutlich nur wegen der Einmachgläser. Dann meldete sich seine Freisprechanlage.

»Moin, Konrad. Du warst den ganzen Vormittag nicht zu erreichen. Hast du inzwischen meinen Bericht gelesen?«

Es war Fingerloos von der Spurensicherung, der Hansen anrief. »Nein, ich hatte wie immer viel zu tun. Das mache ich nachher. Rom ist schließlich auch nicht an einem Tag erbaut worden. Ist das der einzige Grund, warum du mich bei meinen Ermittlungen störst?«

Fingerloos ließ sich die Butter nicht vom Brot nehmen. »Ruhig, Brauner. Mir liegt hier eine Mail vom KTI vor über eine toxikologische Untersuchung von Marmeladegläsern. Der Name des Besitzers: Helge Stuhr. Das ist doch dein privates Helferlein, welches du immer wieder gerne einmal neben der Spur für deine Zwecke einspannst. Der vom Nordfriedhof mit dem geklauten Fahrrad, richtig?«

Während Stuhr über diese Einlassung den Kieler Kommissar fragend musterte, hielt der seinen Zeigefinger vor die Lippen.

»Ja, und? Du hast auch deine Kontakte.«

Warum Hansen jetzt laut ein Stöhnen nachäffte, entzog sich der Kenntnis von Stuhr. Fingerloos ging auf das Stöhnen nicht ein, sondern blieb sachlich.

»Der Stuhr ist jetzt aber in Schönberg auf der Polizeistation eingebuchtet. Den solltest du schnellstens rausboxen, denn die Untersuchung hat ergeben, dass es sich um ein hervorragendes regionales Produkt handelt. Versehen mit dem Gütesiegel der Erzeugermarke *Feinheimisch*, allerbeste Qualität. Toxikologisch völlig unbedenklich, eher gesund bis auf den unvermeidlichen Zuckeranteil.«

»Das mit dem Stuhr und der Schönberger Polizeistation habe ich gerade geräuschlos geregelt. Er sitzt bereits neben mir in meinem Dienstfahrzeug. Sag mal, weißt du, wo die Marmeladengläser gelandet sind?«

Fingerloos zeigte sich entsetzt. »Herr Stuhr hört alles mit?«

Hansen legte nach. »Helge Stuhr und ich haben keine Geheimnisse voreinander. Dein Stöhnen gestern am Telefon klang im Nachhinein dagegen sehr nach einer Sonderbehandlung einer nicht ganz unbedeutenden Kieler Verlegerin. Im Gegensatz zu dir möchte ich keine Namen am Telefon nennen. Soll ich das etwa Magnussen stecken?«

Stuhr staunte, denn damit konnte nur Petra Bester gemeint sein. Fingerloos gab klein bei.

»Nein. Wir sind doch Kumpel, Konrad.«

Nun ging Hansen in die Vollen. »Okay, Pferdi. Dann besorge mir die Einmachgläser, und die Sache ist vergessen.«

»Keine Chance, Konrad. Die soll sich irgendeine Mitarbeiterin aus dem Kriminaltechnischen Institut unter den Nagel gerissen haben. Einmachgläser sind spät im Sommer schwer zu bekommen, weil die bis zum Mai des nächsten Jahres niemand mehr benötigt.«

Während Hansen das Gespräch grußlos beendete und wütend mit der Faust aufs Lenkrad schlug, atmete Stuhr tief die Luft der gerade wiedererlangten Freiheit ein.

»Sag mal, Hansen. Kannst du bitte anhalten?«

Verständnislos musterte ihn kurz der Kommissar. »Warum denn?«

»Ich bin unschuldig, das steht offenbar fest. Ich möchte mir ein Taxi rufen und einfach schnell zu mir nach Hause.«

»Nix da. Du zeigst mir auf der Stelle den Weg zum Erdbeerhof. Ich brauche unbedingt Einmachgläser für Else. Danach kannst du meinetwegen anstellen, was du willst.«

Stuhr wies auf das Armaturenbrett. »Hast du denn kein Navi?«

»Ja, klar. Aber ich lasse mich nicht von einer Frauenstimme dirigieren. Im Übrigen weiß ich nicht, wie das Ding funktioniert.«

Nun gut. Bald würden sie den Erdbeerhof erreichen. Stuhr verdrehte die Augen. Irgendwie war Hansen auf dem Stand geblieben, als die Wählscheiben von den Tastentelefonen abgelöst wurden. Also technologisch gesehen irgendwann zwischen der ersten und zweiten Eiszeit.

»Hier rechts, Hansen.«

Der Kommissar preschte mit hoher Geschwindigkeit auf den verwaisten Parkplatz, wo er beim harten Bremsen sogar Schotter und Kieselsteine zum Fliegen brachte. Entschlossen sprang er heraus und stürmte in den Verkaufsraum. Stuhr genoss die Stille, bis neben Hansens Dienstwagen ein zweites Fahrzeug auf dem Schotter knirschend zum Stehen kam. Es war ein weißes Mercedes-Cabrio, gelenkt von einer blonden Frau mit Pferdeschwanz. Simone!

Unrasiert und fern der Heimat tauchte Stuhr in Windeseile ab. Es dauerte allerdings einige Zeit, bis Hansen mit leeren Händen wieder in den Wagen stieg und ihn misstrauisch im Fond beäugte.

»Was suchst du denn da unten?«

»Meine Sonnenbrille. Die ist mir bei deiner Vollbremsung entglitten. Warst du denn wenigstens erfolgreich?«

»Erfolgreich, wie soll das gehen? Die Halsabschneiderin am Verkaufstresen wollte fünf Euro von mir pro Einmachglas gefüllt mit Marmelade. 25 Euronen für 5 Weckgläser. Ich bin doch nicht verrückt, so viel zu bezahlen. Das sollte schon Else aus ihrer großzügig bemessenen Haushaltskasse bestreiten.«

Stuhr sah ihn entgeistert an, zumal er gestern 50 Euro für Hansen anstandslos auf den Verkaufstresen gelegt hatte.

»Haushaltskasse? Du teilst deiner Else Geld zu?«

Entspannt lehnte sich der Kieler Kommissar zurück. »Ja, da kannst du einmal sehen, wie gut es die Else bei mir hat. Jeden Ersten des Monats bekommt sie von mir 500 Euro in bar zugeteilt, die lebt wie die Made im Speck. Leider fehlt es ihr manchmal ein wenig an Dankbarkeit.«

Stuhr machte vielleicht auch den einen oder anderen Fehler in seinem Leben, aber vermutlich hatte Jenny recht und er sollte sich etwas mehr von dem Kieler Kommissar fernhalten. Entschlossen rappelte er sich auf und öffnete die Beifahrertür, um sich vom Kieler Kommissar zu verabschieden.

»Ich habe hier noch etwas zu erledigen. Wir sehen uns.«

So sehr dem Dienstfahrzeug das Hochschlagen des Schotters und der Kieselsteine bei Hansens Vollbremsung vermutlich wehgetan hatte, umso mehr musste die Limousine das heftige Zuschlagen der Beifahrertür von Stuhr schmerzen. Aber geleaste Dienstfahrzeuge müssen in der Regel einiges aushalten. Stuhr steuerte entschlossen den Verkaufsraum an, ohne sich nach dem wegrasenden Hansen umzudrehen. Dort wies die immer strahlende Verkäuferin mit dem Zeigefinger auf die Terrasse. Stuhr hob zur Bestellung des Champagners lächelnd zwei Finger und steuerte den Außenbereich des Erdbeerhofs an, wo er zunächst unauffällig an der Hauswand verharrte, bis die Verkäuferin mit den beiden Kristallgläsern und einer Champagnerflasche heranrauschte. Kurz lächelte sie ihm zu und stellte anschließend die Gläser bei der erstaunten Simone ab. Dann entkorkte die freundliche Bedienung den Champagner und schenkte ein, woraufhin sich ein kurzes Palaver zwischen den beiden entwickelte, das mit einer Handbewegung der freundlichen Verkäuferin auf Stuhr endete. Es war an der Zeit, sich an Simones Tisch zu wagen.

»Darf ich mich zu Ihnen setzen, werte Dame?«

Lächelnd lud sie ihn mit einer huldvollen Handbewegung ein, Platz zu nehmen. »Hatten wir das nicht schon einmal, Helge?«

»Ja, aber da hast du mich gefragt, Moni.«

Die erleichterte Bedienung zwinkerte Stuhr zu, obwohl es ihr vermutlich auch um den Umsatz ging. Erleichtert ließ sich Stuhr nieder.

»Ich habe einige Fragen an dich, Simone. Aber zunächst: à votre santé, Madame!

Sie erhob ebenfalls das Glas und schaute ihm dabei tief in die Augen. »Ich habe auch einige Fragen an dich, Helge. Aber nicht nur das. Cheers.«

Zunächst genossen beide die Stille, die ländliche Umgebung und die friedliche Zweisamkeit. Ihre Hände berührten sich jedoch nicht mehr. Irgendetwas stand zwischen ihnen. Sie brach den Bann.

»Hast du eine wilde Nacht in einem fremden Bett verbracht? Ganz taufrisch wirkst du nicht, wenn ich das vorsichtig formulieren darf.«

Genüsslich nippte Stuhr am kühlen Champagner. »Ja, das war eine wirklich wilde Nacht. Das erlebt man in unserem Alter nicht alle Tage.«

Interessiert musterte sie ihn. »Soso. Der Herr geht also fremd. Darf man nach dem werten Namen fragen?«

Verschmitzt lächelte er sie an. »Ja, klar. Es war die Königssuite der Schönberger Polizeistation. Im Volksmund heißt so etwas Arrestzelle, glaube ich.«

Als Simone sich nun verschluckte, konnte sich Stuhr ein Lächeln nicht verkneifen. Das wollte er auch nicht.

GUTE BUTTER

Paula fühlte sich endlich wieder gegen jegliche Unbill gewappnet, als sie sich am frühen Nachmittag mit Kopftuch verkleidet und Besen bewaffnet auf den Weg ins Unterdorf machte. Der Postbüttel Franz ließ sich zwar nicht aus ihrem Bett vertreiben, aber immerhin hatte er ihr den entscheidenden Tipp auf der Suche nach Dennis Ohlsen gegeben. Auf einem im Hafen liegenden Segelboot sollte er sein Quartier bezogen haben. Das lag irgendwie auch nahe bei den Gerüchten im Ort von seiner Nähe zu dubiosen Schiffsmaklern.

Natürlich wurde sie auf der Laboeer Strandpromenade wie ein Fossil bestaunt, während sie sich fleißig fegend den Weg durch die Urlaubermassen bahnte. Am Hafen galt es nur noch, den richtigen Steg ausfindig zu machen. Den fand sie erst nach längerem Fegen. Jetzt musste sie nur noch die *Denise* ausfindig machen, die sich als stolze Segeljacht mit blauem Rumpf entpuppte und friedlich am Steg dümpelte. Mindestens zwölf Meter lang, zwei Masten. Das Boot mit der Verweiblichung seines Vornamens zu taufen, darauf musste man auch erst einmal kommen. Zu sehen war allerdings niemand, und so versuchte sie, an Bord zu gelangen. Beim Überstieg musste sie allerdings den Besen zurücklassen, ihre stärkste Waffe. Aber sie ging nicht davon aus, dass der Bengel ihr Gewalt antun würde. Schließlich kannte sie ihn von Kindesbeinen an.

Da sich immer noch nichts auf dem Boot regte, klopfte sie an die Holzjalousie, welche den Niedergang in die Kajüte versperrte. Im Bootsrumpf begann es zu rumpeln, und wenig später wurde die Jalousie heruntergezogen. Dann lächelte Dennis sie schon mit zerzaustem Haarschopf und Unschuldsmiene an.

»Tante Paula, was treibt dich denn zu so früher Stunde zu mir?«

Statt einer Antwort wies Paula auf die hochstehende Sonne über ihnen. »Klock zwei, Dennis.«

Ihm war anzusehen, dass er ein schlechtes Gewissen bekam. »Ja, es war spät geworden gestern. Das kommt zum Glück nicht jeden Tag vor.«

Paula hielt dagegen. »In letzter Zeit anscheinend aber öfter, Junge.«

Erstaunt musterte er sie. »Wie kommst du denn darauf, Tante Paula?«

Sie startete einen ersten Versuchsballon. »Na ja, in der Sturmnacht auf dem Pfahlbau muss es auch hoch hergegangen sein.«

Das Gesicht von Dennis wurde aschfahl. »Die Sache mit dem Mord, die in der Zeitung stand? Woher willst ausgerechnet du denn wissen, dass ich dort war?«

Paula spielte mit offenen Karten. »Von der Kripo Kiel. Die suchen nach dir, weil du abgehauen bist.«

Dennis hob die Finger zum Schwur. »Ich habe nichts Verbotenes getan, Tante Paula. Das kann ich auch vor der Justiz beeiden.«

»Aber warum bist du dann abgehauen?«

Dennis rang nach Worten. »Also, ich war es nicht und habe auch nichts gesehen. Es war stockfinster auf dem Pfahlbau. Seit Jahren lebe ich auf diesem Boot und bin nicht mit festem Wohnsitz gemeldet. Die hätten mich sofort eingebuchtet.«

Das verstand Paula nicht. »Warum lebst du überhaupt auf einem Boot, Dennis? Du verdienst anscheinend genug Geld, wie man hört.«

»Das ist eine lange Geschichte. Ich brauche Reduktion und Rückbesinnung auf die normalen Bedürfnisse des Lebens. Seeluft atmen, veganes Essen, ab und zu ein Gläschen Wein. Weniger ist mehr. In meiner Familie dachte man immer anders, das weißt du doch.«

Paula ließ nicht locker. »Ja, und?«

»Das Gewerbe, in dem ich tätig bin, hat durchgängig andere Lebensziele als ich. Diese mit Geld protzenden Maklerfürsten, egal aus welcher Branche sie kommen, liegen mir allesamt nicht.«

Verwundert musterte ihn Paula. »Aber warum? Ein Kind von Traurigkeit bist du anscheinend nicht, wenn man der Kieler Kripo Glauben schenken darf.«

»Ich war immer schon ein Kind von Traurigkeit, Tante Paula. Nicht erst nach dem tödlichen Unglück von Mutter und Vater. Das weißt du noch von früher, wo ich mit bunten Bauklötzen bei dir auf dem blanken Fußboden in deiner Stube Eisenbahn gespielt habe. Andere aus meiner Familie konnten sich damals schon teure Modellbauanlagen leisten, haben mich aber nicht in ihre Zimmer hineingelassen. Wobei das mit den Bauklötzen bei dir in der Wohnstube immer schöner für mich war.«

Vor Rührung liefen Paula Tränen über die Wangen. »Du hättest dich am Tatort vermutlich besser den Polizeikräften offenbaren sollen, denke ich.«

Das überzeugte Dennis nicht. »Es gab keine Polizeikräfte vor Ort. Und wer weiß, ob ich später jemals aus der Nummer herausgekommen wäre.«

Nachdenklich musterte ihn seine Nenntante. »Du bist aber nicht aus der Nummer herausgekommen, Dennis. Du steckst jetzt mittendrin.«

Diese neue Erkenntnis trug bei Dennis nicht dazu bei, seine Stimmung zu verbessern. Er wirkte verzweifelt. »Tante Paula, was soll ich nun machen?«

Das wusste sie auch nicht. Aber sie war immerhin fast eine Mitarbeiterin von Kommissar Hansen. Vielleicht könnte es ihr gelingen, Dennis reinzuwaschen, denn an seiner Mitschuld an dem Mord auf dem Pfahlbau in St. Peter-Ording vermochte sie nicht mehr zu glauben. Pragmatismus war angesagt.

»Am besten machst du dich jetzt erst einmal landfein, Dennis. Dann gehen wir zu mir und rufen die Kieler Kripo an.«

Dennis blickte irritiert. »Die Kripo anrufen? Verflixt nochmal, wie soll das gehen?

Paula klaubte aus ihrer Schürze eine ihrer Visitenkarten. »Hier, schau mal!«

Verwundert las er die Beschriftung vor. »Probsteidetektei?«

Mit energischer Miene nickte Paula. »Ja, lies nur weiter, Junge.«

»Weltweite Ermittlungen. Bei Diebstahl oder Mord, wir helfen stets vor Ort! Termine nur nach Vereinbarung.«

»Richtig, Dennis. Aber du musst natürlich keinen Termin mit mir vereinbaren. Ich bin schon da, um dir zu helfen.«

»Du kannst mir helfen, Tante Paula?«

»Du, ich pflege neuerdings engste Kontakte zur Kieler Kripo. Ich bin sozusagen deren verlängerter Arm in der Probstei.«

Nun kam Dennis aus dem Staunen nicht mehr heraus und gab klein bei. »Na, gut. Wunder sollen ja geschehen. Ich mache mich nur kurz frisch.«

Keine zehn Minuten später kam Dennis geschniegelt und gebügelt aus der Kabine gekrochen und half ihr, zum Steg zurückzuklettern. Dort regte er sich über ihr Arbeitsgerät auf.

»Das ist einfach nicht zu glauben. Da fegen die Segelkameraden einmal im Jahr den Steg und dann lassen sie den Besen einfach liegen.«

Behutsam hob Paula ihr Arbeitsgerät und nahm ihn in den Arm. »Dieser Besen ist Schutz für meine Ermittlungen. Hilft ungemein beim Täuschen, Tricksen und Tarnen. Das wirst du schon noch sehen.«

Schweigend trottete Dennis hinter ihr her zum Dorfanger im Oberdorf. Natürlich kannte er den Weg dorthin, während Paula andere Sorgen trieben. Hoffentlich war Franz, der Postbüttel, endlich aus ihrem Bett gekrochen. Das wäre ihr schon peinlich gegenüber Dennis, wenngleich den jungen Mann momentan vermutlich andere Sorgen plagten. Und den Kuchen für Kommissar Hansen würde sie auch noch backen müssen. Mehl hatte sie ausreichend, aber auch noch genug gute Butter?

MORD MIT AUSSICHT

Klar, in den Augen vieler Mitmenschen bin ich vermutlich ein geldgieriges, fieses Schwein. Dabei habe ich nur von den Mechanismen des Kapitalismus profitiert und von Anfang bis zum Ende alles perfekt durchplant: Bekannte und Verwandte tatverdächtig gemacht, um mich zu entlasten. Echte Freunde habe ich nicht und eigentlich droht mir nur eine Gefahr: Wenn irgendjemand dahinter kommt, dass alle Verdächtigen mit mir bekannt waren. Höchstens dann könnte es mir an den Kragen gehen. Aber die Ermittler im verschlafenen Kiel haben vermutlich allesamt eigene Probleme oder sind überfordert.

Ja, dieser Gernot Wille, der war zwar ein Immobilienhai, aber keine große Nummer im Gewerbe.

Eigentlich ungefährlich, bis er anfing, bei der Sanierung vom Kieler Seefischmarkt im Trüben zu fischen. In Gewässern, die er nicht durchschauen konnte, obwohl er mit seinem Kiteboard bei entsprechendem Wind auf der Wasseroberfläche durchaus bisweilen brillieren konnte. Gut auch, dass ich nach der Ablage von Wille an der Fischtreppe unterhalb der alten Schwentinebrücke mit dem Betonklotz an seinen Beinen schnell den Verdacht auf den Kieler Seefischmarkt lenken konnte.

Wobei das mit der Herstellung des Betonklotzes harte Arbeit war, denn so ein Zementsack wiegt 50 Kilogramm und Sand und Wasser muss man mit einer Schaufel noch dazu mischen. Nach getaner Arbeit war ich erleichtert, wie einfach es war, den Arsch vor dem Morgengrauen unbemerkt in der Fischtreppe abzulegen.

Wie erhofft fiel der erste Verdacht auf die kleine Immobilienfirma *Fürst & Co* auf dem Kieler Seefischmarkt. Wobei ich gegen den kleinen Handlanger Fürst persönlich nichts hatte, der war mir einfach nur zu schlicht gestrickt. Aber ein erster Tatverdächtiger musste her, zumal sein Kompagnon gerne alles klaute, von Fahrrädern bis hin zu Luxuslimousinen. Ja, und so hatte ich den Jaguar von Wille keine 50 Meter von *Fürst & Co* entfernt mitsamt Zündschlüssel abgestellt. Hatte auch super geklappt, denn *Fürst & Co* waren sofort angesprungen, haben das Teil geklaut, und irgendein dämlicher Kommissar war ihnen schnell auf die Schliche gekommen. Fischtreppe, Seefischmarkt, Immobilienhandel, Autoklau. Erwischt!

Allerdings verwiesen erste posthume Ermittlungen der Kripo in der Wohnung des verblichenen Gernot Wille auf Armin Sell in der Kieler Bismarckallee. Der war eigentlich intelligent, verfügte aber über ausgesprochen schwache Nerven und hatte wegen dieser manchmal undurchsichtigen internationalen Schiffsimmobiliengeschäfte bisweilen leichte Aussetzer, was bei Millionengeschäften durchaus abträglich sein kann.

Was lag also näher für mich, als meinen Halbbruder auf ihn anzusetzen, der mit ihm nicht nur geschäftlich eng verflochten war, um ihn zur Besinnung bringen. Also auf relativ friedliche Art und Weise. Das ging offenbar im gemeinsamen Gespräch zunächst auch gut, bis zwei Beamte der Kieler Kripo unerwartet bei Sell an der Tür klingelten. Natürlich verkroch sich mein Halbbruder sofort in ein Nebenzimmer und lauschte der Konversation, wobei es eigentlich nur um die Geschäftsbeziehungen von Sell mit Gernot Wille ging.

In höchster Seelennot bat Armin Sell um eine Pinkelpause und flüchtete zu meinem Halbbruder ins Nebenzimmer, um Rat einzuholen. Unerwartet klappte dann die Haustür, einer der beiden Kripoleute musste die Villa verlassen haben.

Dem Rainhard war in diesem Moment klar, was zu tun sein müsste, und reichte dem Sell eine Schreckschusspistole, die täuschend echt aussah. Er riet ihm, den verbleibenden Kommissar zu zwingen, aus dem Panoramafenster zu springen. Tapfer soll Sell die Waffe entgegengenommen und sie dem Kommissar an den Kopf gehalten haben. Aber er hatte sich nicht getraut, den Kommissar durch die Scheibe zu stoßen, bevor sein Kollege zurückkehrte. Dann wurde dem Sell das Gehirn von dem zurückkehrenden Kollegen des Kommissars an die Panoramascheibe der Villa gepustet. Mord mit Aussicht, aber es gibt schlimmere Tode. Oder zumindest qualvollere.

Rückblickend hatte ich so mehrere Fliegen mit einer Klappe geschlagen. Keine belastendenden Aussagen von Wille und auch nicht von Sell. Von *Fürst & Co* sowieso nicht. Jetzt hatte ich nur noch ein Problem, nämlich den Rainhard. Er war eigentlich der Einzige, der mich verraten konnte. Allerdings war er ein völlig anderes Kaliber als die vielen anderen kleingeistigen Immobilienstümper, zumal uns vielfältige Millionengeschäfte und illegale Finanztransaktionen verbanden. Aber auch so etwas wie Restfamilie, wenn man das so bezeichnen wollte.

Dabei mochte ich Rainhard noch nie, den habe ich schon immer gehasst. Schon früh im gemeinsamen Kinderzimmer hat er mit Klebestreifen die Claims abgesteckt. Natürlich lag er im Etagenbett oben und konnte so beschwingt die Tür zum Flur ohne Grenzverletzungen erreichen. Das konnte mir von der unteren Etage heraus nicht gelingen, und so sollte ich ständig Strafe bezahlen.

Nun, Geld hat man als Kind nur in beschränktem Maße, und so musste ich in der Folge ständig niedere Dienstleistungen für Rainhard leisten. Seinen fetten Goldhamster musste ich in einer Schreibtischschublade vor den Eltern verstecken und ihn später töten, weil Rainhard immer wieder eine neue Leidenschaften entdeckte.

Zum Schluss Liebschaften. Erinnern kann ich mich nicht mehr genau, wann es bei ihm losging. Nur deutlich früher als bei mir, weil ich ständig mit niederen Dienstleistungen für ihn beschäftigt war.

Umso mehr freute es mich, endlich ein erstes Treffen mit einem Mädchen zu haben, welches erstaunlicherweise ausgerechnet Rainhard mir vermittelt hatte. Gut, ich war 15 und gertenschlank, sie etwas größer und ein wenig älter. Ob sie schön war, weiß ich nicht mehr so genau. Ich jedenfalls fand sie schön, und auf einer Parkbank hielt sie mir bei einem von Rainhard arrangierten Treffen irgendwann das Händchen. Aber als der erste Kuss meines Lebens kurz bevorstand, sprang Rainhard hinter uns aus dem Busch und lachte sich halbtot.

»So wird das nie etwas mit dir, du kleine Pissbacke.«

Dann nahm er das Mädchen in den Arm, und sie zogen gemeinsam von dannen. Rainhard wollte immer der Bessere sein und gewinnen, was ja weder beim Sport noch beim Roulette gelingen kann. Bei Frauen schon gar nicht, außer man hilft ein wenig nach. Was Rainhard immer tat. Mit Geld.

Er war ein richtiger Schmier-Fink. Es war an der Zeit, ihn zu bestrafen. Und auch das Strafmaß war gerecht.

Der ursprüngliche Plan für die Ermordung meines Halbbruders lief allerdings völlig aus dem Ruder. Bei seinen Feiern ging es immer hoch her, das wusste ich. Wenn auf dem Rückweg vom Pfahlbau bei ablaufender Flut einer der Feiergäste vom Sog in die Nordsee gezogen wird, dann muss niemand mehr einen Totenschein ausstellen mangels menschlicher Masse. Das wusste ich. Zudem hatte ich kräftig investiert. Sogar die kleine Nutte aus Sachsen hatte ich für teures Geld angeheuert, die sich dann aber an den Falschen geschmissen hatte.

Leider hatte der heftige Sturm zusammen mit der Springtide alle Planungen zunichte gemacht, denn niemand traute sich mehr aus dem Pfahlbau heraus, und es war abzusehen, dass bald Rettungskräfte eintreffen würden. Es galt zu improvisieren, denn Rainhard musste unbedingt weg. Aber im Leben hat eben alles zwei Seiten. Es galt umzuswitchen. Zum Glück hatte ich einen Plan B: die Torte mit den Wunderkerzen. Also Licht aus und Messer an die Kehle, bevor der Küchenchef mit der Torte aus der Küche kam. Ich hatte nur 20 Sekunden, aber ein sauberer Schnitt dauert nur einen Bruchteil davon und ist geräuschlos. Ich wollte ihn nicht leiden sehen, denn bedauernde Aufmerksamkeit der Feiergesellschaft oder gar Trauer hatte das Schwein nicht verdient. Am liebsten hätte ich auch diese Jeannette umgelegt, die jammernd seinen Tod beklagte. Aber dann wäre meine fast perfekte Tarnung aufgeflogen.

So weit ging alles gut. Schade nur, dass *THW* und Feuerwehr in der Folge das Gebäude sicherten und die Spurensicherung der Kripo Kiel später noch ihre Arbeit aufnehmen konnte. Ansonsten wäre es der perfekte Mord gewesen, so wie alle meine anderen Taten auch.

Vielleicht werden Sie sich gerade fragen, warum ich diese Taten begangen habe? Nun, innerhalb von wenigen Wochen konnte ich mich um fast 30 Millionen Euro bereichern. Vorwiegend in Bitcoins. Bei der digitalen Währung, die von den offiziellen Finanzmärkten nicht kontrolliert wird, ist es fast unmöglich, Rückschlüsse auf irgendwelche Schwarzgeschäfte oder dubiose Transaktionen zu ziehen. Aber irgendwie werde ich in letzter Zeit das unangenehme Gefühl nicht los, dass sich die Kreise enger um mich ziehen.

Wer ich bin? Mal sehen, ob das die schläfrige Kieler Kripo herausbekommt. Ich hoffe nicht.

ÜBERRASCHUNG

Den ganzen Tag über hatte Kommissar Hansen notgedrungen Akten gelesen, auch die von der Spurensicherung. Immerhin konnte ein Fingerabdruck von der Elektroanlage gesichert werden, die ansonsten offenbar vom Küchenpersonal mit Handschuhen bedient wurde. Der Abdruck konnte allerdings niemandem zugeordnet werden. Zunächst also Sackgasse. Auch die Vernehmungsprotokolle ergaben wenig Fruchtbares bis auf die Tatsache, dass dieser abgetauchte Dennis Ohlsen kurz vor der Verdunkelung den

Gastraum verlassen hatte. Das Küchenpersonal hatte nichts Auffälliges mitbekommen, und die Feiergesellschaft war damit beschäftigt, sich und diesen Engel abzufeiern.

Gegen Mittag kam ein Anruf von Paula Schafrott aus Laboe, die für ihn einen Überraschungsgast angekündigt hatte. Hansen war gespannt und hatte sich sofort auf den Weg nach Laboe gemacht, auch um der Enge des Büros zu entfliehen. Wie beim letzten Besuch bat sie Hansen freundlich herein und führte ihn zum gedeckten Kaffeetisch, wo ihn jetzt ein mit Zucker bestreuter Kuchen erwartete.

»Wie immer mit guter Butter gebacken.«

Ohne eine Antwort abzuwarten, schnitt sie ein extra dickes Stück aus dem Kuchen heraus und verfrachtete es auf seinen Teller. Die abwehrende Handbewegung ließ sie nicht gelten.

»Bei uns im Oberdorf wird gegessen, was auf den Teller kommt. Keine Widerrede. Sie werden heute noch anstrengende Stunden vor sich haben.«

Der Kieler Kommissar musste schmunzeln. »Das Gleiche haben Sie bei meinem letzten Besuch auch gesagt, Frau Schafrott. Mein Herz sollte ich ausschütten bei Ihnen, weil wir schließlich vereint im Kampf gegen Verbrechen in der Probstei sind. Aber das hatte sich beim letzten Mal als Fehlalarm entpuppt.«

Jetzt strahlte die selbst ernannte Privatdetektivin. »Sie haben ein ausgesprochen gutes Gedächtnis, Kommissar Hansen. So, jetzt wird erst mal gefuttert, sonst fallen Sie noch vom Stängel.«

Hansen gab nach. »Wie befohlen, Frau Schafrott.«

Sie lächelte ihn an. »Paula, wenn Sie mögen.«

Hansen zog eine leicht säuerliche Miene. Schließlich hatte er sich gerade weniger oder mehr in Bruni verliebt, obwohl die vermutlich anders tickte, als er es sich in seinen schönsten Träumen ausgemalt hatte. Der Butterkuchen schmeckte ausgezeichnet, aber nach dem zweiten Bissen kam er ungeduldig zur Sache.

»Sagen Sie, Paula, der Überraschungsgast bekommt keinen Kuchen?«

Die Privatdetektivin setzte zu einem Höhenflug an. »Der verspürt momentan wenig Hunger. Aber Sie haben es wiederholt: vereint im Kampf gegen Verbrechen in der Probstei. Wie Sie meiner Visitenkarte entnehmen können, sogar weltweit.«

»Wie weit geht denn weltweit bei Ihnen, Paula?«

Sie sah ihm tief in die Augen. »Ich habe Ihren Vornamen eben nicht richtig verstanden.«

Hansen druckste herum. »Lassen Sie einfach den Kommissar weg, Paula. Also schlicht Hansen.«

Die Privatdetektivin musterte ihn prüfend, lieferte dann aber brav die Antwort. »Weltweit? Sogar bis St. Peter-Ording!«

Hansen fielen fast die Kuchenstücke aus dem Mund. »Sie haben diesen …«

»Ja, Hansen. Darf ich vorstellen: der gesuchte Zeuge Dennis Ohlsen. Aber ich kann Ihnen gleich sagen, der hat nichts verbrochen. Das habe ich schon für Sie geprüft.«

Sie klopfte kurz an die Küchentür, und ein etwa 40-jähriger braun gebrannter Mann betrat mit gesenktem Haupt Paulas gute Stube. Hansen nahm das zum Anlass, die Kuchengabel wegzulegen.

»Moin, Herr Ohlsen.«

Der Mann nickte beflissen. »Moin!«

Obwohl Hansen überrascht war, bewahrte er Haltung. »Setzen Sie sich bitte. Paula, Sie auch.«

Brav nahmen beide Platz. Der Kieler Kommissar fand es an der Zeit, sich kurz zu erklären. »Nicht, dass Sie sich wundern, Herr Ohlsen, bei manchen Ermittlungen müssen wir bisweilen auf verlässliche Personen wie Frau Schafrott zurückgreifen. Sozusagen als verlängerter Arm der Kieler Kripo in der Probstei.«

Jetzt musterte dieser Ohlsen mit bewunderndem Blick die Privatdetektivin. »Hut ab, Tante Paula.«

Hansen kombinierte scharf. »Sie sind verwandt?«

Paula wehrte ab. »Nein, aber Dennis hat mich von Kindesbeinen an so genannt. Das ist in der Probstei durchaus üblich. Aber sollte Dennis nicht einfach mal erzählen?«

Das bot sich an, und so stimmte Hansen mit einer einladenden Handbewegung zu. Dieser Ohlsen druckste zunächst jedoch nur herum.

»Ich war es nicht. Das müssen Sie mir glauben.«

»Ach, Herr Ohlsen. Der Glaube gehört in die Kirche. Sagen Sie, was hat Sie überhaupt nach St. Peter-Ording geführt?«

»Na ja, Familienmitglieder von mir führen in SPO einen Hotelbetrieb und eine Gaststätte. Nach einem Krankenhausaufenthalt …«

Hansen unterbrach ihn kurz. »Wir wissen, Sie haben dort einen Herrn Stuhr getroffen. Was hat Sie nach St. Peter-Ording getrieben?«

Ohlsen war erstaunt. »Was Sie so alles wissen. Jedenfalls brauchte ich dringend Erholung, nachdem mir in Kiel zwei Stents gesetzt wurden. Na ja, und dort bin ich in die Feier von dem Rainhard eingeladen worden. Bei dem hieß es immer ›Die Tassen hoch‹.«

»Ja, davon haben wir auch schon gehört. Wie haben Sie denn den Tathergang erlebt?«

Ohlsen zog eine nachdenkliche Miene. »Nun ja, der Rainhard war eine zwiespältige Persönlichkeit. Freunde hatte er nicht, aber er war ein Feierbiest. Der hätte beim Sinken der *Titanic* noch ein Feuerwerk gezündet und wäre dabei irgendeiner Kellnerin an die Wäsche gegangen. Erstaunlich, dass ihn ein schneller Tod ereilt hat.«

Hansen zog erstaunt die Augenbrauen hoch. Ohlsen legte aber nach.

»Ich hätte eher auf sieben verschiedene Messer im Rücken getippt.«

Die Aussage sprach Bände. »Also war er verhasst.«

»Ja. Da machte niemand einen Hehl daraus, natürlich nur hinter seinem Rücken. Ein Gutmensch war er nicht.«

Prüfend sah ihn Hansen an. »Aber Sie.«

Ohlsen wich dem strengen Blick des Kieler Kommissars nicht aus. »Ja, so wie die meisten Menschen.«

»Nun steht im Bericht der örtlichen Polizei, dass Sie kurz vor der Tat aus dem Schankraum geflüchtet sein sollen. Können Sie das bestätigen?«

»Geflüchtet nicht, erst später. Als Überraschung für Rainhard sollte der Küchenchef eine Torte mit Wunderkerzen hereinbringen. Dazu sollte es im Schankraum dunkel sein, so wie beim Kapitänsdinner auf dem Traumschiff im Fernsehen. Das geht auf einem Pfahlbau auf einen Schlag nur mit dem Umlegen der Sicherung für den Schankraum. Ich bin gelernter Elektroniker.«

»Und das haben Sie gemacht?«

»Ja, natürlich. Ich sollte den Strom nach einer Minute wieder einschalten.«

»Es blieb aber danach dunkel auf dem Pfahlbau den Protokollen nach.«

»Das ist richtig. Vorher herrschte schon eine ängstliche

Stimmung, weil der Sturm die Fensterscheiben zum Zittern und die steigende Flut den Pfahlbau zum Ächzen brachte. Ich habe also den Schankraum verdunkelt, aber plötzlich vernahm ich lautes Geschrei. Ich geriet in Panik, weil ich dachte, der Pfahlbau bricht zusammen. Also bin ich schnell zurückgelaufen, in den anderen Räumlichkeiten brannte überall noch Licht. Dann habe ich den toten Rainhard im Schein einer fahlen Lichtquelle gesehen. Da tat er mir zum ersten Mal in meinem Leben leid. Wir hatten kein sonderlich gutes Verhältnis miteinander.«

»Und dann haben Sie die Flucht ergriffen, denn in Panik waren Sie bereits. Richtig?«

Ohlsen nickte stumm. Der Fingerabdruck fiel Hansen ein, den Fingerloos sichern konnte. »Trugen Sie eigentlich Handschuhe, Herr Ohlsen?«

»Nein, warum sollte ich? Es ist Sommer.«

Das war interessant, denn wenn der gesicherte Fingerabdruck mit dem von Ohlsen übereinstimmte, dann konnte er nicht der Täter sein.

»Gibt es irgendeine plausible Begründung, warum Sie geflüchtet sind?«

Paula mischte sich nun in das Gespräch ein. »Der Dennis lebt auf einer Segeljacht im Hafen und ist polizeilich nicht gemeldet. Der wäre doch sofort eingebuchtet worden. Ich kenne Dennis seit fast 40 Jahren und ich verbürge mich für ihn, Hansen.«

»Verstanden, Paula. Aber ich muss Herrn Ohlsen zunächst mit nach Kiel nehmen, damit wir seine Fingerabdrücke mit unserem Fund vergleichen können. Wenn die erkennungsdienstlich übereinstimmen, dann kann er nicht der Mörder gewesen sein.«

Das Gehirn des Kieler Kommissars kombinierte endlich wieder einmal auf Hochtouren, um möglichst alles aus diesem Ohlsen herauszupressen, der insgesamt allerdings einen recht ordentlichen Eindruck machte.

»Sagen Sie, Herr Ohlsen, kannten Sie diesen Rainhard Engel eigentlich schon länger?«

Dennis Ohlsen sah ihn mit großen Augen an. »Wie meinen Sie das? Rainhard war mein Halbbruder, auch wenn er mich nicht sonderlich mochte.«

Wieder einmal fielen dem Kieler Kommissar die Kuchenstücke aus dem Mund, weswegen Paula schon das nächste Stück für ihn abschnitt.

NONNENKLOSTER

Der gestrige Nachmittag auf dem Erdbeerhof mit Simone war schön gewesen. Dennoch hatte er abends das Taxi nach Kiel vorgezogen. Die Dame war faszinierend, aber irgendwie auch undurchsichtig. Stuhr räkelte sich noch genüsslich in seinem Bett, als das Telefon schrillte. Es war Jenny, die anrief. Als wenn sie ahnen würde, dass irgendetwas mit einer anderen Frau bei ihm im Busch war.

»Gut geschlafen, Helge? Hast du die kleine Nutte momentan im Behuf oder kannst du sprechen?«

Stuhr konnte aber auch anders. »Bist du etwa gerade auf der Beerdigung von deinem Engel?«

Immerhin lachte sie. »Nein, mit der Hamburger Clique bin ich durch. Ich suche hier gerade ein Nonnenkloster in der Nähe.«

Jetzt musste Stuhr unfreiwillig lachen. Ja, das war die Jenny, die er liebte. Eigentlich unverständlich, dass man sich ständig Beinhaken stellte, wenn man sich liebte. Aber man nennt es wohl Leben. Jenny legte etwas freundlicher nach.

»Wir sind beide keine 17 mehr, Helge. Wollen wir uns nicht wie vernünftige Erwachsene wieder vertragen?«

Stuhr zeigte sich durchaus interessiert. »Warum nicht? An welchem Ort, an welchem Tag, zu welcher Zeit?«

»Du, ich habe gerade von dem Hotel in St. Peter-Ording, wo wir untergekommen waren, einen Gutschein gesendet bekommen. Da könnten wir unser verdorbenes Wochenende nachholen. Aber natürlich nur ohne deine kleine Nutte.«

Stuhr schoss es heiß über den Rücken. Um Himmels willen, wenn Jenny das mit der Hausdame herausbekommen würde, dann wäre ein für alle Mal alles aus. Eine Notlüge musste her.

»Du, Jenny, der Pfahlbau ist ramponiert, der Strand in Böhl gibt nicht mehr so viel her, und das Hotel liegt an einer Landstraße. Da kann ich mir wahrlich schönere Orte mit dir vorstellen.«

Jenny bemerkte natürlich, dass er auswich. »Hamburg, Reeperbahn? Offenbar suchst du zunehmend professionelle Hilfe?«

Ein Wendung ins Lustige musste her. »Natürlich nicht. Lass uns einfach einmal gemeinsam die Hamburger Nonnenkloster besichtigen. Messwein wird es dort vermutlich auch geben. Weniger ist manchmal mehr, Jenny.«

Ihre Stimme bekam eine seltsame Klangfarbe. »In ganz Hamburg gibt es nur ein einziges verwaistes Nonnenkloster.«

Stuhr zeigte sich durchaus interessiert. »Ja, wo denn?«

»Meine Wohnung, Helge.«

Puh, das war wieder einmal eine Ansage von ganz oben. Er musste unbedingt den Spieß umdrehen. »Jenny, an dem Abend in St. Peter-Ording ist doch nichts Schlimmes passiert, was uns beide betrifft. Rainhard war nun auch nicht gerade eine Lichtgestalt und dass die kleine schutzbedürftige Mandy eine Nutte ist, das habe ich erst später erfahren.«

Jenny konnte aber auch anders. »Ich wusste das von vornherein. Das macht eben den feinen Unterschied zwischen uns aus.«

Stuhr wurde stutzig. »Wieso wusstest du das vorher?«

»Weil der Wirt vom Pfahlbau die kleine Nutte für Rainhard angeheuert hat. Was er immer gemacht hat wie auch vieles anderes, damit es Rainhard wohl erging.«

»Warum?«

»Na, der Rainhard hat seinen Pfahlbau durchfinanziert, obwohl ihm der Betrieb eigentlich am Arsch vorbei ging.«

Fäkalsprache kannte Stuhr eigentlich nicht von Jenny. Irgendetwas musste da sein. Sie ließ sich zunächst nichts aus der Nase locken, aber dumme Fragen sind immer erlaubt.

»Du weißt mehr darüber?«

»Ich weiß alles, Helge. Der Rainhard brauchte den Pfahlbau zur Geldwäsche. Was meinst du denn, warum ich mit dir zusammen sein möchte und nicht mehr mit dieser Hamburger Mischpoke. Aber du scheinst zwischen den Mahlzeiten ja gerne einmal das Besteck zu wechseln.«

Jetzt zog Stuhr den Degen. »Dein Besteck liegt jetzt vermutlich zwei Meter unter der Erde.«

Als Jenny zu heulen anfing, biss sich Stuhr auf die Lippen. Er hatte in der Wahl seiner Worte vermutlich wieder einmal danebengegriffen. Deeskalation war angesagt, und Stuhr war jetzt zum Äußersten bereit, um die Beziehung mit Jenny zu retten.

»Nun beruhige dich, Jenny. Dann lass uns den Hotelgutschein wahrnehmen, und wir sprechen uns am Wochenende in SPO einmal so richtig aus.«

Sie beruhigte sich ein wenig. »Und was ist mit meinem Nonnenkloster?«

Ja, sie konnte auch fordernd sein. »Das Nonnenkloster schließen wir nach unserem gemeinsamen Wochenende. Wir müssen anscheinend wirklich einmal über unsere gemeinsame Zukunft reden. Ich liebe dich, Jenny.«

»Ich liebe dich auch, Helge. Aber irgendwie musst du dich ändern. Diesen ganzen Mist für Hansen und die Kieler Kripo, das musst du sein lassen. Oder möchtest du lieber mit dem Kommissar in die Koje kriechen?«

Diese Frage stellte sich ihm nicht, aber Jenny hatte es wieder einmal mit Geschick verstanden, ihn zu Sachen zu zwingen, die ihn in Teufels Küche bringen konnten.

»Gut Jenny, dann treffen wir uns am Freitag in St. Peter-Ording vor dem Hotel um 16 Uhr. Alles gut nun?«

Das Schluchzen am anderen Ende der Leitung hörte endlich auf. »Gut. Nur wehe, du kommst nicht. Dann erwecke ich den Rainhard Engel aus dem Grab, um dich kalt zu machen.«

Ihre gurrende Stimme klang aber liebevoll, und so stimmte Stuhr zu.

Als das Gespräch mit einem Küsschen beendet war, quälten ihn andere Ängste. Wie würde die Hausdame reagieren, wenn er dort mit Jenny Arm in Arm hereinmarschieren würde? Was würde passieren, wenn Mandy noch nicht abgereist war? Aber vermutlich war es die letzte Chance, mit Jenny zusammenzubleiben und eine gemeinsame Zukunft zu schmieden. Er liebte sie schließlich.

Die anderen allerdings auch.

VARIANTEN

Seit Tagen war Else unruhig und hielt am Fenster Ausschau nach dem Paketboten. Warum wurde ihr Paket mit der fleischfarbenen Reizwäsche nicht geliefert? Es sollte doch schon Montag da sein. Die 250 Euro hatte sie seit Jahren vom ihr zugeteilten Haushaltsgeld abgespart. Der Preis erschien Else Hansen nicht unangemessen für ihr großes Vorhaben. Schließlich hatte sie Konrad ständig bedient mit Essen und Trinken, und als Leibeigene fühlte sie sich auch nicht, obwohl schon seit Jahrzehnten nichts mehr so richtig lief.

Aber erst am Mittwoch gegen 16 Uhr klingelte es endlich an ihrer Haustür. Das ersehnte Paket war offensichtlich angekommen, allerdings überreicht durch Elisabeth, ihre Nachbarin.

»Das hat der Paketbote bei uns abgelegt, weil ihr vorher anscheinend noch nie etwas online bestellt habt. Die klingeln einfach immer da, wo viel bestellt und aufgemacht wird.«

Else nickte. »Aber wieso ist es geöffnet?«

»Du, ganz aus Versehen. Wir dachten, das Paket wäre für uns.«

Else war das peinlich, verlegen wirkte Elisabeth aber nicht.

»Sag mal, Else, für wen ist denn das fleischfarbene Korsett mit den Strapsen? Hoffentlich nicht für dich, denn bei deinem Konrad ist Hopfen und Malz verloren.«

Lügen hatte Else im Laufe ihres Lebens gelernt. »Nein, das ist für eine Theateraufführung meiner Großnichte. Oder denkst du ernsthaft, ich würde mich in eine solche Montur hineinzwängen?«

Der skeptische Blick ihrer Nachbarin blieb Else nicht verborgen. »Hat die in ihren jungen Jahren so einen großen Busen wie du? Oder handelt es sich um einen letzten Versuch mit deinem Konrad? Ich kann dich nur warnen.«

»Warnen? Wovor?«

»Ach, Else, ich habe das mit meinem Mann schon versucht. Sogar mit Dessous in Rot und einmal auch in Weiß. Hat alles nichts geholfen.«

Else wurde neugierig. »Was hat bei euch denn geholfen?«

»Unter uns: nichts. Lediglich vorgewärmtes Bier und Puschen vor dem Fernseher. Als Gegenleistung hat er mir in der Küche ein Digitalradio eingebaut, und da verlebe ich nun meine glücklichsten Stunden beim Kochen mit den jungen dynamischen Radioleuten. Mein alter Sack geht mir am Arsch vorbei. Dir deiner nicht?«

Else wusste nicht so recht und nahm das geöffnete Paket an sich. »Elisabeth, bei Konrad und mir geht noch so einiges, warte mal ab. Ansonsten gibt es noch Millionen andere Männer auf der Welt, die mich beglücken können.«

Elisabeth blickte skeptisch. »Könnten.«

»Warum nicht?«

Ihre Nachbarin machte aus ihrem Herzen keine Mördergrube. »Nun ja, ich habe inzwischen jegliche Hoffnung aufgegeben. Männer kann man nun mal nicht ändern. Man kann ihnen höchstens auf die Finger klopfen oder aus dem Weg gehen.«

Das sah Else anders. Ja, sie wollte die fleischfarbene Reizwäsche unbedingt anprobieren und sich Konrad einmal völlig anders präsentieren. So verabschiedete sie sich von ihrer Nachbarin und schloss die Tür.

Vermutlich hielt Konrad noch Dämmerschlaf im Büro, damit er später am Fernseher nichts verpasste. Das war ihr egal, denn so hatte sie jetzt wenigstens genügend Zeit, in aller Ruhe zu duschen und sich einzucremen, bevor sie sich in die fleischfarbene Reizwäsche zwängte. In ihrem Kleiderschrank fand sie noch eine lilafarbene Federboa, welche die kleinen Fältchen am Hals verdeckte. Ein wenig Parfum zur Krönung konnte auch nicht schaden, aber der Flakon war leer, den Konrad ihr zur Silberhochzeit geschenkt hatte. So goss sie kurzerhand etwas Rasierwasser von ihm in die Hand und verteilte es großzügig auf ihrem Dekolleté. Zufrieden betrachtete sie sich im Spiegel, weil sie wie ein leicht gealterter mondäner Filmstar aus den 1950ern aussah. Mit Freuden vernahm sie das Klappen der Haustür. Schnell huschte sie ins Wohnzimmer und räkelte sich lasziv in Konrads Lehnsessel, während ihr Mann sie vom Flur her wie üblich lauthals begrüßte.

»Moin. Bier und Puschen bereitgestellt, Else?«

Sie antwortete nicht brav wie sonst. So dauerte es nicht lange, bis Konrad das Wohnzimmer betrat und seinen Unmut kundtat.

»Else, wo steckst du? Mein Gott, das riecht hier ja wie im siamesischen Männerpuff.«

Die derbe Ansprache verstand Else nicht recht, weil es endlich der ersehnte magische Moment war, von dem sich von nun an alles zum Besseren wenden sollte. So erhob sich Else aus dem Lehnsessel und schritt mit frivolem Blick auf Konrad zu, der sie verblüfft anstarrte.

»Was soll das denn? Karneval ist erst in einem halben Jahr.«

Nun gut, Konrad ließ wie immer nicht gerade seine romantische Ader aufblitzen. Aber Else ließ sich nicht beirren und umschlang ihn.

»Ich bin von Kopf bis Fuß auf Liebe eingestellt. Du auch, Konrad?«

Ihr Mann wand sich kraftvoll aus der Umarmung und trat schreiend die Flucht an. »Neiiiiiin.«

Dann schlug schon die Haustür heftig ins Schloss.

Ratlos ließ sich Else in den Lehnsessel fallen. Wenn sie Konrad mit dieser aufreizenden Montur nicht um den Finger wickeln konnte, was würde ansonsten helfen? Etwa die Variante 2? Else fing an zu frösteln. Sie schnappte sich wütend seine ausgelatschten stinkigen Puschen und eilte in die Küche, um sie im Mülleimer zu entsorgen. Dann stellte sie seine Bierdosen ins Tiefkühlfach. Der Konrad würde sich noch wundern, denn so ging es nun nicht mehr weiter.

Schließlich wollte sie nicht wie Elisabeth enden.

SCHNECKEN, IGEL UND GLÜCKSPILZE

Zum ersten Mal in seinem Leben hatte Kommissar Hansen für eine Dame einen Tisch reservieren lassen in einem der nobelsten Hotels an der Kieler Förde im Niemannsweg. Vermutlich würde es für ihn heute richtig teuer werden im *Fine-Dining Restaurant Ahlmanns* vom *Kieler Kaufmann*. »Historischer Rahmen, moderne Küche. Ein harmonisch köstliches Spannungsfeld«, so stand es im Prospekt, den er sich auf dem Rückweg von Laboe besorgt hatte. Aber auch, dass dort ein Sterne-Koch aufkochte.

Nun wurde er in den Speiseraum geführt, der nicht sonderlich groß war, vielleicht 25 Plätze, sehr geschmackvoll eingerichtet. Von der Decke hing ein stilisierter Kristallleuchter, an einer Wand zwei Ölgemälde mit Porträts der Ahlmanns, einer alteingesessenen Kieler Bankiersfamilie, und zwischen Terrassentür und großem Fenster stand ein antiker Bücherschrank, in dem unterschiedliche blankpolierte Gläser aufgereiht waren. Hansen wurde zu einem

Zweiertisch geführt, der stilvoll eingedeckt war. Wenig später wurde ihm von einer freundlichen Servierkraft die Menükarte vorgelegt. Nachdem er vorsichtig den vorderen Teil des opulenten Angebots beäugt hatte, überkam ihn das Gefühl, sich irgendwie im falschen Film zu befinden. Zumal Bruni ihn lange warten ließ. Die Zeit nutzte Hansen, um Stuhr kurz telefonisch davon zu unterrichten, dass dieser Ohlsen aus Laboe, den er im Krankenhaus kennengelernt hatte, ein Halbbruder von Rainhard Engel war.

Danach trommelte er lange Zeit mit den Fingern auf der Tischplatte, bis Bruni, die sich mächtig aufgedonnert hatte, den Speisesaal betrat. Zwar ohne Krankenbrosche und fesche Haube, aber in einem mitternachtsblauen seidenen Hosenanzug. Geschmackvoll geschminkt, aufwendige Frisur. Huldvoll nahm sie die bewundernden Blicke der anderen Gäste im Restaurant zur Kenntnis.

Nun gut, sagte sich Hansen, vermutlich wird die Hälfte von denen auch schon einmal bei ihr im Krankenhaus gelegen haben. Mit forschem Blick schritt sie direkt auf den von Hansen reservierten Tisch zu.

»Ist es erlaubt, mich als kleine bedeutungslose Pflegekraft zu Ihnen zu setzen, Kriminalhauptkommissar Hansen?«

Solche Ehrbekundungen kannte Hansen nur von früher von seiner Else. So bedeutete er Bruni nach einem Handkuss mit einer galanten Handbewegung, sich zu ihm zu setzen. Er war offenbar ein richtiger Glückspilz: privat immer das feine Händchen, im Job die richtige Spürnase. Aber es ging ja auch darum, die Bruni um den Finger zu wickeln. Hatte er es nicht schon lange geschafft? Brunis sonore Stimme holte ihn barsch aus seinen Gedanken.

»Habe ich mich etwa falsch gekleidet für unser kleines romantisches Treffen, Konrad?«

Sie hatte alles richtig gemacht. Er vermutlich nicht, er hätte aufstehen können.

»Nein, Bruni. Besser geht es vermutlich kaum.«

Lächelnd nahm sie die Replik wahr und setzte sich zu ihm. Es irritierte ihn allerdings, dass sie nach einem kurzen Geplänkel die Speisekarte von hinten zu lesen begann. Das schien sie zu bemerken, bestellte dennoch bei der sich vorsichtig heranwagenden Bedienung das teuerste Menü für 139 Euro, was bei Hansen als bescheiden besoldeter Landesdiener heftiges Bauchzwicken verursachte. Bei der freundlichen Bedienung eher Erstaunen, weil das umfangreichste Menü offenbar ausgesprochen selten verlangt wurde.

»Dann aber zwei Teller, richtig? Das von Ihnen gewählte Gourmetmenü mit sechs Gängen ist sehr reichhaltig, zumal es noch einen kulinarischen Prolog und Epilog gibt.«

Bruni wehrte ab und sah Kommissar Hansen tief in die Augen. »Nein, ich bin ausgesprochen hungrig heute. Dazu bitte ein Glas Wein nach Ihrer Empfehlung. Der Preis spielt keine Rolle.«

Die irritierte Bedienung wandte sich Hansen zu. »Auch schon gewählt, der Herr?«

Der Hunger von Bruni und ihr fordernder Blick flößten Hansen Angst ein. Rückwärtsgang bei seiner Bestellung war angesagt, auch um die Geldbörse zu schonen. »Ja, für mich bitte ein Glas Mineralwasser und einen kleinen Salat. Mit etwas Soße, wenn es geht.«

Die Bedienung runzelte die Stirn. »Wie meinen Sie das? Eine schlichte Vinaigrette oder American Dressing?«

Weder der französischen noch der englischen Sprache war der Kieler Kommissar sonderlich mächtig, und so suchte er Hilfe bei der Bedienung. »Können Sie das meiner Tischdame und mir bitte einmal übersetzen?«

»Ja, gerne. Also Essig und Öl oder eher etwas in Richtung Joghurt oder Mayonnaise?«

So richtig verstand es Hansen nicht. »Wieso kann Ihr Küchenchef nicht entscheiden, welche Fettbeilage er auf das grüne Pflanzgut setzt?«

Die Bedienung musterte ihn seltsam. »Weil die Geschmäcker verschieden sind wie bei Ihrer Tischdame, die bei allen sechs Gängen des Gourmetmenüs immer wieder andere köstliche kulinarische Genüsse erfahren wird.«

Hansen erstaunte diese Ansage der Bedienung, weil er bisher beim Essen eigentlich immer nur schnell satt werden wollte. Allerdings entging ihm nicht, dass ihn Bruni verwundert musterte. Also musste er sich entscheiden.

»Dann lassen Sie bitte einfach die amerikanische Soße auf meinen Salat packen. Die Amis futtern schließlich alles, was halbwegs schmeckt.«

Der irritierte Blick von Bruni entging ihm nicht, und als die offensichtlich genervte Bedienung abschwirrte, wurde Hansen klar, dass ihm sein Salat heute kaum schmecken würde. Vermutlich war er allein in den letzten Minuten schon in zu viele Fettnäpfchen getreten. Aber warum sollte er für ein sündhaft teures Menü löhnen, wenn er zu Hause bei seiner Else alles weitgehend kostenfrei hatte? Bruni warf ihm einen giftigen Blick zu.

»Konrad, bin ich dir das Menü nicht wert?«

Was sollte er schon groß antworten? So schwiegen beide, bis die Bedienung den ersten Gang des Menüs auf einem klitzekleinen Teller vor Bruni abstellte.

»Unser Prolog, der Gruß aus der Küche.«

Bruni dankte freundlich, aber als die Bedienung abgerauscht war, schob sie ihm den Gruß aus der Küche über den Tisch.

»Hier, dein Fraß, Konrad. Sieht aus wie Möwenscheiße. Du hast mich hierher gelockt.«

Nun verstand Hansen die Welt nicht mehr. »Aber das ist ein exquisites Nobelrestaurant, und alles geht auf meine Rechnung.«

»Richtig, Konrad. Aber du weißt, ich bevorzuge eher bayerische Hausmannskost.«

»Was habe ich denn verkehrt gemacht, Bruni?«

»Eigentlich alles, Konrad. Mach dir nichts vor, mit uns beiden wäre niemals etwas gelaufen. Du liebst deine Else vermutlich immer noch, und ich wollte heute einfach nur wissen, was ich dir wert bin. Ich habe schon zu viele Männer wie dich in meinem Leben kennengelernt mit einem Igel in der Tasche.«

Hansen verstand das nicht. »Igel in der Tasche?«

»Ja, knauserig und selbstverliebt. Darauf habe ich keinen Bock mehr. Schließlich gibt es genug Assistenzärzte bei uns im Klinikum, mit denen bin ich immer bestens gefahren. Farewell!«

Völlig unerwartet stand Bruni auf und rauschte von dannen. Nun fühlte sich Hansen nicht mehr als Glückspilz. Oder vielleicht doch? Schließlich gab es immer noch seine Else. Da nahte schon die beflissene Bedienung mit einem kleinen Teller unter einer Warmhaltehaube.

»Der zweite Gang, der Herr. Weinbergschnecken in Honigsoße an Pistazienschaum. Eine Spezialität unseres Hauses.«

Schnecken? Eine Currywurst wäre ihm lieber, und so reichte er trocken der Bedienung seine Kreditkarte. »Sehr lecker, aber geben Sie die Schnecken bitte zurück als ein Gruß von mir aus dem Restaurant in die Küche.«

Während die Bedienung noch nach Worten rang, wurde Hansen klar, dass er die Beziehung mit seiner Else vielleicht noch einmal neu überdenken müsste. Schließlich war sie nicht von Grund auf schlecht, man müsste nur einmal wieder über Kleinigkeiten reden. Die freundliche Bedienung kehrte nun zurück mit seiner Kreditkarte und dem Abrechnungsbeleg. Trinkgeld? Wozu? Schließlich konnte sich die gesamte Belegschaft an den restlichen fünf Gängen laben.

Aber entgegen seinen sonstigen Gepflogenheiten reichte er der Bedienung einen Zwanziger. Die hatte es schließlich nicht verbockt, sondern vermutlich er. Nachdenklich erhob er sich.

Die verwunderten Blicke der anderen Gäste im *Ahlmanns* bemerkte er nicht, als er das noble Restaurant verließ. Natürlich verspürt er immer noch Hunger. Aber verdammt noch mal, wo gab es in dieser Gegend eine Currywurstbude?

DER DRITTE MANN

Endlich Freitag, 15.50 Uhr. Natürlich war Stuhr pünktlich angereist, weil er wusste, wie sehr Frauen Verspätungen bei Rendezvous hassten. Er wusste auch, dass Damen oft erst später erschienen, um die Spannung zu erhöhen. Jenny erschien allerdings pünktlich um 16 Uhr, küsste ihn kurz und nahm ihn an der Hand, um ihn ins Hotel zu führen. Auf dem Weg dorthin gab sie neue Erkenntnisse preis.

»Ich weiß, dass du mit der Hausdame gevögelt hast, Helge. Die Mandy ist damals auch in dem Hotel untergekommen. Ich hoffe, ihr habt es nicht zu dritt getrieben.«

Um 16.01 Uhr war Stuhr schon platt in der Birne. »Sag mal, hast du eine Privatdetektei auf mich angesetzt?«

Sie erreichten den Eingang, der sich automatisch öffnete. »Warum sollte ich?«

Dann grüßte sie die Hausdame, die sie mit großen Augen musterte. »Frau Muschelfang, Herr Stuhr?«

Es war unglaublich, welche Show Jenny jetzt abzog. Sie legte der Rezeptionistin ihre Kreditkarte auf den Tresen. »Für Sie Herr und Frau Stuhr. Bitte lassen Sie uns eine Flasche Champagner in unsere Suite bringen. Danach möchten wir nicht mehr gestört werden.«

»Selbstverständlich, Frau Stuhr. Ich werde es sofort veranlassen. Wenn ich mir eine Bemerkung erlauben darf, auf Ihrer Kreditkarte steht aber noch Muschelfang.«

»Seien Sie versichert, das wird nächste Woche geändert.«

Während die Hausdame gute Miene zum bösen Spiel machte, ließ es sich Jenny nicht nehmen, noch eine Schippe draufzulegen.

»Ist dieses Wochenende das Hotel nuttenfrei?«

Während Stuhr leicht zusammenzuckte, bewahrte die Hausdame die Contenance und überreichte ihr die Schlüsselkarte.

»Selbstverständlich. Es hat sich hier einiges geändert seit dem tragischen Tod von Herrn Engel. Sie waren beide ja leider Gottes dabei.«

Anstelle einer Antwort nahm Jenny ihn an der Hand und zog ihn von der Rezeption fort. Als sie ihre Suite betraten, die als Penthouse dem Hotel offensichtlich nachträglich aufgesetzt worden war, staunte Stuhr. Es war alles viel größer und eleganter als an dem vermurksten Wochenende. Kaum hatten sie Platz genommen, schon klopfte es an der Tür, und eine freundliche Bedienung trat mit einem Rollwagen herein, um vor ihnen einen Sektkübel aufzustellen und schäumenden Champagner in zwei Kristallgläser zu füllen. Mit einem Knicks verabschiedete sie sich. Stuhr verstand die Welt nicht mehr.

»Du hast einen Gutschein für diese Suite bekommen, Jenny?«

»Nein, natürlich nicht. Du hast wie ich einen Gutschein bekommen und dich nicht gerührt. Aber irgendjemand muss ja unsere Beziehung retten. Wer, wenn nicht ich? Prost.«

Sie griff aber nicht zum Glas, sondern gleich zur Champagnerpulle und gönnte sich einen ordentlichen Schluck. Dann begann sie, sich langsam zu entblättern. Vermutlich würde es bald wieder einmal so richtig zur Sache gehen. Eines verstand Stuhr aber nicht.

»Sag mal, Jenny, woher weißt du das alles?«

Sie sah ihn tieftraurig an. »Vom dritten Mann.«

Stuhr verstand die Welt nicht mehr, zumal sie ihn mit ihrer Entkleidung zunehmend betörte. »Du warst schon dreimal verheiratet?«

»Nein, Helge. Du wunderst dich, was ich alles von dir weiß? Du denkst, ich setze Privatdetektive auf dich an? Alles Quatsch. Ich möchte nur, dass du mich heiratest.«

Das war für Stuhr zunächst natürlich ein Schlag ins Kontor. Aber kontern konnte er auch. »Dann musst du mir erst verraten, wer dein Pferdeflüsterer ist.«

Jetzt schob sie ihre Brüste nach vorne. »Ich bin kein Pferd. Ich bin eine Frau, die Aufmerksamkeit verdient und bisweilen auch etwas Liebe.«

Ihr Angebot, nicht nur vom Brustladen her, war mehr als einladend, dennoch plagten ihn andere Sorgen. »Jenny, wenn du die ganze Hamburger Mischpoke kennst, den Ausdruck hast du benutzt, dann verrate mir doch bitte, wer der dritte Mann ist.«

Jenny nahm noch einen tiefen Schluck. »Und du rufst dann umgehend deinen durchgeknallten Kommissar an, und wir beide stehen wieder vor einem Scherbenhaufen? Nein, Helge!«

Kurzes Schweigen trat ein, bevor sie sich lachend aufs Bett fallen ließ. »Beweise mir erst mal, dass du mein Mann bist. Dann kann ich dir vielleicht mehr über den dritten Mann sagen.«

Für Stuhr war klar, dass nun harte Arbeit angesagt war, wobei seine Gedanken eigentlich schon wieder bei dem immer spannender werdenden Kriminalfall waren. Zum Glück verrichte Jenny den größten Teil der Arbeit und ließ sich irgendwann zufrieden neben ihm nieder. Stuhr war noch lange am Grübeln, wer der dritte Mann sein konnte. Jenny hatte ihn fix und fertig gemacht, aber er liebte sie ja auch und streichelte zärtlich ihre Wange. War das nicht auch eine Form von Glück?

Völlig unerwartet richtete sich Jenny in diesem friedlichen Moment auf. »Sag deinem saublöden Kommissar, dass er einmal den Wirt vom Pfahlbau genauer unter die Lupe nehmen sollten. Der ist nämlich auch ein Halbbruder von Rainhard Engel.«

Sofort griff Stuhr zum Handy, um schnell die Nachricht an Hansen weiterzugeben. Aber er hatte keine Chance, weil Jenny ihn gnadenlos an sich zog.

»Heute bist du mein Mann. Nach dem Wochenende kannst du mit deinem Hansen meinetwegen anstellen, was du willst.«

Natürlich erfreute es Stuhr, mit Jenny einige schöne Stunden zu verbringen. Mit der Heirat hatte er es dagegen nicht sonderlich eilig, außer sie würde ihm weiterhin die Pistole auf die Brust setzen. Das tat sie zum Glück nicht, sondern schlief leicht beduselt ein und begann leise zu schnarchen, was sie immer abstritt. Das war ein untrügliches Zeichen, dass sie eingeschlafen war. So wartete Stuhr noch einen Moment, bis er sich zur Toilette schlich. Dort wollte er eine Nachricht an Fingerloos senden, dem Leiter der Kieler Spurensicherung, denn Hansen war nur des Telefonierens mächtig, was in dieser Situation schlecht ging.

Allerdings konnte er nur »Es gibt einen zweiten Halbbruder von Rainhard Engel« schreiben, dann rumorte es im Bett. Schnell schickte Stuhr die Message ab und schmiegte sich wenig später wieder an Jenny. Das hatte momentan schließlich Vorrang. Zufrieden schloss er die Augen. Heute hatte er alle Pflichten erfüllt, und es könnte eine richtig erholsame Nacht werden.

Und morgen? Man würde sehen.

VIERMAL O

Die Kamera über dem elektronisch gesicherten Eingang der Kieler Spurensicherung zeigte einen wütend an die Tür trommelnden Kommissar Hansen, der auf Einlass wartete. Unlängst wurde die Zahlenkombination 1-2-3-4 auf 0-0-0-0 geändert, um die Eintrittsschwelle zur Spurensicherung auf Verlangen von Polizeidirektor Magnussen zu verringern. Aber Hansen hatte sich vermutlich wie manch andere viermal ein großes O notiert. So eilte Fingerloos zur Tür und nahm seinen Kollegen persönlich in Empfang.

»Konrad, was führt dich in meine bescheidene Absteige?«

Hansen sah sich erstaunt um. »Mein Gott, ihr habt ja technisch ordentlich aufgerüstet. Wie habt ihr das denn hinbekommen?«

»Mit einer Einladung ins *Nobelrestaurant Ahlmanns* im *Kieler Kaufmann* an Büroleiter Zeise, Fräulein Schönerstedt und unseren verehrten Polizeidirektor. Da muss man schon einmal etwas Kohle springen lassen und sich nicht um Einmachgläser streiten. Schließlich haben wir alle unsere eigenen Methoden.«

Fingerloos freute sich, seinen knauserigen Kollegen wenigstens kurz zum Nachdenken gebracht zu haben. Dennoch, Hansen war voller Fragen und sprudelte munter drauflos.

»Sag mal, die Fingerabdrücke von diesem Ohlsen, die ihr gestern genommen habt. Stimmen die mit dem vom Tatort überein?«

»Ja, zweifelsfrei.«

Hansen zeigte sich nachdenklich. »Dann kann dieser Ohlsen nicht der Täter sein.«

»Mit an Sicherheit grenzender Wahrscheinlichkeit nicht. Er ist offenbar unverschuldet in das Chaos hereingeraten und hat die Nerven verloren. Über dich wird übrigens in der Polizeidirektion so einiges erzählt, Konrad.«

Der sonst so abgebrühte Hansen sah ihn ängstlich an. »Was denn, Pferdi?«

»Och, eine lange Liste. Schwester Brunhilde, Einmachgläser, Stuhr mal wieder auf irgendetwas angesetzt ...«

»Du, mit dem Stuhr bin ich durch. Der hat es nicht einmal geschafft, Einmachgläser für meine Else zu besorgen. Ein echter Versager.«

Sein Lächeln konnte sich Fingerloos nicht verkneifen. »Dein Stuhr hat mir aber gerade den Tipp übersendet, nach einem dritten Mann im Mordfall Engel zu suchen.«

»Der dritte Mann. War das nicht ein Schwarz-Weiß-Film?«

Eine Steilvorlage für Fingerloos, um zu kontern: »Habt ihr etwa schon einen Farbfernseher bei euch zu Hause?«

Klar musste das Hansen unter die Gürtellinie gehen, und irgendwie hatte es der alte Knochen auch verdient. Der spielte unbeeindruckt den Ball zurück.

»Was hat die Spurensicherung denn in Bezug auf diesen dritten Mann herausgefunden?«

»Also, der Rainhard Engel hatte zwei Halbbrüder, nicht nur den Dennis Ohlsen. Drei Kinder von einer Mutter, aber drei verschiedene Ehemänner und Nachnamen.«

»Verstanden sollen sich die Halbbrüder untereinander allerdings nie haben, wie mir eine Informantin gesteckt hat, Pferdi.«

Süffisant konterte Fingerloos: »Ach ja, die Probsteidetektei von der Frau Schafrott, die hätte ich fast vergessen. Unser Chef überlegt schon ernsthaft, die Kieler Polizeidirektion zum Laboeer Dorfanger zu verlegen.«

»Magnussen weiß davon?«

»Natürlich nicht. War nur ein Spaß, Konrad.«

Hansen wischte sich den Schweiß von der Stirn. »Ein Glück.«

Fingerloos konnte nicht anders. »Mit der Schwester Brunhilde?«

»Komm, Pferdi, nun ist genug. Mit den Halbbrüdern, wie kann man das verstehen? Lege mal die Karten auf den Tisch.«

»DNA, Konrad.«

Hansen wollte nicht verstehen und zickte herum. »Also Else und ich kennen nur GZSZ und GNTM. DNA, ist das etwa eine neue Fernsehserie?«

Ja, so kannte Fingerloos den Konrad Hansen. Kein Freund der feinen Klinge und Tendenzen zur Faulheit. Es war an der Zeit, ihn wieder einmal gründlich zu belehren.

»Mein lieber Konrad, DNA ist das gesamte Erbgut eines Menschen und steckt in jeder menschlichen Zelle. Gebündelt ist dieses Erbgut in den Chromosomen. 46 solche Chromosomen weist jeder Mensch im Normalfall auf. Im Inneren der fadenförmigen Chromosomen befindet sich die DNA. Vorstellen kann man sie sich wie eine in sich gewundene doppelte Leiter. Die jeweils 23 Chromosomenpaare von der Mutter und dem Vater ermöglichen eine immer neue Durchmischung der Erbsubstanz bei jedem Kind.«

Der Kollege Hansen wackelte wieder einmal mit den Ohren, war also intensiv am Nachdenken. »Will sagen?«

»Will nix sagen, Konrad. Nur, dass es offenbar drei Kinder bei der Mutter von Dennis Ohlsen von drei verschiedenen Männern gegeben hat.«

Hansen kratzte sich nachdenklich am Kopf. »Und wer könnte die dritte Person sein?«

Lächelnd servierte ihn Fingerloos ab. »Das müsst ihr schon herausfinden. Du hast ja deine Hilfstruppen.«

So nachdenklich hatte Fingerloos den Kollegen Hansen noch nie aus seinem Reich gehen sehen. Fingerloos versuchte noch einmal, Stuhr zu erreichen, weil der zur Ermittlung des Namens des dritten Halbbruders mit Sicherheit beitragen konnte. Aber der war völlig abgetaucht.

Für Fingerloos ging es allerdings darum, dass die *Kieler Rundschau* nicht den offiziellen Ermittlungen von Hansen vorgriff. Natürlich hatte er längst unter dem Radar alles an Petra Bester gepostet. Jetzt ging es nur noch darum, dass Hansen den Mörder stellte, bevor die morgige Ausgabe der Zeitung in den Druck ging.

GEFAHR IM VERZUG

Hansen hatte von Dennis Ohlsen zwar die Handynummer eingefordert, aber er hielt es für unklug, direkt bei ihm nachzufragen, weil der dritte Mann offenbar ein Halbbruder von Rainhard war. In vielen Familien wird behauptet, dass Blut dicker als Wasser sei. Nein, er würde seine informelle Mitarbeiterin in Laboe befragen. Nachdem er die Spurensicherung verlassen hatte, wählte er sofort Paulas Nummer.

Es knackte kurz in der Leitung, und Hansen bemühte sich, mit einem flotten Spruch lustig zu erscheinen.

»Moin, Paula. Alles locker und flockig in Laboe?«

Eine tiefe, mürrische Stimme meldete sich. »Bei Schafrott. Mit wem spreche ich?«

Das musste Franz sein. Der Postbüttel, wie sie immer schmunzelnd sagte. So wurde er formell.

»Kriminalpolizei Kiel, Hauptkommissar Hansen.«

Die Stimme blieb unfreundlich. »Ja, das dachte ich mir. Ich kann Sie nur warnen. Lassen Sie Ihre dreckigen Pfoten von Paula. Sie hat etwas Besseres als einen Lackaffen wie Sie verdient.«

Mit diesen Worten beendete der Postbüttel grußlos das Gespräch. Hansen kochte vor Wut und unternahm einen zweiten Anlauf, als er wieder in seinem Amtszimmer weilte. Diesmal meldete sich Paula, zunächst erfolgte allerdings im Hintergrund ein Mordsspektakel. Dann knallte irgendwann eine Tür, und schwer atmend meldete sich Paula wieder.

»Tut mir leid, Hansen, aber ich musste unseren Postmeister an die frische Luft setzen. Auf der einen Seite biete ich weltweite Ermittlungen an, und er pöbelt mit meiner Kundschaft herum.«

Das Wort »Kundschaft« fand Hansen zwar nicht so prickelnd, aber es galt nun, schnell zur Sache zu kommen. »Schwamm drüber, Paula. Wir alle haben einmal schlechte Tage. Vielleicht wissen wir, wer der Mörder ist. Wir kennen nur nicht seinen Namen.«

Paula schien schnell ihren Humor wiedergefunden zu haben, denn sie lachte laut auf. »Das kommt mir irgendwie bekannt vor, Hansen. Soll die unbekannte Zielperson etwa auch aus Laboe stammen?«

»Vermutlich, aber zunächst die gute Nachricht: Wir haben durch den Fingerabdruckvergleich eindeutig herausgefunden, dass dieser Dennis Ohlsen nicht der Täter auf dem Pfahlbau sein kann.«

Sie schnalzte mit der Zunge. »Richtig, das hatte ich schließlich schon geprüft.«

Hansen war erstaunt. »Wie haben Sie das denn hinbekommen, Paula?«

Sie lachte, offenbar hatte sie ihre gute Laune wiedergefunden. »Nicht durch Fingerabdruckvergleich, Hansen, sondern durch Menschenkenntnis.«

Nun gut, bei Psychologie hatte Hansen in der Polizeischule immer gepennt, ansonsten wäre er vielleicht auch nicht auf seine Else hereingefallen. »Wir haben aber noch mehr herausgefunden.«

»Nämlich?«

»Das muss unter uns bleiben, denn es ist Gefahr im Verzug. Dieser Dennis Ohlsen hat vermutlich noch einen zweiten Halbbruder neben dem Rainhard Engel.«

Sie lachte sich fast schimmelig. »Aber Hansen, das hätten Sie mich einfach fragen können. Ja, Ronald und Rainhard, die waren beide mehr als zehn Jahre älter als Dennis und konnten nach dem Tod der Eltern wenig mit dem Lütten anfangen. Immerhin haben sie ihn eine Zeit lang aufgenommen, bis Dennis für sich selber sorgen konnte. Bis dahin kam er immer zum Spielen zu mir. Er war so ein süßer Bengel.«

Hansen holte tief Luft. »Der zweite Bruder heißt aber nicht Engel oder Ohlsen?«

»Nein, Ronald ist der Älteste und stammt aus einer kurzen Ehe der Mutter von Dennis mit dem ehemaligen Betreiber einer Gaststätte an unserer Laboeer Promenade. In jungen Jahren war sie kein Kind von Traurigkeit. In ihrer dritten Ehe mit dem Vater von Dennis war sie endlich zur Vernunft gekommen. Umso tragischer für Dennis, seine beiden Eltern so früh durch das Autounglück zu verlieren. Die beiden großen Brüder dagegen waren schon in jungen Jahren echte Lurendreier.«

Das Wort kannte Hansen, denn so bezeichnet man in der Probstei Gauner und Trickser. Es wurde spannend. »Und der Nachname von diesem Roland ist ein anderer?«

»Richtig. Petersen, aber so heißt hier in der Probstei fast jeder zweite.«

Endlich, sie hatten einen Namen: Ronald Petersen. »Danke, Sie haben uns sehr geholfen, Paula. Eine letzte Frage noch: Haben Sie eine Ahnung, wo dieser Ronald Petersen sich herumtreiben könnte?«

Sie lachte laut. »Ja klar, das ist kein Geheimnis. Roland Petersen ist der Wirt von dem Pfahlbau in St. Peter-Ording, wo Dennis in der Mordnacht gefeiert hatte. Der Ronald soll übrigens direkt hinter Rainhard gestanden haben, als Dennis zum Lichtausschalten ging.«

Hansen stutzte. »Hat wer gesagt?«

»Na, Dennis natürlich. Wer denn sonst?«

Hansen stockte kurz der Atem, offenbar hatten sie jetzt den Richtigen am Kanthaken. Schnell verabschiedete er sich von der selbst ernannten Detektivin, die erstaunlich hilfreich war, wenn man ihre bescheidenen Hilfsmittel bedachte. Es ging also auch ohne I-9 Prozessor, UHD und SSD, aber dummerweise hatte er sein kleines Adressbüchlein im Büro gelassen. So wählte er kurzerhand die Nummer des ihm zugeordneten Oberkommissar Stüber, der sichtlich überrascht war.

»Moin, Chef, Gefahr im Verzug?«

»Ja. Wir haben vermutlich den Mörder von St. Peter-Ording im Visier. Die Welt ist klein, es ist der Wirt von dem Pfahlbau, ein gewisser Ronald Petersen. Die Revierleiterin Clausen soll mit ihren Kollegen den Mann so schnell wie möglich dingfest machen.«

Stüber knurrte mürrisch. »Gebe ich sofort weiter, Chef. Sonst noch etwas? Ist schließlich Wochenende.«

Hansen bereitete es immer schon Freude, dem Kollegen Stüber sein privates Vergnügen mit dienstlichen Mitteln zu verderben. Warum sollte es ihm mit seiner Witwe Eilenstein besser gehen als ihm mit seiner Else?

»Ja, ein kleiner gemeinsamer Betriebsausflug an die Nordsee steht uns bevor. St. Peter-Ording als Heilbad hat ja immer etwas Besonderes zu bieten.«

Jetzt stöhnte Stüber auf. »Gleich am Montagmorgen?«

Hansen legte noch eine Schippe drauf. »Nein, in zehn Minuten hier bei uns an der Pforte der Polizeidirektion.«

Eine Antwort wartete Hansen nicht ab, sondern beendete das Gespräch, um die Nummer von Else zu wählen, um sich diesmal rechtzeitig abzumelden. Seit Mittwoch war sie irgendwie tüdelig geworden. Erst hatte sie aus Versehen Bier in der Tiefkühltruhe versenkt mit der Folge, dass die Flaschen alle geplatzt waren. Dann hatte sie auch noch seine geliebten Puschen verschludert, die unauffindbar waren. Und jetzt ging sie nicht einmal ans Telefon, obwohl sie vermutlich für ihren Nuttenfummel das Geld aus der Haushaltskasse abgezweigt hatte. Was war nur los mit ihr?

ABENDDÄMMERUNG

Freudig erregt legte die Revierleiterin Christiane Clausen von der Polizeiwache in St. Peter-Ording den Hörer auf die Gabel des Diensttelefons. Der Mörder vom Pfahlbau war offenbar ermittelt worden, und sie wurde von Oberkommissar Stüber offiziell beauftragt, die Verhaftung eines gewissen Ronald Petersen vorzunehmen. Gefahr im Verzug war immer eine praktische Lösung, da benötigte man zunächst keine Anordnung von einem Staatsanwalt.

Schnell hatte sie noch zwei junge Kollegen eingesammelt, und keine Stunde später ging es ohne Blaulicht zum Böhler Strandabschnitt, um zunächst in der Abenddämmerung vorsichtig das Terrain zu sondieren. Deshalb stoppten sie an dem kleinen Parkplatz vor dem Deichübergang und schlichen sich in einem weitem Bogen zum Pfahlbau, der allerdings durch die Folgen der Fluten baufällig war und verwaist vor ihnen lag. Dort verständigten sie sich schweigend mit eingeübten Handzeichen, möglichst geräuschlos zunächst die untere Terrasse einzunehmen, was auch ohne Zwischenfälle gelang. Aber Fehlanzeige.

Dann schlichen sie zur Treppe, die hoch zum Restaurant mit der oberen Terrasse führte. Vorsichtig drückte Revierleiterin Clausen die Klinke der Tür herunter, aber sie war verschlossen. Sie zog ihre Dienstwaffe, entsicherte sie und wies die beiden Kollegen mit der geballten Faust auf die Tür an, das Restaurant zu stürmen. Die beiden Kollegen gingen drei Schritte zurück und stürmten mit den Schultern auf die Eingangstür. Die gab sofort nach, worauf die beiden Kollegen zu Boden gingen. Ein spitzer Schrei erscholl aus dem Inneren, der allerdings schnell verstummte.

Das war das Signal für Christiane Clausen, entschlossen mit gezückter Dienstwaffe den Schankraum zu stürmen. Trotz der Restbeleuchtung von der im Meer versinkenden Sonne war allerdings niemand zu entdecken, bis ein auf dem Boden liegender Kollege auf einen Tisch unweit von ihm zeigte.

»Dort, Christiane. Alpha down. Scheint aber nicht unsere Zielperson zu sein.«

Vorsichtig lugte sie mit gezückter Pistole hinter den Tisch, wo eine junge Frau kauerte. Christiane wusste von der Ausbildung her, dass es zunächst galt, den Pfahlbau zu sichern, bevor man sich um die offenbar schwächelnde Person kümmern konnte. Eigenschutz ging vor.

»Sicherheit herstellen!«

Die beiden Kollegen rappelten sich auf und durchsuchten den Pfahlbau, kamen nach einigen Minuten jedoch mit leeren Händen zurück.

»Zielperson ausgeflogen, Sicherheit hergestellt!«

Das war ärgerlich für Christiane, die sich schon in Farbe auf den Titelblättern vom *Eider-Kurier* und den *Husumer Nachrichten* gesehen hatte. Jetzt galt die Sorge aber der jungen Frau, die sich gerade aufrappelte.

»Wird hier gerade ein Film gedreht? Was ist passiert?«

»Wir von der Polizei wundern uns eigentlich, was Sie hier treiben?«

»Ich bin heute von meinem Chef zur Nachtwache abkommandiert worden. Alles war ruhig, aber auch ein wenig unheimlich, als die Klinke der verschlossenen Tür gedrückt wurde. Als sie dann aufgebrochen wurde, habe ich mich zu Tode erschreckt.«

Das war einerseits verständlich, aber Christiane sollte die Zielfigur aus dem Verkehr ziehen. »Wer ist denn Ihr Chef?«

»Na, der Herr Petersen. Ich bin bei ihm als Auszubildende angestellt, zweites Lehrjahr.«

Demonstrativ blickte sich Christiane suchend um. »Der Chef ist hier nicht zu finden.«

Jetzt huschte ein leichtes Lächeln über das Gesicht der jungen Frau. »Kein Wunder, seit der Flut und den Schäden ist hier ja momentan geschlossen. Aber irgendjemand muss bei einem Holzbau Brandwache halten. Das machen wir abwechselnd.«

Die Revierleiterin bohrte nach. »Wer ist denn *wir*?«

»Nun, das Personal von dem Hotel unseres Chefs an der Böhler Landstraße.«

»Und dort hält sich Ihr Chef auch momentan auf?«

Die Auszubildende musterte sie mit fragendem Blick. »Vermutlich. Aber, sagen Sie bitte, hat Herr Petersen irgendetwas angestellt?«

Die Revierleiterin überging die Frage. »Kennen Sie sich im Hotel gut aus?«

»Ja, ich bin im zweiten Ausbildungsjahr. Da hat man alles schon einmal durchlaufen. Wieso fragen Sie?«

»Weil wir Ihre Mithilfe gut gebrauchen könnten. Mögen Sie uns Ihren Namen sagen?«

»Warum nicht? Nicole Schneider.«

»Nicole, Sie müssen jetzt tapfer sein. Wir müssen Ihren Chef wegen des vermutlichen Mordes seines Halbbruders in der Sturmnacht verhaften. Sie kennen anscheinend im Hotel alle Räumlichkeiten. Können Sie uns zu Ronald Petersen führen?«

»Ja. Oder nein. Der hat keine Wohnung im Hotel, sondern schläft dort immer wieder in anderen Zimmern. Das ist bequem für ihn, da muss er sich um nichts kümmern.«

Ein Leben im Hotel, das würde sich Christiane Clausen auch wünschen. »Aber er wird bestimmt ein Lieblingszimmer haben.«

»Ja, unsere Luxus-Suite im Penthouse. 500 Euro die Nacht. Wenn die nicht belegt ist, dann nächtigt er meistens dort.«

»Kann man dort hineingelangen, ohne die Tür aufzubrechen?«

Die junge Auszubildende erwies sich als große Hilfe. »Kein Problem. Es gibt Schlüsselkarten für das Personal, mit denen man alle Räume betreten kann. Früher nannte man so etwas Generalschlüssel, sagen jedenfalls meine Eltern.«

Auch wenn es in einem Hotel mit lediglich zwei Kollegen nicht ganz einfach werden würde, die Sicherheit herzustellen, so war Christiane Clausen fest entschlossen, die Verhaftung von Ronald Petersen durchzuziehen mit Nicole als ortskundiger Geheimwaffe.

»Frau Schneider: Um Ihren Chef dingfest zu machen, benötigen wir dringend Ihre Hilfe. Könnten Sie sich vorstellen, mit uns zum Hotel zu fahren, eine Schlüsselkarte zu besorgen und uns den Weg zur Suite zu beschreiben? Sie können danach in unserem Dienstfahrzeug Schutz suchen.«

Der Auszubildenden rannen jetzt Tränen über die Wangen. »Wissen Sie, ich habe immer geahnt, dass mit meinem Chef irgendetwas nicht stimmt. Und der Herr Engel hat oft bei uns in der Suite residiert, wo ihm ständig Prostituierte zugeführt wurden. Verstehen Sie mich bitte nicht falsch, aber man verrichtet seine Arbeit im Hotel mit Fleiß, die nicht leicht ist mit den vielen Zeitvorgaben. Dann wird man noch von den champagnerschlürfenden Nutten belächelt, weil man seine Arbeit nicht im Liegen verrichtet, während Engel die ganze Zeit immer nur auf meinen Hintern schielt.«

Die Revierleiterin nickte betroffen. »Haben Sie das nie im Hotel mit Kollegen besprochen, warum das so ist?«

Nicole zuckte mit den Schultern. »Ich habe bei unserer Hausdame einmal gefragt, aber nur eine dumme Antwort bekommen.«

»Nämlich?«

»*Money makes the world go round.* Nach jedem Besuch von Herrn Engel gab es allerdings einen Umschlag mit 200 Euro für mich, selbst wenn ich dort nicht für die Sauberkeit in der Suite zuständig war.«

Die Revierleiterin half der Auszubildenden hoch. »Kommen Sie, wir heben das Rattennest jetzt aus. Meine beiden Kollegen werden für Ihre Sicherheit sorgen.«

Vorsichtig erhob sich die Auszubildende und vertraute sich den beiden kräftigen uniformierten Kollegen an, denen der neue Auftrag, der Schutz der Auszubildenen, offensichtlich alles andere als unangenehm war.

Christiane Clausen dämmerte an diesem Abend, dass sie die Kohlen selbst aus dem Feuer holen musste. Das war sie an der Nordseeküste bisher allerdings auch nicht anders gewohnt. Jetzt galt es, die Kieler Kommissare schnellstmöglich zum Hotel umzuleiten, damit sie ein wenig Feuerschutz bekam.

BACKPFEIFEN UND BETTGESCHICHTEN

Es war mitten in der Nacht, als Stuhr von einer Taschenlampe geblendet wurde. Was war denn nun schon wieder los? Träumte er? Nein, denn Jenny fuhr ebenfalls neben ihm hoch und bedeckte mit einem Kopfkissen schnell ihre Brüste, bevor sie spitz aufschrie.

»Hilfe!«

Eine leise weibliche Stimme ermahnte sie. »Polizei, bitte leise. Schön, Sie beide wieder einmal zusammen zu sehen.«

Stuhr fand das weniger schön, zumal Jenny schon wieder am Giften war. »Warst du mit der Frau etwa auch im Bett?«

Jetzt erst bemerkte Stuhr eine Pistole unterhalb des Lichtkegels. Immerhin offenbarte sich die Stimme. »Ich bin es, Christiane Clausen von der Polizeiwache Sankt Peter-Ording. Wir suchen lediglich nach dem Besitzer des Hotels und dem Pfahlbau am Böhler Strandabschnitt, um ihn zu verhaften. Die Kieler Kripo hat das gerade erst vor zwei Stunden ermitteln können. Es soll sich um einen gewissen Ronald Petersen handeln.«

In diesem Moment verstand Stuhr, warum ihm Jenny eine schallende Ohrfeige verpasste. Ihr musste klargeworden sein, dass er am Nachmittag die Kripo informiert hatte, während sie schlief. Die junge Revierleiterin hielt einen Finger vor den Mund.

»Sie müssen bitte leise sein. Wir hatten diesen Ronald Petersen in dieser Suite vermutet, deswegen auch unser leises Auftauchen. Wir dürfen ihn nicht aufschrecken, egal, wo er sich gerade im Hotel aufhält.«

Jenny war nun deutlich friedlicher gestimmt. »Alles

schön und gut, aber warum schleichen Sie sich bei uns herein, Frau Clausen. Sie haben uns fast Tode erschreckt.«

Die Revierleiterin musterte sie ungläubig. »Wäre es Ihnen denn lieber, wenn ich die Tür aufgebrochen hätte und mit gezückter Pistole hineingestürmt wäre?«

Jenny und er wehrten sofort mit erhobenen Händen ab. »Nein, das war alles super so, Frau Clausen. Machen Sie ruhig Ihre Arbeit weiter.«

Aber gerade, als sich Stuhr entspannt zurücklehnen wollte, näherten sich eilige Schritte vom dunklen Treppenhaus und stürmten in die Suite. »Hände hoch oder wir schießen!«

Selbst die Revierleiterin hob nun verängstigt die Hände. Hatten sie das Spiel verloren? Aber es waren lediglich die beiden Kieler Kommissare Hansen und Stüber, die in das Schlafzimmer eindrangen. Kopfschüttelnd näherte sich Hansen dem Doppelbett.

»Sag mal, habt ihr beiden nichts Besseres zu tun? Wir jagen Mörder, und ihr verlustiert euch wieder einmal im Bett?«

Auch die folgende klatschende Ohrfeige von Jenny fand Stuhr durchaus gerechtfertigt. Glücklicherweise begannen in der Folge Hansen, Stüber und die Revierleiterin, darüber zu beraten, wo sich Ronald Petersen versteckt halten könnte. Wenig später tauchten auch noch zwei Kollegen der Revierleiterin auf mit einer jungen Frau im Schlepptau, welche die Szenerie zunächst ungläubig betrachtete.

»Das ist nicht Herr Petersen im Bett, und die Dame ist mir nicht bekannt.«

Zum Glück übernahm die Clausen jetzt das Ruder. »Frau Schneider ist Auszubildende im Hotel. Sagen Sie bitte, Nicole, gibt es hier eine Räumlichkeit, wo Sie mit Ihrer Schlüsselkarte nicht hineinkommen können?«

Lange musste die junge Auszubildende nicht überlegen. »Eigentlich gibt es nur einen Raum. Der liegt gleich hinter der Rezeption ohne Zimmernummer. Den hat unsere Hausdame ausschließlich für sich beansprucht.«

Die clevere Revierleiterin verstand das nicht. »Gut, aber wozu?«

»Das wissen wir vom Personal nicht genau. Dort sollen oft Koffer deponiert worden sein, die nicht von Hausgästen stammten.«

»Sondern?«

Die ratlosen Blicke der erfolglosen Ermittler kreuzten sich jetzt. Irgendwann hielt Jenny diese Ratlosigkeit nicht mehr aus.

»Geldwäsche, da bin ich mir sicher.«

Die erstaunten Blicke aller Beteiligten richteten sich jetzt auf Jenny, was Stuhr dazu nutzte, um sich hinter der hochgezogenen Bettdecke wenigstens halbwegs aus der Affäre zu ziehen, die sich immer mehr zuspitzte. Aber es kam noch schlimmer, denn die junge Frau hegte noch eine andere Vermutung.

»Unsere Hausdame soll da bisweilen auch gepoppt haben, wurde innerhalb des Personals getuschelt. Also gevögelt. Oder wie sagt man sonst? Gebumst? Na ja, auf alle Fälle gefickt.«

Die dritte Ohrfeige von Jenny schmerzte nicht mehr ganz so sehr wie die beiden davor. Im Prinzip ging es für Stuhr also leicht bergauf. Oder präziser ausgedrückt, es wurde nicht mehr viel schlimmer, wenngleich die Situation unübersichtlich blieb. Während Kommissar Hansen wieder einmal am Kopfschütteln war, begann die Information über die mögliche Geldwäsche die Clausen und den Stüber zunehmend zu interessieren. Die clevere Revierleiterin fand zuerst die Sprache wieder.

»Ihre Aussage kann wichtig für die Klärung des Falles sein, Frau Schneider. Aber es sind lediglich Vermutungen. Haben Sie denn persönlich einmal gesehen, dass die Hausdame dort mit einem Galan entschwunden ist?«

Die Auszubildende nahm kein Blatt vor dem Mund. »Ja, mit dem da im Bett. Und dann kam noch eine Nutte aus Sachsen angerauscht. Ich hatte mich sicherheitshalber hinter der Rezeption weggeduckt, das ging schon hoch her.«

Die Clausen hakte nach. »Vor der Rezeption?«

Die Auszubildende blickte irritiert. »Nein, im Zimmer der Hausdame, wo denn sonst?«

»Die Prostituierte also auch?«

»Ich glaube nicht, die hat mit den Fäusten an die Tür getrommelt, wollte dort mit hinein. Warum aber auch nicht? Ein flotter Dreier ist schließlich nicht verboten. Oder habe ich da etwas übersehen?«

Offensichtlich schmerzte Jenny die Hand, denn die nächste Ohrfeige blieb aus.

Die Auszubildende war mit ihren Ausführungen noch lange nicht am Ende. »Ehrlich gesagt, ich hatte auch den Eindruck wie die Dame im Bett, dass bei einem kurzen Blick in das Refugium der Hausdame in den teuren *Louis Vuitton*-Koffern keine Klamotten steckten, sondern andere Dinge, die unter Verschluss gehalten werden sollten. In meinen wildesten Fantasien hatte ich allerdings eher an Rauschgift gedacht. Aber bei Herrn Engel und Herrn Petersen ging es immer nur um Geld. Wir sollten möglichst wenig Quittungen ausstellen, und für Überstunden gab es Geld immer bar auf die Kralle.«

Hansen verstand. »Sie meinen illegal?«

Die Auszubildende wurde nachdenklich. »Ja, natürlich. Ich habe zwar nicht oft auf dem Pfahlbau ausgeholfen, aber manchmal gingen sich Engel und Petersen sogar gegenseitig an die Gurgel. Mal war dem einem das zu viel, mal dem anderen zu wenig. Wobei es vermutlich um größere Summen als das ging, was auf einem Bierdeckel steht.«

Trotz seiner eher geringen Körpergröße begann Kommissar Hansen, nun den großen Max zu spielen. »Ich denke, wir müssen unverzüglich in diesen Raum hinter der Rezeption hinein, um mögliche Beweismittel zu sichern. Die örtliche Polizei hat selbstverständlich den Vorrang beim Aufbruch der Tür und Herstellung der Sicherheit. Wir von der Kripo rücken dann unverzüglich nach. Bei Widerstand ist Schusswechsel ausdrücklich erlaubt. Schließlich ist Gefahr im Verzug.«

Die Polizeitruppe von St. Peter-Ording zog nun nicht gerade nicht die allerfröhlichsten Mienen, zumal es für sie bedeutete, wieder einmal mit ihren Ärschen über glühende Kohlen für die Kieler Kommissare zu reiten. Jetzt schlich sich auch noch Jenny mit ihrer Bettdecke von dannen. Es war nun Zeit für Stuhr, ebenfalls die Horizontale zu verlassen und sich in einem kleinem Nebenraum anzukleiden. Als er den Wohnbereich der Suite betrat, war Jenny schon erfrischt und schick gekleidet aus dem Bad zurückgekehrt. Gerade nahm sie die junge Auszubildende in den Arm.

»Frau Schneider, lassen Sie uns beide hier in der Suite besser abwarten, wie das Spektakel endet. Sie werden heute mit Sicherheit schon einiges durchgemacht haben.«

Die junge Frau lächelte dankbar. »Nicole für Sie, bitte.«

»Für dich dann Jenny, okay.«

Der Finger der Auszubildenden zeigte auf Stuhr. »Und was ist mit dem da?«

»Ach, der bekommt immer, was er verdient. Heute nichts.«

Die Auszubildende schien das nicht zu verstehen, obwohl nun alle Fronten geklärt waren bis auf den vermutlich unmittelbar bevorstehenden Sturm der Polizei in das Refugium der Hausdame. Mit Sicherheit würde es eine wilde Schießerei geben, mutmaßte Stuhr. So schlich er sich zurück ins Schlafzimmer und angelte sich die neben dem Bett stehende Champagnerflasche, um den abgestandenen Rest in seine trockene Kehle laufen zu lassen.

Ja, immer wieder im Leben gibt es Tage, wo absolut alles gegen einen läuft. Aber lag es nur an ihm? Hatte er an diesem Tag nicht sein Bestes gegeben? Er wollte nur noch vergessen. Als er die Champagnerflasche geleert hatte, ließ er sich ermattet ins Bett fallen. Von einer wilden Ballerei hinter der Rezeption bekam er nichts mehr mit.

HELDENZEITEN

Es war früh am Montagvormittag, aber schon erhob Polizeidirektor Magnussen in illustrer Runde sein Sektglas.

»Verehrter Amtskollege Hansen. Zum Glück haben Sie am letzten Wochenende bei der Festnahme des Mörders Ronald Petersen beim Showdown in St. Peter-Ording einen

Schusswechsel vermeiden können. Dafür beglückwünschen wir Sie alle zunächst herzlich.«

Die Anwesenden klatschten Beifall, und Büroleiter Zeise ließ endlich wieder einmal seinen Goldzahn kurz aufblitzen. Hansen wollte sich gerade herausschummeln aus dem Amtszimmer vom Chef, aber Magnussen packte ihn freundschaftlich an der Schulter.

»Nein, Sie und auch der Oberkommissar Stüber haben den guten Ruf der Kieler Polizeidirektion auf ein neues Niveau gehoben. Erstaunlicherweise hat die *Kieler Rundschau online* keine Stunde später über Ihre Ermittlungen berichtet. Wunder geschehen bisweilen.«

Hansen blieb nicht verborgen, dass sich der Kollege Fingerloos von der Spurensicherung jetzt aus dem Staub machen wollte. Aber das Fräulein Schönerstedt hielt ihn in Schach, damit Magnussen nicht zu viel an Publikum verlor, um seine Lobrede fortzusetzen.

»Zum Glück hat dieser Gauner und Brudermörder Ronald Petersen schon im Bett der Hausdame wie ein Kanarienvogel gesungen, sodass unsere Pressestelle am nächsten Tag ordentlich nachlegen konnte. Der hatte tatsächlich seinen jüngeren Halbbruder Dennis zum Lichtausschalten auf dem Pfahlbau in den Raum mit der Elektrik gesendet, um den anderen Halbbruder unerkannt im Dunkeln abmurksen zu können. Warum? Geldwäsche im großen Stil auch im Zusammenhang mit diesen toten Kieler Schiffsmaklern, zudem Halbbruderzwist.«

Fingerloos wagte sich leise vor. »Was ist denn eigentlich aus der Sache mit dem Immobilienhandel *Fürst & Co* auf dem Seefischmarkt geworden?«

Der Polizeidirektor lachte breit. »Kollege Stüber, bitte kurzen Bericht.«

»Nun, der Kompagnon hat am Nordfriedhof das Rad eines informellen Mitarbeiters unseres Kollegen Hansen gestohlen. Den haben wir schnell dingfest machen können. Nach zahlreichen Vernehmungen hat er endlich gestanden und hat den Aufenthaltsort von seinem Geschäftspartner verraten. Inzwischen ist dieser Fürst verhaftet worden. Es stehen nicht nur verschiedene Diebstahldelikte an, auch die Steuerfahndung ist schon benachrichtigt. Aber Mord? Nein.«

Erstmals in seiner Amtszeit hörte Hansen jetzt ein Lob vom Polizeidirektor auf den ihm zugeordneten Oberkommissar.

»Gute, Arbeit Stüber. Ja, und aufgrund unserer hervorragenden Pressearbeit sind sofort alle Postillen an der Westküste auf unsere Pressemitteilungen angesprungen: die *Husumer Nachrichten*, der *Eider-Kurier* und auch der *Insel-Bote*. Am Sonntag berichteten sogar die auflagenstärkeren Gazetten an der Ostseeküste.«

Internationale Presse war das nun nicht gerade, dachte sich Hansen und machte eine gute Miene zum bösen Spiel. Aber der Chef war noch lange nicht am Ende.

»Nicht nur bei der Journaille haben Sie sich große Dienste erworben, Kollege Hansen, sondern auch bei den vielen bundesweiten Partnern, die Sie mit ins Boot geholt haben. Das ist modernste Ermittlungsarbeit.«

Die Ansage erstaunte Hansen, weil er bisher öfter auf ungewöhnliche Hilfsmittel zurückgreifen musste, um seine Ermittlungen flutschen zu lassen. Polizeidirektor Magnussen legte jetzt erst richtig los.

»Hauptkommissar Hansen, eine erste Auszeichnung wird Ihnen jetzt von einem unserer Premium-Partner überreicht. Die Herren werden Ihnen bekannt sein.«

Hansen blickte mit einer Mischung aus Angst und Erwartung auf die Tür zum Büro. Es waren aber lediglich Marksmann und Neu vom *Technischen Hilfswerk*, die ihm auf einem blaugelben Kissen vier Ehrenmedaillen präsentierten. Marksmann ergriff das Wort.

»Verehrter Herr Polizeidirektor Magnussen, schön, dass wir Ihrem Mitarbeiter, Hauptkommissar Hansen, diese vier Ehrennadeln vom *THW* in Ihrem Beisein verleihen dürfen.«

Wie immer drängte sich sein nassforscher Kollege Neu vor. »EM 4, EM3, EM2 und sogar EM1.«

Der Polizeidirektor dankte kurz. »Selbstverständlich, Herr Marksmann. Amtshilfe ist bei Behörden unersetzlich. Kleine Nachfrage: EM, was bedeutet das?«

Nun schob sich Marksmann vor seinem Mitarbeiter. »Kollege Magnussen, EM als Abkürzung bedeutet im *THW* ›Ehrenmedaille‹ und die Nummer dahinter zeigt die Wertigkeit der Ehrung an. Eine Ehrenmedaille 1, die wurde bis jetzt von uns noch nie verliehen. Wir freuen uns schon auf den nächsten Katastropheneinsatz mit den Helden von der Kieler Polizeidirektion.«

Büroleiter Zeise ließ kurz seinen Goldzahn aufblitzen, obwohl er mit Sicherheit nicht gemeint war. Magnussen hatte eine Nachfrage.

»Ehrenmedaille 1, das kann ich verstehen. Was bedeuten 4, 3 und 2?«

Der Amtskollege vom *THW* lächelte milde. »Das ist nur so etwas wie Bronze, Silber und Gold bei den Olympischen Spielen. Aber die EM 1, das ist Gold auf Platin.«

Magnussen flüsterte ihm eine Erklärung zu: »Ich habe da über meine Partei ein wenig nachhelfen müssen, Hansen. Sie verstehen?«

Wie immer verstand Hansen nicht. Das wollte er in diesem Moment auch nicht, weil er endlich einmal ausgezeichnet wurde. Dann nahten schon Vertreter der Feuerwehr mit dem roten Modell eines Leiterwagens, den sie Magnussen überreichten, der das blecherne Spielzeug sofort an Hansen weiterreichte. Vermutlich nur, weil es nicht seine Parteifarbe war.

»Zu viel der Ehre. Nein, diese Auszeichnung gebührt ausschließlich unserem allseits beliebten Hauptkommissar Hansen.«

Hansens Parteifarbe war es aber auch nicht, und was er mit dem Staubfänger anfangen sollte, war ihm völlig unklar. Zumal fraglich war, ob Else in ihrem momentanen Zustand das Spielzeug jemals entstauben würde. Heute galt es, gute Miene zum bösen Spiel zu machen. So dankte er freundlich und nahm das Geschenk an.

Dann erschallten schon Trompetenklänge aus dem Treppenhaus, und wenig später marschierte hinter einem Fanfarenzug der Bundeswehr die Bergepanzertruppe von Kommandant Hartmann mit einem militärisch zackigen Gruß unter Anlegen der rechten Hand an die Kopfbedeckungen ein. Jetzt geriet sogar Frau Schönerstedt entzückt ins Klatschen, und wenn Hansen sich nicht täuschte, hatte ihr Magnussen gerade wieder einmal über den Po gestrichen. Panzerkommandant Hartmann überreichte Hansen derweil eine gerahmte Ehrenurkunde der Bundeswehr. »Absolut verdient, Kriminalhauptkommissar Hansen!«

Das Vorpreschen zum Pfahlbau von Hansen hatte die Truppe vom Bergepanzer eigentlich vergeigt, aber was blieb ihm übrig, als sich freundlich zu bedanken? Panzerkommandant Hartmann legte noch nach und zauberte aus einem ihm gereichten mattgrünen Metallkasten eine gläserne Kanone hervor. Schön war sie nicht und traf mit Sicherheit auch nicht den Geschmack der Anwesenden, war aber erstaunlich schwer. Hartmann zwinkerte mit einem Auge.

»Panzerglas. Nur für die besten, Hauptkommissar Hansen. Für Sie!«

Nun trat Büroleiter Zeise vor und überreichte Kommissar Hansen ein Paket. »Auch wir von der Verwaltung haben etwas für Sie beschafft, um Ihre Arbeit für die Kieler Polizeidirektion noch besser unterstützen zu können: eines der leistungsfähigsten Notebooks auf dem Markt mit I-9 Prozessor, UHD und ein Terabyte SSD.«

Als Hansen einen Schritt auf Zeise zuging, um das technologische Wunderding in Empfang zu nehmen, blieb ihm nicht verborgen, was Magnussen dem Büroleiter ins Ohr raunte: »So ein Ding will ich auch haben, Zeise. Reptilienfonds.«

Allerdings fühlte Hansen mit seinem untrüglichen Gespür, dass dem Polizeidirektor die Ehrenbekundungen für seinen Mitarbeiter langsam zu viel wurden. Magnussen dankte kurz, wischte aber anschließend die vielen Kollegen und Ehrenbekundler mit einer freundlichen Handbewegung zur Seite. Offenbar hatte sein Chef noch etwas ganz Besonderes für ihn in der Schublade, und so war Hansen freudig gespannt, was ihn erwarten würde. Schließlich hatte Oberkommissar Stüber ihm von einem feuchtfröhlichen Gelage beim Chef mit sauteurem Whiskey berichtet. Aber Magnussen fasste sich kurz und reichte ihm schlicht die Hand.

»Verehrter Kollege Hansen. Trotz der vielen freundlichen Bekundungen unserer anderen Premium-Partner: Für Sie als unbestechlichem Landesbeamten wird immer ein ehrlich gemeinter Handschlag von mir als Behördenvorsteher Ehre genug sein.«

Das hatte sich Hansen dieses Mal schöner vorgestellt, aber zum Glück war der Chef mit seiner Laudatio noch nicht am Ende.

»Eine kleine Überraschung haben wir allerdings noch für Sie parat, Kommissar Hansen, und ich denke, Sie werden sich sehr darüber freuen. Denn was wären wir ohne unsere Frauen? Jetzt bitte!«

Eine kurze Pause entstand, bis das glückstrahlende Fräulein Schönerstedt die Tür zum Amtszimmer des Chefs öffnete. Aus irgendeinem billigen Lautsprecher quäkte die Stimme von Marlene Dietrich. »Ich bin von Kopf bis Fuß auf Liebe eingestellt.«

Kommissar Hansen sah sich vergeblich nach Fluchtmöglichkeiten um. Die gab es nicht, und es war tatsächlich seine Else, die in einer lilafarbenen Abendrobe heranrauschte. Er wusste, was sich mit Sicherheit darunter verbarg: fleischfarbene Strapse. Aber es kam noch schlimmer, denn just in diesem Moment rauschte das Fräulein Schönerstedt mit einem Kleinod in den Händen heran.

»Hier ist auch noch eine Ehrenbrosche vom *Roten Kreuz* für Sie abgegeben worden, Kommissar Hansen. Von einer Schwester Brunhilde mit der Bitte, sie nicht zu vergessen.«

Die lilafarbene Lederhandtasche, mit der ihn Else jetzt malträtierte, hatte er vorher nicht einmal bemerkt. Aber war das der Dank, der ihm eigentlich gebührte? Er hatte alles richtig gemacht.

Oder etwa nicht?